Fenster auf, Fer

Manuela Fuelle

Fenster auf, Fenster zu

Ein Roman

KLÖPFER&MEYER

für Thea und Roland

1

Gute Verbindungen und alte Brötchen

Es ist keine Jahreszeit. Es ist kein Wetter. Es ist irgendetwas dazwischen, und ich soll mich aufmachen, höchste Eisenbahn, also Koffer packen, Taxi rufen und los. Kein Wetter, das ist doch kein Einwand, höre ich eine meiner Schwestern sagen, früher, da wählten die Leute zwischen Pest und Cholera und kümmerten sich noch dazu um den Vater. Und unser Vater war doch immer ein guter Vater, ein Vater, der sich immer um seine Kinder gekümmert hat, der für sie da war, der mehr oder weniger alles allein schaffen musste, der Mutter und Vater in einem war, der seine bes ten Jahre nur für uns Kinder hingegeben hat, der. Wo bleibst du nur?

Und ich sage, nächstes Jahr, wie ich jedes Jahr sage, nächstes Jahr, aber sicher, ich komme, nächstes Jahr bin ich dabei. Natürlich freue ich mich auf ein Wiedersehen, ich bin ja schon jetzt voller Vorfreude, am liebsten würde ich gleich losfahren zu einem unserer Familienfeste zum Beispiel, und ich hätte es schon vor Augen, alle zusammen an einem Tisch, wie früher. Ein gemeinsames Essen. Essen und Streiten. Oder Essen und Singen. Unser Vater macht diesen wunderbaren Kartoffelbrei aus der Tüte und singt seinen Hirtengesang, und wir sitzen im Kreis um den Elektrokocher. Und jede von uns wurde neu eingekleidet mit alten Sachen aus den alten Kleiderschränken, die – obwohl wir jedes Mal etwas mitnehmen – vollgestopft sind mit Kleiderspenden. Es ist lustig und warm. Wir haben rote Wangen, weil unser Väterchen diese kleine Stube gut geheizt hat. Gleich kommen noch grüne Bohnen, wird unser Vater rufen, und Bouletten, Kinderchen nehmt.

Wäre da nicht die Entfernung, die Fahrt nicht so teuer und ich kräftig genug, um zu reisen, ich würde mich tatsächlich sofort auf den Weg machen. Doch wie die Dinge liegen. Irgendwann natürlich, irgendwann müsste ich es schaffen, die Zeit vergeht schneller als wir meinen, irgendwie würde ich es sicher einrichten können, aber erst nächstes Jahr. Dieses Jahr ginge es auf keinen Fall.

Und trotzdem sagen sie, komm. Sie rufen an, einmal, zweimal am Tag, nur um zu sagen, komm.

– Nächstes Jahr, sage ich.
– Nein.
– Wieso, was sollte in diesem Jahr anders sein?
– Er ist verwirrt.
– Ich verstehe nicht.
– Wir glauben, er ist jetzt im Stadium der Verwirrung.

Und ich sage, was soll das, was meint ihr, solange ich denken kann, war unser Vater in diesem Stadium. Es knackt. Aufgelegt. Die Verbindung ist beendet. Es ist nicht fair, wenn sie im Plural reden. Wir glauben. Wir glauben all' an einen Gott. Kollektives Bewusstsein. Direkt aus dem Familienbewusstsein gesprochen. Ich auf der anderen Seite. Es ist nicht fair. Im Grunde ist es unfair. Sie verhalten sich aufdringlich und unfair und ganz sicher handeln sie nicht im Interesse unseres Vaters. Denn unser Vater lebt ganz für sich. Und wenn er redet, dann redet er von sich. Er muss nicht im Plural reden. Er redet von sich, und was er sagt, klingt nicht verwirrter als sonst.

Ich sehe aus dem Fenster, alles liegt da wie immer. Und wieder weiß ich nicht, was an diesem Jahr anders sein soll. Von meinem Zimmer aus kann ich die halbe Stadt überblicken, den Fluss sehen und die Berge. Seliges Land. Alles liegt schläfrig, wie hinter milchigem Glas, alles scheint geordnet und in einer unendlichen Ruhe geborgen. Warum sollte ausgerechnet mein Vater diese Ruhe stören? Ich sehe die alten Obstbäume, die kaum mehr Früchte hervorbringen, und Rauch von irgendwo, wie er über die kahlen Äste steigt. Höher und höher. Ich sehe dem Rauch zu, der Leichtigkeit seines Aufstiegs, und ich sehe, wie ein Windstoß ihn ins Nichts kippt.

Probelauf. Hier im Süden gibt es noch jede Menge Verbindungshäuser. Es gibt noch schlagende Verbindungen. In gewisser Weise ist auch unsere Familie eine schlagende Verbindung mit dem dazugehörigen Haus. Keine Villa, nur eine Reichsbahnnotunterkunft, wie unser Vater betont. Ein Zweifamilienhaus im Osten Berlins, bestimmt für zwei Familien, wovon unsere Familie eine Hälfte bewohnt, genauer eine Hälfte unserer Familie eine Hälfte bewohnt hat. Es ist ein kleines Haus in einem kleinen Ort.

Es gibt dort einen Bahnhof, ich nehme an, weil der Ort zu Berlin gehört, aber es ist nur ein kleiner Bahnhof, früher zweigleisig, heute auf die Hälfte reduziert. Ob es einen Zusammenhang gibt zwischen Haus, Familie und Bahnhof? Zunächst sehe ich keinen zwingenden Grund. Folgen wir jedoch der Spur des Täters. Es gibt noch keinen Täter? Noch nicht einmal eine Tat? Nur einen Bahnhof? Immerhin. Immerhin gibt es dort einen Bahnhof, wenn auch nur kleinen. Ein Gleis muss reichen. Dafür ist es ein S-Bahnhof. Aber diese S-Bahn fährt natürlich nicht im Zwei-Minuten-Takt, sondern nur alle 20 Minuten. Niemanden stört das. In Randgebieten leben die Menschen immer ein bisschen stärker am Rande. Sie sind keine Großstädter, aber auch nicht vom Land, sie sind nur am Rande, und das macht sie zu freundlichen, bescheidenen Bürgern mit bescheidenen Möglichkeiten. Und je älter die Bürger dort werden, desto bescheidener. Zum Beispiel, was ihre Einkaufsmöglichkeiten angeht. Früher gab es in O. eine Kaufhalle, einen kleinen Konsum und einen Bäcker. Heute gibt es nur noch den Bäcker. Es soll einen Supermarkt geben. Auf der anderen Seite. Aber den Supermarkt auf der anderen Seite, hinter den Bahngleisen, habe ich noch nie gesehen. Ich weiß nicht, ob es ihn wirklich gibt. Hinzu kommt die Brücke. Die Brücke führt über die Bahngleise und über den Bahnhof, also das ganze Bahnhofsgelände. Man müsste erst sich die Holzbrücke hoch- und wieder runtertragen, einkaufen, und schließlich sich und den Einkauf über die hohe Brücke schleppen. Niemand kauft dort ein. Auch mein Vater kauft dort nicht ein, obwohl ihn die Brücke nicht stört. Er hat seine eigenen Gründe. Ich weiß nicht, ob er überhaupt noch einkauft. Er braucht ja so wenig. Und im Alter braucht man immer weniger. Und außerdem hat er gute Verbindungen, zum Beispiel zum Bäcker. Derzeit bekommt er Säcke mit altem Brot, alten Brötchen und Kuchenecken. Der Bäcker sei sehr nett, sagt mein Vater, er gebe ihm säckeweise die alten Brötchen. Mein Vater kommt jetzt mit dem Essen der alten Brötchen kaum hinterher. Natürlich geht im Alter alles ein bisschen langsamer, doch mein Vater ist für sein Alter noch unglaublich schnell.

Mein Vater ist jetzt 84, und wenn ich ihn anrufe, in der Annahme, er sei noch im Haus, dann ist er oft schon wieder in seinem Adlershofer Keller, oder er bewegt sich durchs Land, wobei er die Grenzen Deutschlands nicht überschreiten würde. Er reist nicht wie andere reisen. Im Grunde reist er überhaupt nicht, sondern pendelt. Er pendelt zwischen seinen Wohnorten, zwischen Stadt und Land und zwischen Liebe und Pflichtgefühl hin und her. Und er hat dabei nur ein Ziel, er will die Kosten senken. Ja, das gilt auch für die Liebe.

Wie man weiß, hat alles seinen Preis, und für die Liebe zahlt man den höchsten. Man verausgabt sich in der Liebe, und bevor man ganz erbärmlich dasteht, bevor man mit leeren Taschen vor dem anderen herumsteht, überlegt man, wie man die Kosten senken könnte.

Mein Vater arbeitet Tag und Nacht an seinen Plänen. Er will unbedingt die Kosten senken. Oft steht er morgens um vier Uhr auf, zieht sich an und rechnet ab. Er widmet sich mitten in der Nacht seinen Abrechnungen, und währenddessen kommen ihm die Ideen. Ideen zur Kostensenkung. Tags darauf ruft er mich an, um mir seine kostensenkende Maßnahme mitzuteilen. Zum Beispiel, ich kaufe kein Brot mehr! Ich bleibe dabei, er ist nicht verwirrt. Es ist vielmehr so, er entwickelt bei allem, was er tut, eine ganz eigene Strategie.

Ich stelle mir vor, wie er die Sache mit dem Bäcker ins Rollen gebracht hat. Mit dem Ziel, von nichts zu leben, betritt er den Bäckerladen. In meiner Vorstellung verkauft dort noch immer die Magere mit den Warzen auf dem Kinn. Ich sehe ihr spitzes Kinn und die Warzen. Aber mein Vater blickt nicht auf ihr Kinn, mein Vater blickt auf die Preise. Er will etwas, aber eigentlich ist alles zu teuer. Die Preise steigen seit Jahren oder Wochen oder sie steigen bereits stündlich. Er mag Apfelkuchen, aber ein Stück 1,30, das wären ja 2,60 umgerechnet. Eine Unverschämtheit! Der Apfelkuchen sieht wirklich lecker aus, doch wie soll er die Kosten senken, wenn er 2,60 für ein Stück Apfelkuchen ausgibt? Er muss unbedingt einen Schritt in seine Richtung machen, sonst wird das nichts mit der Kostensenkung. Also. Er zeigt mutig auf eine Rosinenschnecke. Er fragt, was sie kostet, obwohl der Preis ausgeschildert ist. Rosinenschnecke 80 Cent, sagt die Verkäuferin. Ihr Zeigefinger tippt an das Schild. Er findet, die Null geht durch, nur die 80 stört noch. Zu teuer, sagt er. Über die Hälfte ließe sich reden. 40 Cent würde er geben. Er sieht sie herausfordernd an. Sie mache die Preise nicht, sagt sie. Was ist mit den Mohnkuchen. Was soll mit den Mohnkuchen sein, fragt sie. Na, was sollen die kosten. 1,20 pro Stück, sagt sie. Euro, fragt mein Vater. Natürlich Euro, sagt sie. Sie sieht aus, als hätte sie was mit der Schilddrüse, und es ist nur eine Frage der Zeit. Soviel kann er nicht geben, sagt mein Vater. Phantasiepreise wären das. Wie gesagt, sie denke sich die Preise nicht aus, sagt sie, und überhaupt, es warten noch andere Kunden. Mein Vater hat wohl bemerkt, dass die Glocke an der Eingangstür mehrmals geläutet hat. Er bemerkte auch, wie sich die Leute still hinter ihm herumdrückten. Es erinnerte ihn an die Schafe, die er einst hatte. Die Wärme einer Herde. Ich spreche nur aus, was alle denken, sagt er ihr ins Gesicht. Er spürt die Wärme der Herde, die er jahrelang zusammengehalten hat. Ihr Auge zuckt kurz, doch entschieden. Sie wird den Bäcker bei der Arbeit stören müssen. Der Alte soll sich mit dem Bäcker streiten. Sie verlässt den Laden, um den Bäcker zu holen. Mein Vater dreht sich um. Mein Vater wendet sich den Menschen zu, für die er geredet hat. Er sieht einen gebrochenen Mann im Jogginganzug und eine alte Frau unterm Haarnetz. Er sieht ihre Hilfsbedürftigkeit. Er nickt ihnen aufmunternd zu. Er sieht, der Mann trägt keine Pantoffeln. Der Mann hat sich für seinen Gang zum Bäcker extra Turnschuhe angezogen. Das ist viel. In dieser Gegend macht man nicht viele Umstände, wenn man bis an die Ecke zum Bäcker geht. Mein Vater nickt ihm freundschaftlich zu, dann lächelt er die alte Frau an. Da blicken die beiden verlegen zur Seite. Der Mann schaut auf seine Schuhe. Die alte Frau blickt aus dem Fenster. Mein Vater sagt was über die Rente und den Kapitalismus, und er wird richtig munter, und im Gesicht wird er ganz rosig, und wenn das die Leute im Bäckerladen sehen könnten, dann würden sie sofort aufhören über Turnschuhe oder das Wetter nachzudenken. Mein Vater riecht die frischen Brötchen und das frische Brot. Man wird richtig high von dem Geruch. Er möchte jetzt am liebsten eins von diesen duftenden Broten kaufen, aber gerade sagt er das Wort »Halsabschneider« und das Wort fährt wie eine raue Briese durch den süß duftenden Raum. Das Wort erreicht ihn. Es stärkt ihn. Einer muss führen. Und das Wort erreicht die Leute. Die armen Leute blicken wieder auf ihn. Der Mensch ist ein Herdentier, denkt mein Vater, als der Bäcker den Laden betritt. Als der Bäcker kommt, da lacht mein Vater ihn offen an – sie kennen sich doch schon ewig, was wollen sie streiten – und der kräftige Mann hebt die Rechte, er winkt meinen Vater mit der mehlbestaubten Rechten nach hinten, in seinen heiligen Bezirk, und wir wissen nicht, was sie dort geredet haben. Eines jedoch ist klar, als mein Vater den Bäcker durch die Hintertür verlässt, trägt er schwer und hat nicht einen Cent bezahlt. Ein Cent, das wären zwei Pfennig. Doch er hat nicht einen Cent bezahlt.

Was mein Vater an Geld für Lebensmittel spart, das investiert er in Grundstücke. Es gibt einige. Die meisten davon hat er nicht einmal besichtigt. Flurstücke in Grenzgebieten. Beinahe Bauland! Zum Spottpreis! Er ist gern auf dem Land. Manchmal gibt es einen Hof oder ein Haus zu besichtigen, manchmal soll ich mitkommen, weil er nämlich überlegt, ob er zuschlagen soll. Oft bin ich noch am Überlegen, ob ich mitkommen soll, da hat er schon zugeschlagen. Er ist schnell. Er macht, wie er sagt, sein Ding. Der jetzige Hof auf dem Land liegt etwa 300 Kilometer von seinem Haus in O. entfernt. Er hatte seine Gründe, den Hof zu kaufen, besonders einen, die Reichsbahnnotunterkunft sei einfach zu eng. Man muss der Enge entfliehen. Er hat keine von uns gefragt. Er fragt nur selten, und diesmal musste er ganz schnell sein, sonst wäre der Hof weg gewesen.

– Wo bist du gerade?
– Jetzt bin ich wieder auf dem Hof.
– Also in Badeleben?
– Ja, noch bin ich in Badeleben, aber ich muss wieder nach Berlin.
– Warum?
– Ich hab den Sack mit den Brötchen vergessen.

Er macht sein Ding. Er wird gegen fünf Uhr in der Frühe aufstehen, 12 Kilometer über die Dörfer laufen, 600 Kilometer mit der Bahn fahren, wegen der harten Brötchen, die er vom Bäcker geschenkt bekam, aus Sorge um die Brötchen. Es wäre doch schade um die Brötchen, die würden doch hart werden, und der Nachbar mit den Hühnern hätte sich auch schon gefreut. Er ist nicht verwirrt. Er folgt einer anderen Logik. Und nur, weil sich mein Vater inzwischen um harte Brötchen sorgt, eine Tagesreise unternimmt wegen der harten Brötchen, muss ich mich noch lange nicht um meinen Vater sorgen. Auf keinen Fall ist er verwirrt.

Vielleicht sollte ich mich um meine Schwestern sorgen, die sich um unseren Vater sorgen, die das Gerücht verbreiten, er sei verwirrt, in diesem Jahr sei alles anders, und ich müsse zu ihm reisen. Nun, ich will mich nicht aufregen. Eine Fahrt aufs Land unternehmen viele Menschen gern, man spricht in solchen Fällen von einem schönen Ausflug oder einem Luftwechsel. Aber ich reise sehr ungern, genaugenommen reise ich überhaupt nicht. Nein, ich pendle auch nicht. Und das wissen meine Schwestern, und das wissen sie ganz genau. Sie wissen, wie ungern ich reise. Ich sollte mich wirklich um meine Schwestern sorgen, und vielleicht sollte ich, wenn ich überhaupt reise, zu meinen Schwestern reisen, vielleicht sind diese Anrufe im Plural Ausdruck ihrer Not, ihrer eigenen Not, und unser Vater ist nur ein Vorwand. Das wäre immerhin möglich.

Für gewöhnlich machen auch sie ihr Ding, jede von uns stammt in dieser Hinsicht direkt von unserem Vater ab, aber es ist keine Kleinigkeit, sie sind am kämpfen, und dabei könnte selbstverständlich eine von ihnen in Not geraten sein, vom sicheren Leben am Rande auf den Abgrund zu, und ist erst einmal eine in Not geraten, dann auch die andere und so wird man hineingezogen, ja schließlich gerate sogar ich in Not. Und unser Vater. Und alle, die der Verbindung angehören, werden hineingezogen in etwas, das sie nicht richtig begreifen können, eine Unsicherheit, und darüber verwirrt, befinden sie sich im Zustand der Verwirrung, meinetwegen im Stadium. Insofern stimmt das mit unserem Vater. Wenn ich mir das alles mit offenen Augen ansehe, ganz objektiv, und es ruhig ein bisschen auf mich wirken lasse, dann komme ich automatisch zu dem Ergebnis: kein Grund zu reisen, und wenn, dann nur zu den Schwestern.

2

Ein Keller mehr oder weniger

Natürlich habe ich mich gefragt, was ist der Adlershofer Keller, und ich habe auch ihn gefragt, wozu brauchst du einen Keller in Adlershof? Für die Dinge, sagte mein Vater. Er könne dort vieles abstellen. Dinge. Es gäbe viele Dinge, die in einer Reichsbahnnotunterkunft keinen Platz fänden. Das Haus sei ja in jeder Hinsicht zu eng. Das Haus sei voll, ja überfüllt, und die Garage sei auch voll. Hinten, der Schuppen, den er selbst gebaut habe, der als Hühnerstall diente, in dem sie als Kinder immer. Ja, natürlich würde sie schon wissen, welcher Schuppen, er meine ja nur, der Schuppen sei auch voll. Mit Dingen. Er habe ausweichen müssen, den überfüllten Räumen ausweichen müssen. Die Dinge hängen sich schnell an ihn, lassen ihn nicht los, sagt mein Vater. Oft bleibe ihm nur der Rückzug.

Der Keller sei ideal. Ein guter Lagerraum. Für die Kisten. Es gäbe etliche. Kisten mit Waren, neue und neuwertige Waren, aus seiner Zeit als Kaufmann. Die Kisten hätten überall im Weg gestanden. Eine Auslagerung der Kisten sei längst fällig gewesen. Wohin sollte man sonst damit. Zu schade zum Wegschmeißen, vielleicht ergäbe sich noch eine Gelegenheit, vielleicht könne man das eine oder andere noch verkaufen, ein kleines Geschäft machen. Womit? Ja, womit eigentlich, um ehrlich zu sein, er müsse sich erst wieder einen Überblick verschaffen, was eigentlich in den Kisten sei, so genau könne er das gar nicht sagen. Er hätte die Kisten nicht erst geöffnet. Er wollte sich nicht mehr abhalten lassen, vom Transport, hätte absichtlich keine Inspektion der Kisten mehr vorgenommen oder groß rumsortiert. Nicht erst den Wind aus den Segeln nehmen lassen. Die Kisten und Kartons hätten seine Bewegungsfreiheit als Masse behindert, im Großen und Ganzen, und so wären sie als Masse aus dem Haus befördert worden. Manche Kisten seien ganz leicht und manche Kisten doch ziemlich schwer gewesen. Aber er sei froh, den Transport hinter sich zu haben, die Kisten nicht mehr im Haus zu haben. Im Arbeitszimmer sei jetzt wieder Platz, echte Bewegungsfreiheit, man könne die Tür wieder ganz öffnen, man käme wieder ans Fenster, könne wieder in den Garten sehen. Theoretisch. Praktisch sei da nicht viel zu sehen. Die Fenster wären ja seit Jahren nicht geputzt worden.

Wenn ich mir vorstelle, wie er da vor den schmutzigen Fenstern steht und:

Er steht am Fenster. Genauer, einer Fensterfront. Drei schöne alte Doppelfenster. Die Fenster sind vor Jahren unsauber gestrichen worden. Von Kinderhand. Mein Vater blickt in den Garten. Viel gibt es nicht zu sehen. Nur Unkraut. Aber mein Vater findet das Unkraut schön. Mein Vater wird nicht unruhig, wenn seine Augen nur auf Unkraut im Garten stoßen, wenn sein Blick in diese Zufälligkeit gezogen wird, selbst dann nicht, wenn es aus diesem

Chaos kein Entrinnen mehr gibt. Die Unruhe, die mich allein bei dieser Vorstellung überkommt, hat nichts mit ihm zu tun. Er steht ganz gelassen und betrachtet das wachsende Kraut. Brennnesseln, Löwenzahn und was nicht alles. Er war es nicht, der ein großes Un vor die Kräuter setzte, der ihr Wachstum begrenzen wollte durch ein Un. Das Un ist, findet er, wie ein Zaun, eine Grenze, bis hierhin und nicht weiter. Halt! Stop! Und er kann mit dieser Grenze nichts anfangen. Er lässt das Kraut wachsen, wo und wie es will. So hat er es auch mit seinen Kindern gehalten. Man muss nichts zwingen, biegen, brechen oder beschneiden. Man kann warten. Warten, bis etwas wachsen will, erwachsen wird und blüht.

Hinten rechts, der Flieder und zu Nachbar Schmitthals, linkerhand, die Knallerbsen. Die Büsche wuchern mächtig, aber der Wind kommt immer noch durch. Der Wind fährt durch einen der Büsche und bewegt seine dünnen Zweige. Oder ist das gar nicht der Wind. Mein Vater sieht rüber zur Tanne, die kerzengerade steht, und zur Kiefer und zur Birke, und die stehen alle ruhig im Garten. Nur der Busch mit den Knallerbsen. Und ist das nicht der Schmitthals hinter dem Busch, sieht er da nicht die Glatze und eine Hand von dem Schmitthals. Tatsächlich. Mein Vater freut sich. Er hat lange keine Gelegenheit mehr gehabt, Schmitthals bei der Gartenarbeit zuzusehen. Wegen der Kisten. Der Schmitthals, jetzt sieht er auch seine Schultern, die Arbeitsjacke, die Hacke, und wie er ein Stück nach hinten läuft, auf seinem engen Pfad, ein richtiger Pfadfinder, und wie er seine Hacke an den Zaun stellt. Er demonstriert wieder Gartenarbeit, denkt mein Vater, wegen der Art vom

Schmitthals. Der Schmitthals hat wirklich eine ganz eigene Art. Alle drei Minuten stellt er die Hacke an den Zaun oder die Gießkanne ab oder er legt die Handschuhe beiseite und schaut über den Zaun, in den Garten meines Vaters, und dann schüttelt er den Kopf.

Und gerade kommt meinem Vater der Verdacht, die Kisten hätten doch einen recht ordentlichen Platz in seinem Arbeitszimmer gehabt. Wenn sie, seine Tochter, das sehen könnte. Wenn sie sehen könnte, was er gerade sieht. Wie Schmitthals seinen Kopf hebt und. Sein Kopf noch rot von der Anstrengung des Bückens. Er wird auch nicht jünger. Wie er mit der linken Hand über seine Stirn streicht – was hat er denn da – wie er seine Linke in die Seite stemmt, während die Rechte für einen Moment auf dem Hackenstiel ruhen darf. Seine Ungeduld. Nicht mit anzusehen. Und gleich, darauf kann er wetten, gleich muss Schmitthals rüber in seinen Garten glotzen. Und dann muss er dieses empörte Gesicht aufsetzen. Da! Das wusste er. Wendehals sieht über den Zaun und schüttelt den Kopf wegen des wuchernden Unkrauts. Dabei ist das Unkraut so hübsch. Jetzt blüht der ganze Garten, alles sprießt von selbst hervor und wächst und wächst. Ein kleiner Wind kommt auf, lässt die Birkenblätter zittern, hebt die Blüten, die Samen und trägt sie fort. Über den Zaun. Über alle Zäune der Siedlung. Der Wind trägt sie alle aus der engen Siedlung. Der Wind macht keinen Unterschied. Der Wind nimmt mit sich, was er will, der lässt sich nicht einschüchtern. Und wie hübsch der Blütenstaub durch die Luft tanzt. Aber Nachbar Schmitthals hat keine Augen dafür. Schmitthals lehnt die Hacke an den Zaun und fuchtelt mit den Armen in der Luft. Was hat er denn nur? Will Schmitthals etwa den Blütenstaub einfangen? Schlägt sich Schmitthals auf die Seite der Staubfänger? Oder gibt er ihm ein Zeichen? Schaut ihn der Schmitthals an? Will ihm der Schmitthals vielleicht etwas sagen?

Mein Vater bleibt stur. Er wird jetzt nicht das Fenster öffnen, um sich etwas sagen zu lassen. Er wird nur kurz grüßen, die Hand heben und sich dann an seinen Arbeitstisch setzen. Abrechnen. Er will sich vom Schmitthals nichts sagen lassen, sich nicht belehren lassen von einem Schmitthals. Er findet, der Schmitthals soll sein Ding machen, ihn in Ruhe lassen. Im Übrigen könnte der Schmitthals auch von ihm etwas lernen. Nicht allein von seinen Erfindungen. Warum nicht? Am meisten doch wohl von seinen Erfindungen. Seit drei Jahren streut mein Vater schon die Asche in den Garten, und der Schmitthals hätte da einiges lernen können. Erstens, die Kosten für die Müllabfuhr sinken. Zweitens, die Pflanzen bekommen natürlichen Dünger. Mein Vater muss keinen künstlichen Dünger für die Pflanzen kaufen. Er streut einfach die Asche in den Garten. Nun wächst das Kraut hoch, bis zur Dachrinne. Jedes Jahr höher. Niemand sonst hat so hohe Pflanzen im Garten. Eigentlich ein kleines Wunder. Wenn sie, seine Tochter, sehen könnte, wie hübsch der Garten jetzt ist. Sie hätte sicher ein Auge dafür. Aber Nachbar Schmitthals hat offenbar kein Auge dafür, für die Schönheit, das lustige Grün und die musikalischen Blütenpollen oder wenigstens das Wachstum. Nachbar Schmitthals schuftet verbittert, schüttelt den Kopf über den alten Kauz hinter seinen dreckigen Fenstern. Nachbar Schmitthals protestiert. Offenbar findet Schmitthals die Sache mit dem Unkraut zum Verzweifeln, sieht Schmitthals allein das Unkraut wuchern, sich in seinen Garten zwängen, durch den maroden Zaun hindurch, sieht, wie die Büsche den Zaun verbiegen und nichts geschieht. Normalerweise gehen sich die beiden aus dem Weg. Treffen sie aufeinander, spricht jeder in etwa folgenden Text:

- So kann das aber nicht weitergehen, sagt Schmitthals.
- Was denn, fragt mein Vater.
- Die Sache mit dem Unkraut und den Büschen. Alles wuchert rüber. Abgesehen von dem Anblick. Wer soll das aushalten? Wenn das so weitergeht.
- Was denn?
- Dann kaufe ich einen Sichtschutz.
- Nun mal langsam, sagt mein Vater.

Mein Vater wundert sich nicht ein bisschen über den Schmitthals. Er weiß, dem Schmitthals ist die Frau weggelaufen, mit einem anderen, und davon hat sich Schmitthals nie erholt. Und immer wenn der Schmitthals sich über das Unkraut aufregt oder über die Baumaterialien und die vielen Hügel aus altem Baumaterial oder die alten Fenster, die kaputt herumstehen im Garten, zerschlagenes Glas im Garten, dann hat mein Vater das Gefühl, es geht um die Frau vom Schmitthals, es geht nicht um seinen verwilderten Garten. Mein Vater ist nachsichtig, weil er Psychologe ist. Nur manchmal, wenn es der Schmitthals übertreibt, dann sagt sich mein Vater, kein Wunder, dass dem die Frau weggelaufen ist. Er weiß, warum Schmitthals das Leben demonstrieren muss. Er weiß Bescheid. Und er versteht die Frau, die nicht unter einem Dach mit diesem Kerl leben wollte, die einfach weggegangen ist. Wenn der Schmitthals so übel drauf ist, dann geht mein Vater lieber nicht raus. Ist er aber schon draußen gewesen, hat vielleicht mit seinem Nachbarn ein paar Worte wechseln müssen – und dabei wieder Miese gemacht, dann will mein Vater nicht zurück in sein Arbeitszimmer, besonders jetzt nicht, wo die Kisten eben nicht mehr vorm Fenster stehen, er ungehindert ans Fenster treten kann. Er möchte auch nicht in die Küche. Oder ins Schlafzimmer. Ihn stört plötzlich, dass er mit diesem übellaunigen Typ unter einem Dach lebt, dass er sich ausgerechnet mit dem ein Haus teilt. Er teilt sich mit einem alleinstehenden Mann ein Haus. Schon diese Sache. Allein diese Sache regt ihn dann auf. Er muss da nicht erst in alten Erinnerungen herumkramen, er muss nicht daran denken, wie auch ihm die Frau weglief. Nein, das ist es nicht. Er muss auch nicht daran denken, wie er die Kinder allein großzog. Nein. Und schon überhaupt nicht daran, dass die Kinder nun schon so lange ein eigenes Leben leben, ohne ihn. Allein die eine Sache regt ihn auf. Manchmal reicht uns eben schon eine einzige Kleinigkeit.

In solchen Stunden transportiert mein Vater gern Dinge in seinen Adlershofer Keller. In solchen Stunden hängt er einfach ein Bild ab und ruft: Staubfänger! Er packt das Bild in eine alte schmutzige Decke ein, holt die Schnurrolle und bindet ein schönes Paket. Mein Vater kann wunderbare Pakete verschnüren oder verkleben oder. Es stimmt. Er holt den Hänger aus der Garage und lädt das Bildpaket auf den Hänger. Im Vorgarten steht noch ein Schrank, ein auseinandergenommener Schrank, den er geschenkt bekam. Er weiß nicht so recht, im Augenblick fällt ihm nicht ein, von wem.

Es spielt auch keine Rolle. Alle Leute in dieser Siedlung schenken ihm Dinge. Dinge, die sie nicht mehr benötigen. Dinge, die ihnen im Weg sind. Große und kleine Dinge. Sie wissen, mein Vater kann alles brauchen, der lässt nichts umkommen, und wenn, ist es auch egal. Sie jedenfalls sind die Dinge los. Sie stellen ihm, was sie nicht mehr brauchen, in den Vorgarten, und wenn sie ihn treffen, dann sagen sie, siehst du, Walter, sagen sie, wir denken an dich. Manchmal treffen sie zufällig auf ihn – noch bevor sie die Dinge in seinen Vorgarten stellen konnten – dann fragen sie ihn höflich, ob er dies und das brauchen könne, sie würden es billig abgeben. Beinahe geschenkt. Natürlich, sagt mein Vater, kannst du vorbeibringen.

Er nimmt eines der Schrankteile und hievt es auf den Hänger. Er holt noch eines. Warum nicht gleich den ganzen Schrank transportieren. Die Teile sind schwer. Manchmal sind zwei Teile durch Scharniere miteinander verbunden. Er überlegt, ob er den Schrank überhaupt jemals als Schrank nutzen will, ob er die Teile nicht trennen sollte, weil es den Transport erheblich erleichtern würde, ob nicht der Schrank schon zu lange draußen, oftmals im Regen gestanden hätte, um ihn je wieder. Aber man kann nie wissen. Und da stehen auch noch die Schubfächer. Als mein Vater die hübschen Schubfächer sieht, da hat er sich schon entschlossen. Wo gibt es denn noch so schöne Holzschränke mit so hübschen Schubfächern drin. Er zieht, hebt und schiebt die Schrankteile wie sie sind auf den Hänger, bindet alles fest und fährt los.

Ende der Vorstellung.

Der Keller sei natürlich nur eine Zwischenlösung. Ein Provisorium! Die Startfläche für die Reise aufs Land. Kein Vergleich zum Land selbst. Erst auf dem Land fühle er sich frei. Auf seinem Hof, diesem riesigen Hof, auf dem er tun und lassen könne, was er wolle. Endlich. Keine Enge. Keine Nachbarn. Zwar befände sich der Hof mitten im Dorf, doch er hätte trotzdem keine Nachbarn, da der Hof vorn an die Straße, hinten an die Wiesen, links an die Kirche und rechts an ein unbewohntes Nachbarhaus grenze. Es sei ruhig. Endlich Ruhe. Hier, auf dem Hof atme er auf, atme er durch und das könne sie auch haben. Wer, ich?

3

Land in Sicht

Ich wollte mir den Hof ansehen. Selbstverständlich. Schon vor Jahren, als wir noch in Mitte wohnten und uns die Berliner Luft, die Berliner Baustellen und überhaupt alles in Berlin krank machte. Hauptsanierungsgebiet. Entweder lag mein Kind krank oder ich oder wir beide. Das Land übt in solchen Zeiten einen besonderen Reiz aus. Ich sehnte mich damals nach einem Garten, nach dem Geruch von frischgemähtem Rasen und Erde unter den Fingernägeln. Eierpampe für das Kind. Ich saß oft im Dunkel des Berliner Zimmers, starrte in den Hinterhof und fragte mich, wie ich meinem Kind zu seinem Recht verhelfen könnte. Jedes Kind hat ein Recht auf Eierpampe. Damit meine ich, Eierpampe ohne Hundescheiße, ohne Autohupen, ohne Müllgeruch. Ich gebe zu, ich war ein bisschen verzweifelt. Insgeheim hielt ich mich für schwindsüchtig. Einmal im Jahr fuhren wir ans Meer zur Familie meines Mannes, doch ich suchte nach einer Lösung in den eigenen Reihen. Hoffte auf Land. Land in Sicht. Es gab damals Momente, beispielsweise nach ein oder zwei durchhusteten Nächten, da war ich bereit, mir den Hof meines Vaters anzusehen.

Auf den Fotos. Mein Vater könnte doch die Fotos mitbringen, und ich würde sie mir ansehen. Etwas in dieser Art werde ich gesagt haben, denn tags darauf stand mein Vater vor der Tür. Erst jetzt, wo ich es schreibe, wird mir deutlich: er besucht mich. Ich besuche ihn nicht. Oder nicht mehr. So ist das. Seit Jahren. Es hat keinen besonderen Grund. Mir fehlt einfach die Zeit oder der Wille oder die Kraft. Oder das Geld? Vielleicht ist es auch einfach zu einer dumpfen Gewohnheit geworden. Oder er war und ist einfach schneller. Ich weiß nicht mehr, wie es dazu kommen konnte. Es klingelte, und er stand vor der Tür. Wenn ich mir vorstelle, wie er da vor der Tür steht mit seiner schwarzen Umhängetasche und der Tüte.

Es klingelt unten. Ich drücke den Türöffner. Es klingelt oben. Er steht vor der Tür. Er ist schnell. In seiner Hand hält er die Plastiktüte. Ein Kilo Orangen. Ein Schnäppchen. Oder ein duftendes Brathähnchen. Beinahe geschenkt. Oder frisches Brot. Damals.

Er bringt immer etwas mit. Etwas und die Bildzeitung. Die Bildzeitung versucht er mir aufzuschwatzen, womöglich, weil er für sich nichts ausgeben will. Doch ich kann die Bildzeitung leider nicht behalten. Nicht einmal lesen. Mir fehlt die Zeit oder der Wille oder die Kraft. Es hat keinen besonderen Grund, dass ich die Zeitung nicht anfasse, mich vor ihr ekle, meinen Vater ansehe, als hätte er eine tote Ratte in die Wohnung geschleppt.

Du kannst die Schuhe anbehalten, sage ich, mit Blick auf die zwei Nummern zu großen Schuhe, die zu warm eingepackten Füße, die sich lösenden Papp- und Zeitungseinlagen in den Schuhen. Aber nein, sagt mein Vater, du hast ja hier alles so hübsch. Er setzt sich auf die Stufen vom Bad, den kleinen Treppenabsatz, der zum Bad führt und löst die Schnürsenkel. Ich suche ein Paar Latschen. Eigentlich wollte ich doch. Aber nun sind es wieder die zu kleinen von mir. Er sieht sich, während er in die Latschen schlüpft, im Flur um. Der Spiegel. Das Bild. Der kleine chinesische Teppich. Terrakottafarbene Wände. Ich bemerke, wie unwohl er sich fühlt. Die Präsenz meines Mannes. Die Perfektion in der Einrichtung. Gehen wir in mein Zimmer, sage ich munter. Ich möchte, dass er mein Zimmer mag, dass er es schön findet. Es sollte ein englisches Zimmer werden. Es ist ein französisches Zimmer geworden. Gemusterte Tapete bis zum Sockel, Bordüren in beinahe vier Meter Höhe. Alles selbst tapeziert. Das barocke Tischchen mit Kerzenständern. Der Goldoni. Altberliner Messinglampen und. Setz dich doch. Mein Vater steht unentschlossen. Schöne Pflanzen hast du hier, sagt er. Bei mir halten sich keine Zimmerpflanzen, sagt er, ohne sich auf das dunkelrote Samtsofa zu setzen. Er sieht die Pflanzen, die ich von der Straße geholt habe, die jemand beim Umzug loswerden wollte und einfach zum Sperrmüll gestellt hatte. Ein magerer Ficus, eine Banane, nichts Besonderes. Die englischen Kissenbezüge sieht er nicht. Will er nicht auch mal einen Blick für das wirklich Schöne entwickeln, frage ich mich. Er steht verwundert. Er setzt nicht einen Fuß auf den handgeknüpften Teppich. Er fühlt sich nicht wohl.

Wir gehen in die Wohnküche. Das Berliner Zimmer. Mein Vater legt, was er mitbrachte, auf den Tisch, setzt sich ans Klavier und klimpert ein bisschen. Ich koche Tee.

Wir setzen uns an den Küchentisch. Mein Vater liest vielleicht das Horoskop vor. Ganz sicher liegt die Bildzeitung auf dem Tisch, obgleich ich sie zur Seite legte. Es geht um die Familie. Dann geht es um die Geschäfte. Die laufenden Geschäfte. Die Geschäfte kosten meinen Vater einiges. Deshalb höre ich am liebsten, wenn es nicht so gut läuft, er sich auf seine Abrechnungen konzentrieren kann.

- Wie läuft's denn so?
- Ich habe heute schon ein gutes Geschäft gemacht.
- Batterien?
- Nein, Hühnerschenkel. 93 Packungen. Beinahe geschenkt.
- Wie kommt's?
- Das Verfallsdatum ist abgelaufen.
- Toll. Und was willst du damit?
- Billig abgeben und essen. Hälfte Hälfte.
- Und wie willst du die schon abgelaufenen Hühnerschenkel lagern?
- Naja, wie es aussieht, muss ich mir eine Tiefkühltruhe besorgen.
- Also willst du dir eine kaufen?
- Viel zu teuer.
- Und nun?
- Ich kann wahrscheinlich eine abstauben. Bei Winne.
- Und die funktioniert?
- Nach der Reparatur funktioniert sie wieder.
- Willst du noch Tee?

Und das ist nicht alles. Mein Vater trinkt Pfefferminztee. Ich huste. Mein Vater bemerkt den chronischen Husten der Tochter und sorgt sich. Er will sie nicht länger mit Geschäften langweilen. Er ist gekommen, um ihr einige Ratschläge für ihre wissenschaftliche Arbeit zu geben. Er weiß doch, wie sie sich mit ihrer Tod-Jesu-Arbeit herumquält, weil sie sich in eine falsche Deutung verrannt hat. Die paulinische Deutung des Todes Jesu ist keineswegs mit dem Stichwort Opfertod zu umschreiben. Kult. Opfer. Vorpaulinische Formeln. Dazu muss er nicht Theologie studieren, um zu verstehen, wie sie sich da verrannt hat. In eine Sackgasse. Zu ihrem eigenen Schaden. Er hat Aufzeichnungen mit. Auf der Hinfahrt hat er Notizen. Wo sind die jetzt? Er kramt in der Jacke. Er sagt, während sie schon wieder husten muss, dass sie sich selbst schädigt mit solchen Theorien, dass sie diese Theorien aufgrund ihrer Situation: Kind, Familie, Studium, Job an der Uni, aufsaugt. Opfertheorien, weil sie sich aufopfert. Kopflastig. Solche Theorien geben dir den Rest, sagt er. Ich huste. Ich schüttele den Kopf. Ich sage, du irrst dich, eines hat mit dem anderen nichts zu tun.

– Was macht der Hof?
– Ich habe eine Überraschung mit.
– Noch eine?
– Fotos vom Hof.

Land in Sicht. Mein Vater hat also die Fotos mit, und ich muss sie mir ansehen. Er greift nach seiner Tasche. Die Umhängetasche aus Kunstleder. Der Reisverschluss klemmt öfter. Genau. Und darum steht die Tasche längst offen. Vielleicht findet er die Fotos nicht. Doch. Da. Schon liegen die Fotos vom Hof auf dem Küchentisch. Ein kleiner

Stapel. Ich höre sofort mit dem Husten auf. Land in Sicht. Das war doch nur Spaß. Ich will den Hof nicht sehen. Ich will auch keine Fotos vom Hof ansehen. Ich bin einfach noch nicht soweit. Mein Vater breitet die Fotos vor mir auf dem Tisch aus. Soll ich husten?

Manchmal wollen wir über etwas hinwegsehen. Aber der andere lässt es nicht zu. Der andere zeigt immer wieder stolz in eine Richtung oder tippt mit dem Finger oder lässt uns keine Ruhe mit rhetorischen Fragen wie: ist sie nicht goldig, herrlich was, das hättest du nicht erwartet, stimmt's. Und da hilft es nicht, wenn wir das Flackern der Glühbirne bemerken oder noch Tee kochen wollen oder wenn man sich einfach in eine Wolldecke einrollt und gähnt. Man könnte sogar den gesamten Oberkörper zur Seite kippen lassen oder an die Rücklehne des Sofas und die Augen schließen und geschlossen halten. Es würde nichts nützen. Denn plötzlich hat der andere sehr viel Zeit, plötzlich ist der andere sehr geduldig und kann warten. Er wartet auf unser Urteil. Und es gibt keine fortgeschrittene Stunde.

Sind das nicht alte Vorstellungen? Nein. Alles ist gegenwärtig. Es ist unmöglich, über die Fotos hinwegzusehen. Ich muss mir alle Fotos vom Hof ansehen. Das Scheunenfoto, das Wirtschaftshausfoto und das Foto von den Ställen. Es sind Bilder im Nachmittagslicht. Sehr vorteilhaftes Licht. In diesem Licht erscheint alles schön, viel schöner als es in Wirklichkeit ist, und warm, viel wärmer als es ist. Herbstliche Stimmung. Dieses Licht beschwört immer den Abschied von etwas sehr Schönem, und man möchte sagen, warte noch. Aber natürlich wissen wir, dass das nicht geht. Etwas so Schönes kann nicht bleiben. Etwas so Schönes schreitet fort mit der Stunde. Ich möchte träumen. Ich möchte noch einen Augenblick das Licht genießen, allein sein mit dem Licht. Mein Vater sagt, das hättest du nicht erwartet, stimmt's. Und ich sage, stimmt, das hätte ich nicht erwartet. So ist es. Es klingt nicht erstaunt, eher erschöpft. Aber es stimmt. Das hatte ich nicht erwartet. Ein solcher Hof. Ein solches Objekt. Zu diesem Preis. Ich frage nicht nach dem Preis. Ich will nicht wissen, was er dafür bezahlt hat. Ich hasse seinen Hof sofort, sein Superschnäppchen, und ich hasse es, seine Tochter zu sein.

Besichtigung. Natürlich. Ich komme. Vielmehr, ich würde kommen. Nächstes Jahr, dieses Jahr ginge es leider nicht. Er schenkt mir die Fotos. Alle Fotos. Das ist doch nicht nötig. Was soll ich damit? Er nickt mir zu. Er reicht mir die Fotos über den Tisch. Es ist dieses Nicken von früher, wenn er sagte, iss noch, komm iss, und ich nichts mehr essen wollte und nein sagte oder mit dem Kopf schüttelte, ohne dass er aufhörte mit seinen auffordernden Worten und seinem Nicken. Du verträgst noch was. Nicken. Du hast noch Appetit. Nicken. Manchmal hielt er mir die Gabel an die Kehle oder die Kelle unter die Nase oder den Bissen direkt vor den geschlossenen Mund. Ich hatte das Gefühl von Essen im Gesicht. Aber auch, wenn ich mein Gesicht zur Seite drehte, blieb seine Hand noch lange in der Geste des Gebenden. Und er nickte mir auffordernd zu. Ich nehme die Fotos. Schnell, damit er mit dem Lächeln und Nicken aufhören kann. Also gut, sage ich. Zwei Fotos behalte ich. Zwei. Ich nehme einfach die ersten beiden Fotos. Es sind zwei. Zwei ist keine heilige Zahl. Mein Vater will mich mit diesen Fotos auf seinen Hof locken, so viel ist klar, dann an seinen Hof binden. Seinen schönen großen Hof im Abschiedslicht. Ich aber nehme nur zwei seiner Fotos, die ich sofort in meine Fotobox lege. Dort liegen sie. Die Farben des Lichts verblassen, ohne mein Zutun, ohne mein Zusehen. Ich nehme die Fotos nie aus der Fotobox. Andere ja. Diese nicht. Es hat keinen besonderen Grund. Die Sache ist wirklich nicht dramatisch. Eigentlich verdient sie es nicht, erwähnt zu werden. Es ist das alte Lied. Mir fehlt einfach die Zeit oder der Wille oder die Kraft. Oder.

4

Erwartungen

Er rief dann öfter an, um von seinem Hof zu berichten. Wer ihn alles besuche. Alle besuchten seinen Hof. Und alle hätten tolle Einfälle. Mein Vater führte alle herum und befragte alle, was man mit einem solchen Objekt machen könne. Ein rentables Geschäft. Etwas Besonderes schwebe ihm vor. Man überlegte. Man machte Vorschläge. Mein Vater sammelte die Vorschläge. Er war am Abwägen. Mein Vater hat schließlich Ökonomie studiert. Er war am Rechnen. Am Planen. Am Räumen. Die ganze Familie sah erwartungsvoll auf seinen Hof. Das wundert mich heute etwas. Der Hof bilde in gewissem Sinne das Zentrum des Dorfes. Im Zentrum des Dorfes, da biete sich doch ein Markt an. Obst und Gemüse und Strohblumen. Oder Flohmarkt. Oder ein Künstlerhaus. Oder man verbindet Handwerk und Kunst. Kunsthandwerk. Genau. Und an den leuchtend blauen Tagen ein Fest auf deinem Hof. Tische und Bänke. Kinder bekommen Eis am Stiel. Eine Kapelle spielt. Bläser aus dem Nachbardorf. Ein Fass Bier wird angezapft. Ein Ferkel am Spieß wickelt alle ein. Alle Augen blicken auf dich, Ferkelchen. Viel Lärm würde das Ganze erzeugen. Das ja. Oder ein Zen-Kloster. Oder nur für Auserwählte. Alle acht Wochen. Die auserwählten Zen-Schüler würden dort für null Komma nix putzen kommen, auf dem Boden schlafen, von Wasser und Brot leben. Miete zahlen. Vorteil: heilige Stille. Oder eine kleine Gärtnerei. Oder ein hübsches Gestüt. Oder. Eine Leihbibliothek. Du hast doch so viele Bücher. Oder was meinst du?

Das ganze Dorf sah erwartungsvoll auf den Hof. Was der neue Besitzer wohl anstelle mit so einem Hof. Der Hof würde zu neuem Leben erweckt. Das ganze Dorf würde zu neuem Leben erweckt werden. Die Alten und die Jungen. Vor allem die Jungen, die sich langweilten, die keine Perspektive hätten, die es bald nicht mehr aushielten.

Mein Vater sagte, die Jungen kämen schon von ganz allein zu ihm. Manche ständen schon am Morgen vor seiner Tür. Jungen. Junge Männer. Manche kämen einfach auf seinen Hof, klopften an seine Tür oder kämen einfach ins Haus. Andere Sitten. Natürlich, die wollten hier was erleben. Ein paar Mark verdienen. Euro. Sicher. Er gebe ihnen Werkzeug und kleinere Arbeiten. Manche vergäßen, das Werkzeug wieder zurückzugeben. Am nächsten Tag ständen sie wieder auf seinem Hof.

Und das Land. Das Land atme tief durch. Vielleicht würden neue Arbeitsplätze geschaffen werden. Aber warum vielleicht? Ganz sicher. Man liebe die Tatkraft des Grundbesitzers. Die Dörfler hätten nichts gegen ihn. Keine Vorbehalte gegen Städter. Im Gegenteil. Das Dorf arbeite im Geiste Entwürfe aus aufgrund seiner Initiativen. Und er habe nichts gegen Geistesentwürfe. Er ermuntere alle zu immer neuen Geistesentwürfen. Aber man müsste sie prüfen. Und einige Zeit würde die Prüfung dauern. Das sage er ihnen. Alles müsste sorgsam abgewogen werden. Gründlich überdacht. Die Bedürfnisse des Dorfes könnte man einbeziehen. Natürlich, das wäre sehr klug. In gewisser Hinsicht notwendig. Man wolle sich niemanden zum Feind machen. Aber, allen könne man es nicht recht machen. Er mache sich nicht gemein. Manchmal sind die Leute voller Tatendrang. Dann wollen sie gleich Anzeigen schalten oder eine Baufirma anrufen oder Bestellungen aufnehmen. Diese Vorstellung erschreckt meinen Vater:

Der mit dem Schrottplatz ist vorgefahren und hupt. Es ist noch früh. Was lärmt er? Es ist Sonntag, und der Mann lärmt vor seinem Hof herum. Was will er? Der Mann steigt aus dem Auto. Er hinkt etwas. Mein Vater überlegt, ob sie verabredet sind. In jedem Fall nimmt er die Jacke vom Haken und tritt vors Haus. Er geht durch Tau und Nebel. Die Feuchtigkeit leckt an seinen Knöcheln, seinen Waden. In der Eile hat er vergessen, die Stiefel anzuziehen. Er geht weiter, will das Tor zum Hof öffnen. Das Tor. Ein rostiger Zaun, der vom Draht, vom Wind, vom Licht gehalten wird. Er biegt den Draht zurück. Zur Seite. Es ist nur ein einfacher Draht. Provisorisch. Kette und Schloss sind in Arbeit, sagt mein Vater. Der Mann nickt.

Der hinkende Mann hat die Idee mit dem Schrottplatz. Mein Vater erinnert sich jetzt an ihre Verabredung und führt ihn ins Haus. Er will doch erst die Stiefel anziehen, bevor sie den ganzen Hof besichtigen, zur Scheune laufen. Und noch bevor er die Stiefel anzieht, muss er ein, zwei Kohlen auflegen, und außerdem will er etwas frühstücken. Er bietet dem Mann seinen Sessel an. Der Mann setzt sich und nimmt auch eine Scheibe Salami. Mein Vater schneidet dicke Scheiben von der Salami. Für jeden eine Scheibe. Dann hebt er eine Konservenbüchse vom Boden, da steht sie nun mal, sieht auf das Etikett: Apfelkompott. Warum nicht. Der Mann will nichts von dem Apfelkompott, doch mein Vater muss jetzt eine Kleinigkeit essen. Er findet den Büchsenöffner, öffnet die Büchse, nimmt einen Plastiklöffel aus der Folie und erzählt dem Mann von seiner Abneigung gegen Metallbesteck. Ihm schmecke kein Essen von Metallbesteck. Bei Kompott sei er besonders empfindlich, doch auch weiße Bohnen oder Nudeln schmeckten nicht von Metall. Plastelöffel dagegen, sollte er mal probieren. Ein Hochgenuss. Kein Eigengeschmack. Er wäre ein Fan von Plastegeschirr- und besteck. Seit Jahren. Im Grunde sei er der Erfinder von Einweggeschirr. Bequem und hygienisch und nicht dieses Geplämper mit Wasser. Er sei kein Freund vom Abwasch. Zwischendurch schnappt er die Apfelstücken gekonnt vom Plastiklöffel. Den Saft trinkt er direkt aus der Büchse. Der Mann sieht ihm dabei zu. Der Mann sagt nichts zu diesem fürstlichen Mahl, zu diesem Frühstück. Ihn interessiert weder das Plastikbesteck noch die Gier des Alten beim Trinken. Dass er die Büchse nicht absetzt, dass der Apfelsaft nicht so schnell in den Mund des Alten will, irgendwann an den Mundwinkeln vorbeistrullt. Der Bart tropft. Tropfnass am Alten herumhängt.

Der Mann hat die Idee mit dem Schrottplatz. Doch bevor mein Vater mit ihm über den Hof spazieren kann, muss er ihm etwas zeigen. Er geht zum Fenster, stellt die Büchse in die Fensternische und wischt den Bart mit einem schmutzigen Topflappen, der eben noch in der Fensternische gelegen hat. Diese Mauern. Ob der Mann solche Mauern in seinem Haus habe. Ob der Mann denn solche Mauern überhaupt schon einmal gesehen habe, in einem einfachen Haus, also nicht auf einer Burg, wo man sie erwarten würde. Die Mauer sei innen 50 Zentimeter, hier an der Fensternische gut messbar, und außen 10 Zentimeter. 60 Zentimeter dicke Außenmauern. Das hätte der Mann nicht gedacht. Stimmt's? Leider nur einfache Fenster. Im Winter eiskalt. Überall pfeift die Luft durch. Da sind Ideen gefragt. Erfinderreichtum. Ob der Mann eine Idee hätte. Nein, nicht zum Schrottplatz, sondern zu den einfachen Fenstern. Nicht? Also, er hätte da noch einige Fenster in Reserve, zudem gerade einige Fenster geschenkt bekommen, in der Stadt, und die gleich mal mitgebracht. Doppelfenster. Diese Doppelfenster könne er nun vor die einfachen Fenster setzen, sobald der Winter käme. Nein, die Größe der Fenster sei nicht identisch. Nein, von hübsch aussehen kann keine Rede sein. Nein, man könne die Fenster dann nicht mehr öffnen. Aber, die davor gesetzten Fenster erfüllten dennoch ihren Zweck.

Der Mann erhebt sich, schweigsam wippt er durch den Raum, ohne den Fenstern näher zu kommen. Dafür stellt er sich herausfordernd schräg in die Tür. Er denkt an den Schrottplatz. Ein nervöses Blinzeln durchfährt ihn. Mein Vater sieht, wie der Mann das Blinzeln zu unterdrücken, nein, etwas abzuwehren versucht, ein Flügelschlag schattiger Wimpern. Dann umkreist den Mann etwas, lässt ihn zusammenzucken. Und seltsam. Ein Flattern oder dies Etwas bricht aus, geht durch bis zu meinem Vater. Kurz, manchmal sind wir plötzlich ergriffen von etwas, und wir wissen beim besten Willen nicht, was es ist.

Also gut, sagt mein Vater, gehen wir raus, du bist doch wegen der Scheune hier. Immerhin ein Kompromiss. Seinen eigenen Worten zufolge, müsste er jetzt vom Fenster auf die Tür zusteuern. Aber das tut er nicht. Er nimmt Kurs auf die hinterste Ecke des Zimmers, läuft direkt auf einen Haufen Kohlen zu, der verkrochen unter einer Decke Schatten ruht, nimmt vorsichtig ein, zwei Kohlen und kommt zurück. Früh, da ist es noch kalt, sagt er, und das Haus ist feucht. Der kleine Ofen steht geduldig. Der Mann in der Tür blinzelt. Die Ofenklappe verschluckt die Kohlen und ein zwei Worte.

– … wegen den Schrottplatz, sagt der Mann.
– Hätt ich beinah vergessen, mein Vater.

Jetzt zeigt ihm mein Vater erst mal das kaputte Scheunendach. Hier geht alles nach Dringlichkeit. Er könnte Hilfe brauchen. Der Mann ist hilfsbereit. In der ersten Wirklichkeit ist er sogar arbeitslos und froh darüber, sich nützlich machen zu können. Für ein paar Euro. Mein Vater zeigt ihm die Paletten. Holzpaletten, das Material für den Zwischenboden. Der Zwischenboden, den er vorhabe zu bauen, schwebe in 8 Metern Höhe. Somit schwebe auch er während des Bauens in dieser Höhe, und da müsse er sich absichern, da müsse er in seinem Alter ein bisschen vorsichtig sein, sich sichern. Nein, nicht mit einer Versicherung. Er dachte eher an einen Gurt und jemanden, der ihm zur Hand gehe. Nächste Woche. Wie sieht es aus? Der Mann scheint zu überlegen. Sie laufen durch den Geruch von Sägespänen. Die Scheune ist riesig. Die Scheune ist 52 Meter lang und 12 Meter breit. Und jeder Meter steht unter Denkmalschutz. Vom Zwischenboden aus könne man das Dach dann ohne Probleme reparieren. Der hinkende Mann sagt nicht viel, eigentlich sagt er überhaupt nichts zu den Plänen meines Vaters. Er hat meinem Vater vor einigen Monaten von seiner Idee mit dem Schrottplatz erzählt. Er hatte einen Entwurf im Kopf. Dann hat er meinem Vater den genauen Entwurf vorgelegt, denn mein Vater sagt, er will niemanden überfahren, gleiche Bedingungen für jeden. Ein Entwurf sei für alle der erste Schritt. Jedes Projekt benötige einen Entwurf. Mein Vater hat den Entwurf gut gefunden. Das hat Zukunft hat er zu dem Mann mit dem Schrottplatz gesagt. Und dann war mein Vater wochenlang in der Stadt. Dem Mann mit dem Schrottplatz blieb nichts weiter übrig, als zu warten. Aber warum lässt ihn mein Vater auch jetzt warten? Warum sagt er denn nichts zu dem Schrottplatz? Er hat den Entwurf gut gefunden. Der beste Entwurf, hieß es. Warum hält er ihn jetzt hin? Ist sein Entwurf plötzlich nicht mehr gut?

– Du hast meinen Entwurf gut gefunden, sagt der Mann.
– Ich war nicht dagegen.
– Das ist doch dasselbe. Was ist nun?
– Dein Entwurf wird geprüft.
– Aber ich hab da Leute an der Hand, die fangen morgen an.
– Nun mal langsam, sagt mein Vater.

Wenn mein Vater nun mal langsam sagt, dann ist er mit dem Entwurf durch, dann ist die Sache erledigt. Aber die

Leute auf dem Land sind stumpf. Sie begreifen nicht, oder zumindest nicht so schnell, was es bedeutet, wenn mein Vater nun mal langsam sagt. Sie ahnen nicht, wie schnell mein Vater ist und wie schnell er mit einer Sache durch ist.

Und was machen denn die Jungs da? Zwei Jungens sind auf den Hof gekommen. Mein Vater und sein Gast gehen zu ihnen. Wollt ihr was tun, fragt mein Vater, bisschen zupacken, aber nur zwei Stunden, weil heute Sonntag ist. Einer raucht bedächtig, der andere nickt. Die restlichen Paletten müssten vom Hänger. Die Ställe wären voller Schutt und Abfall, da könnten sie mit Hand anlegen. Von der Stallmauer mal ganz abgesehen. Die Stallmauer biege sich, bröckelte, weise Löcher auf und sei zudem die Begrenzung des Grundstückes. Eigentlich eine gute Erfindung. Nur im Fall der Baufälligkeit. Die Stallmauer müsse er im Blick behalten. Die Jungs sehen sich an und grinsen. Es ist nicht ganz klar, wo ihr Grinsen seinen Anfang nahm. Dem Jungen, der rauchen kann und der seinen Stummel soeben ins feuchte Gras wirft, ohne ihn auszutreten, brennt jetzt eine Frage auf den Lippen.

– Wann grillen wir denn nun?
– Mach du mal die Kippe aus und wirf die in den Eimer.
– Könn wir dann heute grillen?
– Das ist doch kein Grillwetter, sagt der Hinkende.
– Zuviel Arbeit, sagt mein Vater.
– Wir helfen, wir bauen hier was zum Grillen und besorgen Alk.
– Nun mal langsam.

5

Sorgen

Es ist nicht so, dass ich mich nicht um meinen Vater sorgen würde. Ich liebe meinen Vater sehr, und wenn man jemanden liebt, dann sorgt man sich schnell. Aber meine Sorgen waren immer überflüssig, und meine Rettungsaktionen führten an Abgründe. Wenn ich auch nur eine einzige meiner Hilfsaktionen zu Ende geführt hätte, dann wäre ich darin untergegangen. Aber so weit hat es mein Vater nie kommen lassen. Mein Vater sträubt sich gegen jede Hilfe, wie eine Katze gegen Wasser, er wittert in jeder Hilfe das Perverse. Er nimmt keine Hilfe an, stößt uns zurück, muss sein Ding machen. Das ist der kategorische Imperativ unserer Familie: du sollst dein Ding machen!

Manchmal ist es nicht leicht. Es ist nicht leicht, immer sein Ding zu machen, aber noch schwerer ist es, dem anderen dabei zuzusehen, wie er sein Ding macht. Rücksichtslos. Ohne Rücksicht auf sich selber. Eines Tages zum Beispiel war unser Vater mit einem stechenden Schmerz im Rücken erwacht. Er konnte sich kaum erheben. Er machte seine Witze am Telefon. Er könne jetzt wieder auf allen Vieren durchs Zimmer kriechen. Kein Problem. Das wird wieder!

– Warst du beim Arzt?
– Was für ein Arzt?
– Bei deinem Hausarzt.
– Meinst du bei Doktor Tod?
– Es gibt noch mehr Ärzte in Berlin.
– Die Ärzte sind alle gleich. Die haben keine Ahnung.

Ich solle mir keine Sorgen machen. In einer Woche sei es vergessen. Er hebe viel, möglicherweise eine Verhebung. Er liege auch viel, hätte sich möglicherweise verlegen, sei jetzt in Verlegenheit geraten. Aber in eine solche Verlegenheit wie die heutige Verlegenheit der Ärzte sei er noch lange nicht geraten. Wie die ihre Pillen verschreiben. Ver-schreiben. Das Wort sage alles! Ob mir das schon aufgefallen sei, alle Worte mit der Vorsilbe Ver könne man vergessen. Er lasse sich schon von daher nicht verarzten.

Vier Wochen später. Es ginge ihm gut. Er hätte wieder viel Freude am Sparen. Er spare, wo er könne. Allerdings einen neuen Schreibtischstuhl hätte er sich gekauft. Der Stuhl sei höher und an vielen Stellen verstellbar, alles in allem besser für seinen schmerzenden Rücken. Vor allem komme er aus dem neuen Stuhl einfacher wieder heraus. Er hätte Schwierigkeiten beim Aufstehen. Aufstehen sei das Problem. Er schlafe beinahe im Sitzen, damit er morgens aus dem Bett komme. Man müsse geduldig sein. Er tippe auf einen eingeklemmten Nerv. Seine Schwester tippe auf einen Bandscheibenvorfall. Sein Nachbar tippe auf Hexenschuss. Freund Jürgen tippe auf Rheuma. Der freundliche Herr auf dem Bahnhof Schöneweide hätte auf eine gebrochene Rippe getippt. Was für ein Unsinn! Und ausgerechnet die Schwester male den Teufel an die Wand und rede von Operation. Typisch. Sie wäre ja immer den Weg des geringsten Widerstands gegangen. Sofort den Ärzten ausliefern und einschläfern lassen. Das könnte ihr so passen! Aber so weit sei er noch lange nicht. Warum sollte er auch zu Doktor Tod gehen. Ein Röntgenbild? Hätte seine Schwester auch gesagt. Aber wozu? Er habe doch längst ein Röntgenbild machen lassen. Nein, nicht in den letzten Wochen, einige Jahre sei es her, aber, wenn da etwas wäre, dann müsste man es doch auch auf diesem Röntgenbild sehen können.

Acht Wochen später. Ihm gehe es gut. Er hätte eine kleine Ruhephase eingelegt. Sie kenne ja seine Theorie: Bewegung und Stillstand. Er rühre sich nicht vom Fleck. Das Land, der Hof, die Arbeit ruhen. Er komme wieder zu seinen Studien, setze seine Lektüre fort. Nein, nicht Hegel, diesmal habe er sich Spinoza vorgeknöpft. Ob sie den Satz kenne: *Nicht der Grund des Gehorchens, sondern der Gehorsam macht den Untertan*. Er arbeite an der Widerlegung des Satzes. Aus dem *Traktat*. Genau.

Mein Vater hat – was seine wissenschaftliche Arbeit angeht – eine ganz eigene Methode entwickelt. Er liest einige Stellen eines philosophischen Buches oder der Bibel, bis sich sein Gedankenfluss an einer Stelle, einem Satz oder Begriff festzurrt und er damit beginnen kann, diesen Satz anhand seiner Begrifflichkeit zu widerlegen oder in Bezug auf seine Bibelarbeit auszulegen. Er kommt mit dieser Methode sehr schnell zu logischen Schlüssen, manchmal zu absurden Schlussfolgerungen, insgesamt jedoch erstaunlich weit, was meines Erachtens an seiner schnellen

Auffassung liegt. Intuition. Er trifft oft intuitiv ins Schwarze. Seltsam, dachte ich manchmal, da lese ich angestrengt ein Semester lang die *Theologischen Jugendschriften* Hegels, lese Sekundärliteratur und suche angestrengt nach einer eigenen Auslegung, und mein Vater klappt, sagen wir *Der Geist des Christentums und sein Schicksal* an einem beliebigen Punkt auf und kommt zu demselben Ergebnis wie ich. Liebe, Leben, Gott, diese Begriffe stehen alle für ein übergeordnetes Vereinigungsprinzip, insofern eine mystische Schrift. Muss ich mich da um meinen Vater sorgen?

Gesundheitlich? Alles Bestens. Er nähme sich einfach mehr Zeit für die Dinge. Esse weniger. Eine Diät bewirke oft Wunder. Bummele durch die Stadt. Stehe vor Schaufenstern. Früher immer vorbeigehetzt. Jetzt, in der Ruhephase, genieße er die Auslagen in den Schaufenstern. Freue sich an Dingen, die er nicht benötige, die er nicht kaufen müsse. Wieder was gespart, denke er regelmäßig, in der halben Drehung vom Schaufenster weg. Die hübschen Cafés und Restaurants überall, an denen er vorbeilaufe. Derselbe Gedanke. Die Sitzplätze locken. Allerdings, hin setzen sei schlecht. Er könne sich nirgends niederlassen. Langsam gehen, aber nicht setzen. Jeder Sitzplatz eine Versuchung. Die Stühle wären einfach zu niedrig. Öffentliche Toiletten ausgeschlossen. Er würde Hilfe brauchen beim Aufstehen. Ohne eine Hilfe würde er die öffentliche Toilette nie wieder verlassen können. Wegen der Schmerzen. Noch immer. Diesmal ziehe sich der Schmerz hin. Über Wochen. Er staune auch. Eher stärker geworden anstatt besser. Aber ich solle mir keine Sorgen machen, seine Ideen ließen ihn nicht im Stich. Gerade gestern sei ein

Toilettenaufsatz anmontiert worden. Einen Toilettenaufsatz hätte er kaufen müssen, trotz seines Bemühens um Sparsamkeit. Er sei einfach nicht mehr hochgekommen.

Trotz seiner Ideen, seines Ideenreichtums, der nie versiegenden Quelle, der Versicherung, dass er schon sein Ding mache, sorgte ich mich ein wenig. Er solle endlich einen Arzt konsultieren, nur für eine Diagnose, meinte ich, das müsse doch möglich sein. Im Falle eines Bandscheibenvorfalls, hätte ich gelesen, sei unbedingt ein Arzt zu konsultieren. Ein Bandscheibenvorfall sei keine Kleinigkeit und könne nicht ausgeschlossen werden. Was er meine mit, nur ein Hexenschuss. Ischiasschmerz. Nur ein eingeklemmter Nerv. Darum gehe es doch. Ich bat ihn. Ich gab ihm Informationen. Symptome bei Druck gegen Nervenwurzel. Intensiver Schmerz. Eventuell Gefühlsstörungen. Ameisenlaufen. Taubheit. Symptome bei Druck gegen das Rückenmark. Krämpfe. Symptome bei Druck gegen Nervenfaserbündel. Fehlende Beherrschung der Blasen- und Mastdarmfunktion. Äußerte Befürchtungen. Es könne zu Lähmungen der Beinmuskulatur kommen. Ich versuchte, meine Furcht auf ihn zu übertragen. Lähmung der Beinmuskulatur. Ob er sich da etwas vorstellen könne. Krücken. Und. Nur weiter. Rollstuhl. Ob er darauf warten wolle. Umsonst. Ich redete mit den Schwestern. Sie sollten Einfluss nehmen. Hilfestellung geben. Sie taten ihr Bestes. Umsonst. Umsonst. Alles umsonst! Mein Vater war nicht bereit, sich den Ärzten auszuliefern.

Zehn Wochen später. Er hätte da was für mich. Ein Angebot. Einen Fernsehsessel. Modern. Praktisch. Und dazu noch dunkelgrün. Passe in jede Einrichtung. In jedes

Zimmer. Nein, nicht gebraucht. Ganz neu. Er hätte gleich an mich gedacht, an mein schönes Zimmer, in dem so ein Sessel erst richtig zur Geltung kommen würde. Keine Lieferzeit. Der Sessel sei ja schon in sein Haus transportiert worden. Genau. Er habe ihn schon gekauft. Nicht als Fernsehsessel, sondern als Schlafsessel. Die Idee sei ihm ganz spontan gekommen.

Der Fernsehsessel wurde ganz schnell geliefert, ein Anruf, schon standen die vor der Tür. Für ein kleines Trinkgeld hätten sie den Fernsehsessel die steile Treppe hochbugsiert. Er sei heilfroh gewesen, als der Sessel neben seinem Bett stand. Er könne nicht mehr im Bett schlafen. Es sei gerade morgens zu schlimm. Kein Grund zur Sorge. Am Tag gehe es dann irgendwie, aber morgens. Da kam ihm die Idee mit dem Fernsehsessel. Gleich im Sessel schlafen. Halb im Sitzen schlafen. So wäre das Aufstehen wieder möglich gewesen. Der Sessel sei an sich ein Wunderwerk. Allerdings nicht für ihn. Er hätte ihn probieren müssen, in ein Möbelhaus fahren müssen. Genau hier wollte er Zeit sparen und Energie. Er sei noch in der Ruhephase. Sie kenne doch seine Theorie. Hat er ihr erzählt? Nun, innerhalb der Ruhephase schien der Sesselkauf über Katalog ideal. Und die schnellen Lieferzeiten hätten ihn auch gereizt. Doch nun sei der Fernsehsessel doch zu unbequem zum Schlafen. Komfortabel, aber zum Schlafen nicht komfortabel genug. Die Sitzfläche sei nicht breit genug. Diese Sachen wisse man erst, wenn man es probiert habe. Sitzfläche 44 Zentimeter genüge nicht. Er möchte einen anderen kaufen. Ein Umtausch wäre wohl kaum möglich, denn der Sessel funktioniere ja einwandfrei. Er sollte nur etwas breiter sein. Zum Schlafen. 50 oder 60 Zentimeter Sitzfläche. Gibt es. Er habe sich schon erkundigt.

Sie, also ich, könne doch den Sessel übernehmen.

Kein Grund zur Sorge. Es sei sicher nur ein eingeklemmter Nerv. Er hätte so was vor Jahren schon einmal gehabt. Nicht so lange. Nein. So lange ging das nicht. Aber er hätte seine Methode. Ob ich nun den alten, also den gerade neu gekauften Fernsehsessel haben wolle. Er sei sehr bequem, sehr komfortabel. Ich müsse ja nicht darin übernachten. Das heißt, Mittagschläfchen ginge. Ganz modern. Dunkelgrün. Er würde ihn an sich gern behalten. Der Stuhl sei mit einigem Aufwand die Treppe hochtransportiert worden. Sehr schwer wegen des Motors. Jetzt müsse er wieder runter. Schon nach der ersten Nacht in diesem Stuhl sei ihm klar gewesen, dass der Kauf ein Fehler gewesen war. Er habe den Stuhl schon umtauschen wollen. Die Firma tauscht den Stuhl jedoch nicht. Er brauche einen ganz anderen Stuhl. Es müsse doch Stühle geben, die das Aufstehen erleichtern. Doch, doch. Er habe sich einiges zuschicken lassen. Es gibt Stühle, die dich auf Knopfdruck herausheben. Hochkomfortabel. Die Sitzfläche geht hoch, die Rückenlehne vor. Alles auf Knopfdruck.

Aufstehhilfe. Stehe im Prospekt. Stufe 3 = verstellbar durch Elektromotor und zusätzlicher Aufstehhilfe. Stufe 1 = manuell, das heißt, Sitz und Rücken lassen sich durch Körperdruck verstellen. Davon hätte er gleich die Finger gelassen, das kenne man ja aus der Bahn. Und Stufe 2 = verstellbar in Sitz und Rücken durch Elektromotor, habe er gekauft. Wegen des Preises, ein Angebot, den weniger komfortablen. Ein Fehler. Manchmal sei sogar die Sparsamkeit ein Fehler. Im Augenblick komme ihm seine Sparsamkeit teuer zu stehen. Den neuen Sessel habe er schon bestellt. Doch die Lieferzeit betrage diesmal 4 bis 6 Wochen. Es eile. Dass er in dem neuen Sessel wieder nicht Probesitzen bzw. -liegen konnte, wird ihn unter Umständen wieder teuer zu stehen kommen. Was soll man machen. Hier zählt jede Stunde.

- Ich könnte mir vorstellen, wir fahren zusammen ins Möbelhaus.
- Das würdest du tun?
- Aber ja.
- Wann hast du Zeit?
- Jetzt.

Nach anderthalb Stunden S-Bahn-Fahrt steigen wir zusammen in einen alten Opel und fahren gen Süden. Richtung Schönefeld. Es ist ein Wochentag in den Sommerferien. Die Stadt liegt träge, der sie in Atem haltende Strom ist an diesem Vormittag versiegt. Ein kleines rotes Auto wird von der Sonne vorwärtsgeschoben. Die Straße flimmert verloren. Dann – hinter fleckigen Dörfern – träumen bunte Quader auf weißen Flächen. Wir parken auf einer der Flächen und suchen den Eingang ins Bild. Mein Vater kann nur langsam gehen. Ich stütze seinen Arm. An einem Punkt öffnet sich das hellrote Quadrat wie die Tür eines Adventskalenders. Überraschung. Wir unter Möbeln. Möbel in mehreren Etagen, über uns aufgehängt, dicht aneinandergedrängt, dann neben uns herlaufend. Wir kämpfen uns durch den Duft von süßen Mandeln. Ich möchte alle Möbel essen. Papa. Papa, du brauchst doch nichts, kauf mir ein Möbel, aber ein echtes, eines, was duftet. Und noch bevor ich etwas gesagt habe, sind wir auf Abwegen. Ich zeige meinem Vater, was wirklich schön ist, ich führe meinen Vater durch die Abteilung englischer Stilmöbel. Italienische Firmen. Ich stelle meinen Vater direkt vor die italienischen Bücherregale, die ich mir nicht leisten kann, genau die, die mein Vater in meiner Wohnung gern übersieht.

– Wenn du willst, kaufe ich dir so ein Regal.
– Nicht doch. Ich wollte sie dir nur zeigen.
– Überleg es dir.
– Wir sollten nach den Sesseln sehen.

Aber der Weg, der zu den Sesseln führt, liegt im klebrigen Duft der Mandeln, und wir sind auch schon auf Abwegen. Erst im Restaurant essen. Eine Stärkung. Bisher sind wir noch keinem Menschen in diesem Möbelhaus begegnet. Pappfiguren, ja. Menschen, nein. Doch im Restaurant steht ein Koch mit seinem Tagesgericht und den Tagesgerichten von gestern und morgen, und an der Kasse sitzt eine Frau, die sich, als wir mit unseren Essen und Getränken tatsächlich auf sie zukommen, vor Aufregung an ihrem Kaugummi verschluckt, um sich gleich darauf zu vertippen. Mein Vater macht einen Witz und die Kassiererin wirkt plötzlich richtig lebendig.

Wir setzen uns. Mein Vater verzieht das Gesicht und sagt, Bratwurst und Sauerkraut, so was gibt's nicht alle Tage. Ich kenne seine Ablenkungsmanöver. Ich versuche mit ihm über schmerzstillende Mittel zu reden. Aber immer, wenn ich das empfindliche Thema berühre, benötigt er Senf, eine Serviette, einen Löffel, Ketchup, einen Lappen, ein Glas Wasser, noch eine Serviette, ein Scheibchen Zitrone und etwas. Er würde selber gehen, er lässt sich nicht gern bedienen, doch im Augenblick.

– Jetzt kaufen wir erst mal ein schönes Regal für dich.
– Ich habe ja schon zwei davon.
– Und reichen die?
– Das nicht.
– Na also.
– Dein Sessel ist doch viel wichtiger.
– Wo es die gerade gibt.
– Die Kollektion gibt es immer.

Mein Vater liegt im hellen Beige eines Fernsehsessels. Seine Gesichtszüge haben sich wieder völlig entspannt. Hinsetzen, hinlegen, das ist keine Kleinigkeit. Neben ihm steht ein Verkäufer, der erst, als mein Vater bereits auf dem Sessel erstarrt, ein kurzes Aaa ausrufend, begriff, wie er hätte helfen können. Zu spät. Mein Vater ist schnell, selbst jetzt. Dafür überlässt der Verkäufer meinem Vater reuig die Fernbedienung und erläutert alle Funktionen und technischen Details des Sessels. Es ist ein einmotoriger, mit breitem Sitz, integrierte Massagefunktion, TÜV geprüft bis 120 kg Körpergewicht, mein Vater lächelt zart, 25 Farb- und Bezugsvarianten, die Aufstehhilfe müsse man auch zum Hinsetzen, also als Hinsetzhilfe benutzen können. Ob er es noch einmal probieren wolle, fragt der Verkäufer. Mein Vater liegt bequem. Beine hoch. Gerade hat er die Rückenlehne noch weiter nach unten verstellt. Wo denken Sie hin, sagt er, Sie sagten doch Ruhesessel, das sei ein guter Ruhesessel, und jetzt müsse er ausruhen, jetzt sei Ruhephase. Nicht allein wegen der Verspannung, sie kämen ja gerade vom Essen, aus dem Restaurant des Hauses und hätten dort eine recht üppige Mahlzeit, wenn er verstehe. Seine Tochter könne, während er ausruhe, einige andere Sessel testen, stellvertretend für ihn. Der Verkäufer blickt erstaunt zur Tochter, die wiederum erstaunt auf ihren Vater blickt. Beide versuchen abzuschätzen, wie lange die Ruhephase des alten Herrn dauern wird.

Als Vater und Tochter das Möbelhaus verlassen, hält die Tochter eine Tüte gebrannter Mandeln in der Hand und hat einen Kaufvertrag für zwei Regale in der Tasche. Zwei Regale. Es war einfach günstiger. Eine Mandel für dich, eine für mich. Sie leckt die klebrigen Finger ab und lacht. Sie ist glücklich. Sie liebt ihren Vater in der Geste des Gebenden. Sie weiß ihre Bibliothek formvollendet. Auch ihr Vater ist glücklich, denn er hat ein gutes Geschäft abgeschlossen, ohne etwas für sich selbst auszugeben. Die Sessel waren ihm zu teuer, zu exklusiv, abgesehen von der Lieferzeit. Sechs Wochen. Wer soll das aushalten.

Es gab andere Hilfsaktionen. Eine blieb mir besonders deutlich in Erinnerung. Ich denke, es war die letzte Versuchung. Allein der Gedanke, ich könnte noch einmal in die Versuchung geraten, meinem Vater Hilfe anzubieten, und es nicht dabei zu belassen, sondern ihm womöglich wirklich helfen zu wollen, über mündliche Absprachen am Telefon hinaus, zur Tat zu schreiten, sich in die Bahn zu setzen, zu ihm zu fahren. Nein. Die Vorstellung, die sich in mir ausbreitet, ist folgende und bedarf, so wie ich es sehe, eines eigenen Kapitels.

6

Hilfsaktion, die letzte

Es ist die Zeit, in der man Stauden teilt. Anders ist es kaum zu erklären, dass im Vorgarten meines Vaters Stauden liegen. Innerhalb einer Woche hat sich einiges angesammelt. Frau Siebert hat den Anfang gemacht. Jetzt, wo der Vorgarten ihres Nachbarn von einem größeren Stapel Holzdielen befreit wurde, sollte man nicht lange warten. Jetzt, wo die fruchtbare Erde – etwas modrig, aber was soll's – zum Vorschein kommt, müsse man anpflanzen. Sie teile gerade ihre Stauden, bringe etwas vorbei. Geschenkt. Die Pflanzen wird sie ihm ans Haus legen. Pfingstrosen. Ja, sagt mein Vater, die mag er. Susanne Siebert hat einen kleinen Kater auf dem Arm. Sie trägt ihren kleinen Kater in den Wald. Dort läuft er seine Runde am Halsband. Aber noch steht Susanne Siebert vor seinem Gartentor und streichelt den Kater und sieht meinen Vater an. Mein Vater blickt auf das rosa Halsband mit Glöckchen, das Fell des Katers, ihre Hand im Fell. Du bist ein Engel, sagt mein Vater. Ach was, lacht sie, aber die Sonne lässt ihr helles Haar leuchten, und ihre Hand krault den Nacken des Katers.

– Einpflanzen musst du selber.
– Kein Problem, sagt mein Vater.
– Die Woche noch.
– Wird gemacht.

Auf dem Weg zum Bäcker entdeckt Schmitthals den kleinen Hügel Stauden im Vorgarten seines Nachbarn. Was soll's. Er legt einige Schwertlilien daneben. Wozu viel fragen. Nachbarn müssen zusammenhalten. Einer gibt einen Busch dazu. Und wieder einer stellt Stiefmütterchen in einer Reihe auf. Lehnert war das, der anonym bleiben will, weil er meinen Vater nie sonderlich mochte. Aber nach einer schweren Krankheit ändert sich manches, und man glaubt plötzlich an dies und das. Der Walter, sagt man in der Straße, könne Flüche abwenden.

Mein Vater hat viel zu tun. Er ist immer unterwegs. Manchmal nur in Gedanken, aber selbst in diesem Fall, ist er oftmals erstaunt darüber, was sich in seiner Abwesenheit alles getan hat. Am Ende der Woche stellt er fest, dass der große Hügel aus Holzdielen durch drei kleine Hügel Pflanzen ersetzt wurde. Nachbarn müssen zusammenhalten.

Eine witzige Geschichte, sage ich am Telefon, und wer pflanzt die Stauden ein? Mein Vater hat viel zu tun, in der Stadt, auf dem Land und unterwegs auch, aber ich darf kommen und pflanzen. Er möchte die Pflanzen nicht umkommen lassen, das Verhältnis zu den Nachbarn verbessern. Und dann ist da noch Susanne Siebert, die ihren Garten so schön gepflegt hat, die viel von Pflanzen versteht und von Tieren.

Als ich ankomme, ist Mittagspause, da darf man nicht so laut. Dann leise. Nein. Mein Vater braucht Ruhe, seine Ruhephase hat gerade eingesetzt. Setz dich. Nimm dir ein Buch. Lass die Seele. Und die Pflanzen? Später. Das Kind, das du mitgebracht hast, kein Problem, muss Mittagsschlaf halten. Tut es nicht. Wieso? Kinder halten doch Mittagsschlaf. Wieso nicht hier? Kinder muss man im Griff haben. Ich sage nicht, dann hätte ich doch später kommen können. Ich gehe spazieren, mit dem Kind, das im Haus des Großvaters keinen Mittagsschlaf halten will.

Als ich zurück bin, ist es an der Zeit. Doch nicht an der Zeit zu pflanzen. Nichts überstürzen. Es ist warm. Sonnig. Der Boden trocken. Ich sehe drei traurige Hügel, die müden Pflanzen, die zähen Erdklumpen, die langsam abbröckeln. Mein Vater im Schatten. Epikureisch. Wir werden nicht über Politik reden. Aber wir müssen reden. Seit Tagen beschäftige ihn diese Stelle. Er kratzt vorsichtig eine Stelle auf dem linken Schulterblatt.

– Auf der Schulter?
– Nein. Eine Bibelstelle.
– Und welche?
– Von den Arbeitern im Weinberg. Da stimmt was nicht.
– Es ist eben ein Gleichnis.
– Ich als Kaufmann frage mich da …

Endlich ist es an der Zeit zu pflanzen. Aber nur, wenn du Lust hast. Hab ich. Ich bin doch gekommen, um zu helfen. Gartenwerkzeug steht im Keller. In der Waschküche könnte die Harke, und ein Spaten hinterm Haus. Ich finde den Spaten und will anfangen. Ich trage den Spaten wie eine

Fahne in den Vorgarten. Ich setze den Spaten zwei Meter vom Haus entfernt an. Mein Fuß ruht energisch. Dann stehen beide Füße auf dem Spaten und ich wippe. Nur kurz. Schon stehen beide Füße wieder neben dem Spaten. Der Boden ist trocken. Trotzdem steckt der Spaten 4 Zentimeter tief in der Erde. Es ist nicht unmöglich zu pflanzen, man muss nur Wasser holen. Die Pflanzen hängen schlapp. Ihre zarten Blätter nehmen an Zartheit zu, ihre schmucken Köpfe verblassen. Wasser.

– Reicht der Schlauch bis nach vorn?
– In keinem Fall.
– Und Wasser?
– Hab ich abgestellt. Es muss so gehen.
– Ohne Schlauch.
– Ohne Leitungswasser.
– Na schön, also was nehme ich dann zum Anpflanzen?
– Du kannst Regenwasser einsammeln. Hier findest du überall Regenwasser. In den Eimern, Schüsseln, Dosen.

Mein Vater spart, wo er kann. Und im Alter braucht man nicht mehr so viel. Man braucht keine neuen Dinge anzuschaffen, wenn schon so viele alte Dinge im Weg stehen. Eine Regentonne wäre nicht schlecht gewesen, doch die hätte man neu anschaffen müssen. Du bist doch flexibel, sagt mein Vater, und jung und gesund, da kannst du dich doch mal bücken. Hier gibt es überall Wasser, man muss nur die Augen auftun und sich bücken.

Endlich tun sich mir die Augen auf. Quarkbecher mit Wasser oder halb und halb mit altem Quark und Wasser stehen auf der Treppe. Warten. Und ich dachte, die würden nur im Weg stehen. Weil unsere Augen sie nicht sehen. Und unten am Fuß der kleinen Treppe steht da nicht eine verrostete Büchse? Und. Ist da etwa kein frisches Regenwasser drin? Und ist Regenwasser nicht viel besser für die Pflanzen? Auch das vom Laub in der Büchse längst faulige Wasser ist besser für die Pflanzen. Aber ja. Die paar rostigen Nägel nimmst du eben raus. Das Kind, das du mitgebracht hast, kann helfen. Kinder helfen doch gern. Hinten im Garten tropfte längere Zeit die Wasserleitung und darunter steht noch die alte Kinderbadewanne aus Zink. Da könne das Kind baden, wenn das Wasser ausreicht. Oder Wasser schöpfen. Für die Pflanzen. Schwimme etwas darin, leblos, dann müsse man es eben herausfischen. Es war die letzte Hilfsaktion. Meinerseits.

7

Freundschaftsdienste

Aber nicht die letzte Hilfsaktion meines Vaters. Mein Vater, immer am Helfen, fühlt sich durch die Hilfsaktionen anderer gestört. Mit einer Ausnahme, Susanne Siebert. Susannes Aktionen werden gern als Liebesdienste interpretiert. Davon später, einigen wir uns auf das nächste Kapitel. Aber Frau Kaiser beispielsweise, die ihm jetzt zweimal wöchentlich Käse oder Wurst oder Fertiggerichte mitbringt, die übertreibt, die überspannt den Bogen. Soviel kann er in seinem Alter nicht essen, selbst dann nicht, wenn er noch einen Zahn zulegt. Frau Kaiser kümmert sich gern um andere Menschen, aber da ist sie bei meinem Vater an der falschen Adresse. Mein Vater mag es nicht, bemuttert zu werden. Frau Kaiser ahnt nichts davon, denn natürlich ist mein Vater sehr freundlich zu ihr und nimmt ihr all die Lebensmittel ab. Wo sie so schwer trägt. Die Frau Kaiser hat es nicht leicht, trägt schwer an ihrem Schicksal. Schicksal. Schicksal. Was soll man sich darunter vorstellen?

Zunächst. Rudi stirbt. Rudi fasste sich ans Herz und fiel um. Rudis letzter Blick galt seinen Ponys. Er war eigentlich immer draußen in seinem Zigeunerwagen. Bei den Pferden. Die Kaiser kann es kaum glauben. Sie läuft zu meinem Vater. Der kann es auch nicht glauben. Der Rudi sah immer so gesund aus. Vor zwei Tagen noch. Der Rudi war auch viel jünger als er. Und kräftig war der. Hat ihm die Freundin ausgespannt, die Ines, vor nicht allzu langer Zeit, sagt er nicht, obwohl die Kaiser das am Ende doch erfuhr. Die Kaiser ist völlig fertig. Sie hat den Rudi öfter mal vor die Tür gesetzt oder sie hat es angedroht oder sie wollte es ihm androhen. Jetzt ist es egal. Der Rudi hat sie richtig ausgenutzt. All die Jahre. Sie war die Geberin. Sie hat das Geld. Sie hat das Haus. Jetzt hat sie die Pferde dazu. Nur der Rudi fehlt. Wen soll sie jetzt versorgen? Sie kann es einfach nicht glauben. Mein Vater kann es auch kaum glauben. Die Lücke, die der Rudi hinterlässt. So plötzlich.

Dann. Die Beerdigung für den Rudi. Die letzte Gabe. Mein Vater stützt die Witwe, und die ist froh, dass sie meinen Vater an ihrer Seite hat. Ein ausgelassenes Fest. Auch Ines ist gekommen. Die heult mehr als die Witwe. Ines denkt an den Sommer mit Rudi. Sie wollten die Pferde anspannen und auf und davon. Für immer im Zigeunerwagen. Rudi, der dicke alte Mann. Dreißig Jahre älter. Niemand verstand das. Hei Rudi, spann den Wagen an. Zwei Wochen waren sie unterwegs. Ein so verrückter Sommer. Erst Walter, dann Rudi. Dann nichts mehr. Sie schluchzt laut auf. Haltlos. Dann hebt sie das Glas, ein Schnäpschen auf Rudi, was Walter?

Die Witwe sorgt sich. Ob das Essen schmeckt, ob jeder genug auf dem Teller hat, und der Wein nicht zu kühl ist. Die Lücke, die der Rudi hinterlässt, die kann niemand füllen, das weiß jeder. Der Rudi war ein verrückter Kindskopf.

Und versoffen. Gerade deshalb brauchte er sie. Sie hat sich ganz auf ihn konzentriert. Sie kann sich jetzt nicht auf die Lücke konzentrieren, die der Rudi hinterlässt. Sie sieht Walter an. Walter, der beste Freund vom Rudi, der bleibt jetzt allein zurück, wie sie. Sie sieht zu Walter rüber, nickt ihm zu, und der hält es für ein Zeichen, nimmt den Teelöffel und läutet die Rede ein, den Nachruf auf Rudi. Was der Rudi für ein kräftiger, gesunder, munterer Bursche war. Eine schöne Rede. Witwe Kaiser sieht, wie Walter die Haare vom Kopf abstehen. Angeblich schneidet er sich die Haare seit Jahren selbst. Und man sieht, der Walter lebt allein, hat niemanden, der sich um ihn kümmert. Wenigstens die Wäsche oder Essen oder jemand, der nach ihm sieht.

Das muss der Schmerz sein, denkt mein Vater. Er soll einmal in der Woche zu ihr kommen. Sie kocht. Mein Vater geht täglich zu Rudis Pferden, vierzehntägig zum Grab und einmal die Woche zur Witwe. Er isst alles, was sie gekocht hat, obwohl es ihm schwer im Magen liegt. Zu viel Fett. Sie hat nur die Lücke vom Rudi. Also besucht sie meinen Vater. Beide kümmern sich. Beide bemühen sich, die Lücke, die der Rudi so plötzlich hinterließ, zu füllen. Aber dann kommt der Tag, an dem sich die Witwe Kaiser zu sehr um meinen Vater bemüht. Wer kümmert sich hier eigentlich um wen, fragt sich mein Vater, und er kann ihren Antrag unmöglich annehmen. Nicht wegen des Geldes oder Hauses, nicht wegen der Mächtigkeit ihres Besitzes oder weil sie glaubt alles, auch das Sagen, haben zu müssen, und auch nicht wegen der Tatsache, dass sie ihren Mann überlebt hat, diesen und den davor, am Ende womöglich all ihre Männer überleben wird. Nein. Es geht nicht. Es funktioniert nicht. Man weiß in diesen Dingen nie so genau, warum.

Endlich. Man ging auf Abstand. Alle drei Wochen ein Telefonat, jeder kümmerte sich wieder um seine eigenen Angelegenheiten, bis sie mit ihrem Auge kam.

– Das Auge. Entzündet. Ich seh kaum mehr was.
– Wie kommt das denn?
– Vom Rudi.
– Wieso vom Rudi?
– Der hat mir verflucht.
– Wie das denn?
– Der hat gesagt, ich soll blind werden.

Schlussendlich. Da muss man etwas tun. Die Kaiser hatte zwar immer schon was mit den Augen, doch so ein Fluch. Da hat es sich der Rudi einfach gemacht, sagt mein Vater. Doch so ein Fluch. Da muss man etwas unternehmen, am besten gleich. Er geht mit der Witwe Kaiser auf den Friedhof, zum Rudi. In den letzten Wochen hatte keiner mehr Zeit gefunden. Das kleine Grab blickt vernachlässigt. Doch jetzt steht er mit der Witwe am Grab. Und sie haben etwas mitgebracht. Frische Blumen haben sie beide gekauft. Astern, sieh mal Rudi, sagt mein Vater, wie hübsch die aussehen. Dann stellt er die Astern in die Vase, und sie setzt einen kleinen Rosentopf daneben. Darauf stehen sie beide wie angewurzelt und warten. Eine Frau mit Gießkanne geht vorbei. Niemand achtet auf sie. Niemand grüßt. Sie stehen wie angewurzelt und wissen, der Rudi, der muss uns ein Zeichen geben, noch bevor sie ihre Bitte vorbringen. Die Witwe Kaiser fängt an zu zittern. Meine Knie, will sie sagen, meine Knie. Aber sie sagt nichts. Sie starrt auf den Grabstein. Mein Vater sieht wie ein Asternstängel umknickt, der dicke Blütenkopf einfach zur Seite fällt. Er bückt sich nicht. Er sagt, der Rudi zeigt sich. Der Rudi hört uns jetzt. Er begrüßt den Rudi noch einmal feierlich, und die Witwe Kaiser weint das Salz aus ihren entzündeten Augen. Du kannst dich auf die Bank setzen, sagt mein Vater, ich rede allein mit ihm. Und das macht sie jetzt auch, denn die Knie zittern und die Hände und von ihren Augen ganz abgesehen. Sie sieht alles verschwommen vom Weinen. Sie kann kaum was sehen. Der Fluch. Der Fluch lässt sie bald alles so verschwommen sehen. Der verdammte Fluch. Sie kann nicht hören, was der Walter zum Rudi sagt. Sie will es auch nicht hören. Der Walter wird schon die richtigen Worte finden. Er wird dem Rudi ins Gewissen reden. Er soll nur den Fluch von ihr nehmen. Ein im Suff ausgerufener Fluch, aber ein Fluch. Wirksam.

– Er hat sich gefreut, dass wir da waren, sagt mein Vater.
– Und der Fluch, fragt die Witwe.
– Er wird sehn, was sich machen lässt.
– Sollen wir wiederkommen?
– Ja.

8

Lust und Hiebe

Eine Tochter, die ein Buch über ihren Vater schreibt, wünscht, ohne dieses Kapitel auszukommen. Eine Tochter will sich nicht in die Lust- und Liebesangelegenheiten ihres Vaters einmischen, will nichts wissen, sich nichts vorstellen. Ein Vater hat Rückenschmerzen, nicht Liebeskummer. Ein Vater hat Geistesblitze, keine Samenergüsse. Ein Vater im Alter meines Vaters hat beinahe körperlos – reiner Geist – zu sein. Und noch etwas. Ein Vater hat monogam zu sein. Wenn er schon ein Ding haben muss, dann soll er es in die Mama stecken und mich zeugen. Papa fickt Mama. Das geht. Papa und Mama wollen mich zeugen. Gut. Immer wieder. Nur zu. Wiedergezeugt werden. Das geht. Alles andere geht nicht, ist widerwärtig, übersteigt die Vorstellungskraft. Warum beherbergt mein Kopf Geschichten, die die Vorstellungskraft übersteigen?

Erste die Vorstellungskraft übersteigende Geschichte

Frühling auf der Schönhauser, auf der Schönhauser Allee. Mit diesem alten Schlager im Kopf fährt mein Vater Richtung Zoo. Allein. Lieber wäre ihm mit Susanne, aber die hat keine Zeit für ihn. Die ist beschäftigt. Susanne hat ja nicht nur die Blumen und den Kater, Susanne hat jetzt auch ein Pferd. Er will sich nicht beklagen. Er hat ihr geholfen, wo er nur konnte, von der Suche nach dem richtigen Stall bis zu den passenden Reitstiefeln. Wie sie leuchtet im Glück. Er hat es gesehen. Und wenn sie sich nicht meldet, dann wird sie wohl zu tun haben. Und wenn sie sich nicht meldet, obwohl sie verabredet hatten, dass sie sich meldet, spätestens zum Wochenende, und da ist das Wochenende ran, und sie meldet sich nicht, dann wird sie wohl sehr viel zu tun haben. Da muss man nicht unruhig werden. Aber nur allein sitzen und warten. Und grübeln. Dann lieber allein aufmachen. Richtung Kudamm. Da ist immer was los. Da muss man nicht lange warten. Wohltatsche Buchhandlung. Du gehst rein und findest. Du suchst nicht, du findest, wie Picasso. Mein Vater findet auf Anhieb ein Büchlein zum Spottpreis. Graf Gneisenau, denkt er, von dem hast du doch ein Grundstück. Drei Euro verglichen mit den Ausgaben des Grafen oder dem Erwerb eines solchen Grundstückes: nichts. Also. Schon allein das alte Foto auf dem Buchdeckel. Eigentlich unbezahlbar.

Er spaziert mitten durch den Sonnenschein und ist froh. Endlich hat er aufgehört, an Susanne Siebert zu denken, kann er den Tag genießen im Taumel der Menschenmenge. Endlich fühlt er sich wieder frei und kann sein Ding machen. Er sieht die Rollschuhkünstler und die Bodenturner und bewundert ihre Kunststücke. Dolle Dinger machen die.

Er setzt sich auf eine niedrige Bank aus Stein, um der Vorstellung weiter zuzusehen. Die Vorstellung ist umsonst. Die verausgaben sich für nichts, denkt mein Vater und da fällt ihm, er weiß auch nicht warum, wieder Susanne ein. Er legt die Hände auf den Stein. Warmen Stein. Die Bank ist warm von der Sonne. Er will abschalten, den Tag genießen, fremden Leuten dabei zusehen, wie sie sich verbiegen, sich verausgaben. Anderen beim Zusehen zusehen. Da steht eine in seinem Blickfeld, die guckt wie er. Nicht, dass sie suchen würde, aber sie ist bereit zu finden. Altersmäßig so um die Dreißig. Er guckt zu ihr rüber. Und während andere Fotos schießen, guckt sie zu ihm rüber. Bemerkt ihn. Einer jongliert. Er guckt zu ihr. Einer der Rollschuhkünstler fällt. Sie guckt zu ihm. Dann erhebt man sich oder wird aufgehoben. Im Blickfeld des anderen erhebt man sich leicht. Von Blicken gezogen. Folgsam. Man geht. Er geht hinter ihr, was nicht heißt, dass er ihr folgt. Sie dreht sich ab und zu um, was nicht heißt, dass sie sich verfolgt fühlt. Ging er zuerst oder sie. So genau könnte mein Vater das jetzt nicht sagen. Sie geht langsam. Er geht langsam. Sie bleibt kurz stehen, kramt in der Tasche. Er bleibt stehen und sieht auf die Uhr. Man schlendert an Schaufenstern entlang. Vor einem der Fenster bleibt sie stehen. Ein Ledergeschäft. Vor dem Geschäft drei Ständer mit Taschen. Sie begutachtet einige Taschen in Rot, achtet auf die Preise, dann auf. Sie hält eine der Taschen hoch und sieht zwischen den Henkeln durch, zu ihm rüber. Sie will sehen, ob er sie noch sieht. Er hat sich gerade rechtzeitig dem Schaufenster an seiner Seite zugewandt. Taschenmesser liegen in der Auslage. Das geht in Ordnung, findet er. Ein roter Griff leuchtet. Ein Kindermesser. Er tritt näher ans Schaufenster heran. Die Sonne blendet etwas. Jetzt sieht er neben dem Kindermesser eines mit schwarzem Griff, liest Ebenholz-Schalen. Warum nicht. Was wird so was kosten, fragt er sich. Daneben Satine-Rotholz. Daneben *handgefertigtes Hartkopf Taschenmesser mit Hirnschalen.* Ach was. Was denn für Hirnschalen. *Handgefertigtes Hartkopf Taschenmesser mit Hirschschalen.* Daneben *Handgefertigtes Hartkopf Damaszener-Messer mit Schalen aus Schlangenholz.* Ein Flachmann. Zwei Ferngläser. Was will sie eigentlich mit einer roten Tasche. Manchmal weiß man nicht, mit wem man es so zu tun hat. Was ist sie eigentlich für eine. Rote Tasche. Was wird die kosten, fragt er sich. Er guckt. Daneben verschiedene Jagdmesser, eines mit Ziegenhorngriff, eine Rarität, das würde ihn schon, daneben steht Sonderaktion für Pistolen, nein, wenn die Sonne nicht ständig, zwei Schritte weiter, Sonderaktion für Vereine, Jägervereine und Anglervereine und oder Kochfreunde, ob er da irgendwo dazugehört. Irgendwo gehört doch jeder dazu, daneben ein Gewehr an der Wand, ein Hut, sicher nur Dekoration, Schlüsselanhänger. Das Gewehr an der Wand wird irgendwann herunterfallen müssen. Er guckt. Nein, nicht nach dem Gewehr. Sie steht noch bei den Handtaschen. Vielleicht geht sie in den Laden. Vielleicht will sie was fragen oder kaufen, dann könnte auch er mal kurz in den Laden huschen. Das Taschenmesser mit den Hirschschalen. Was wird das kosten. So locken sie die Leute immer in ihre Läden. Er guckt. Die Sonne drängelt sich immer wieder vor das Schaufenster, zwischen ihn und die Auslagen im Fenster, dass man geblendet ist, dass man die Auslagen im

Fenster. Er guckt. Er könnte doch auf einen Sprung in den Laden. Sie ist doch noch mit den Taschen beschäftigt. Nein. Jetzt geht sie weiter. Mein Vater fragt sich nicht, ob das Taschenmesser mit den Hirschschalen oder die fremde Frau. Er folgt ihr intuitiv. Er ist schnell.

Es gibt eine Straßenkreuzung. Eine Ampel auf Rot. Einen Zeitungskiosk, an dem man unauffällig stehen kann, bis beispielsweise eine Ampel auf Grün geht. Es gibt einen kleinen Platz und auf dem Platz gibt es Peruaner, die spielen auf ihren Panflöten. Ihre fransigen Ponchos tanzen. Dem Sänger möchte man länger zuhören. Der Sänger ist gut. Und der Sänger ist ein älterer Mann wie er. Mein Vater guckt zu ihr rüber. Sie steht in der Nähe. Sie hört der Musik zu und. Er weiß nicht, ob sie bleiben will. Er nimmt einen Fünfziger aus der Tasche und geht auf den Hut zu, der auf dem Boden liegt, vor den Füßen des Sängers. Vorsichtig legt er den Fünfziger in den Hut. Als er sich umdreht, sieht er sie sitzen. Er wäre auch gern geblieben, aber. Ein letzter Blick. Er geht. Langsam, aber er geht. Abspann. So ist das doch in den Filmen oder im Leben oder in diesen rein zufälligen Begegnungen. Ein letzter Blick und man geht auseinander.

Da steht sie auf und folgt ihm. Richtung Kudamm. Vielleicht folgt sie ihm nicht, aber Tatsache ist, sie geht hinter ihm. Das gibt einen Pluspunkt, denkt mein Vater. Ein Papierkorb, ein Laternenpfahl, ein kaputtes Rad. Er will sich nicht gleich wieder umdrehen. Rote Tasche. Er dreht sich um. Sie zündet sich gerade eine an. Das gibt einen Minuspunkt. Vielleicht nur einen halben Minuspunkt, aber schön ist es nicht. Frauen, die auf der Straße rauchen.

Überhaupt Frauen, die rauchen. Da muss er nicht erst an Susanne denken. Über dieser fehlenden Notwendigkeit verlangsamt sich sein Schritt. Über dieser fehlenden Notwendigkeit bleibt er plötzlich stehen und spricht sie an. Kaffee? Sie will nicht. Sie kauft sich ein Eis. Sie läuft auf die U-Bahn zu und verschwindet vor seinen Augen. Das heißt, bevor sie in dem dunklen U-Bahnschacht verschwindet, dreht sie sich noch einmal zu ihm um. Für einen Moment ist mein Vater ratlos. Er hatte sich gerade ein wenig an sie gewöhnt. Er denkt nicht an die Filme, in denen es angeblich immer so ist, weil er sich keine Filme ansieht. Er hat keinen Fernseher. Er geht nicht ins Kino. Er hat in seinem Leben keinen einzigen Film zu Ende. Vielleicht einen. Früher. Es war nur. Die Art wie sie ihr Eis schleckte, guckte. Und das Haar hatte sie auch so niedlich. Er steht und wartet. Immerhin in der Sonne. Vielleicht kommt sie zurück. Er guckt in den dunklen Schacht. Er wartet, aber nur ein bisschen. Er kann sich vorstellen, sie kommt zu ihm zurück. Sie trinken doch einen Kaffee. Er kauft ihr noch ein Eis. Sie guckt. Er gibt ihr Feuer. Warum nicht. Er guckt. Wenn sie unbedingt die rote Tasche will, dann kauft er ihr die rote Tasche.

Sie kommt! Ehrlich? Sie kommt die Treppe hoch. Mein Vater ist jetzt doch etwas überrascht. Er kennt sich nicht aus. Die Frauen. Wer soll sich da auskennen. Ein Pluspunkt, denkt er, und im Schwung dieses Gedankens springt er zur Seite. Da ist ein Halt. Da ist ein Geländer. Er hält die Balance, lehnt sich an das Geländer. Er lehnt am Geländer. Lässig. Er steht unbeteiligt. Blickt zur Seite. Soll sie vorgehen, denkt er.

Es geht Richtung Café. Da wäre noch ein Tisch. Vorbei am Café. Schade eigentlich. Er hätte sie doch eingeladen. Links rüber. Richtig schlau wird er nicht daraus. Sie will die Straßenseite wechseln. Er folgt. Jetzt stehen sie beide auf dem schmalen Mittelstreifen. Schweigend. Er könnte sie jetzt ohne weiteres ansprechen. Aber sie könnte ihn auch ohne weiteres ansprechen. Beide schweigen. Der Straßenlärm. Der Gestank. Die Gefahr. Beide spielen oder spielen sie sich etwas vor. Sie läuft in eine der Straßen hinein. Er folgt ihr ein Stück. Plötzlich verliert er die Lust. Sie dreht sich um. Laufend dreht sie sich um. Sie guckt. Ganz dicht ist die nicht, denkt mein Vater und bleibt stehen. Normalerweise macht man so was nicht, denkt er und sieht, wie sie zurückkommt. Er war ihr nicht mehr gefolgt, und sie kommt zurück. Was soll er davon halten. Ein Pluspunkt. Oder was. Sie steckt sich wieder eine an. Sie kommt auf ihn zu und sieht ihn an. Aber als sie auf seiner Höhe ist, als sie dicht neben ihm, so dass ihre Schulter seine Schulter hätte. Da hört er auf zu rechnen, denn sie will an ihm vorbei. Er muss schnell sein. Er fragt, woll'n wir was trinken gehen. Sie lehnt ab. Geht vorbei. Mein Vater bleibt an der Ecke stehen. Er ist jetzt bereit, sie aus den Augen zu verlieren.

Er ist jetzt bereit, sich zu fragen, wie sie aussah. Sich an sie zu erinnern, sie in gutem Andenken zu behalten, während sie wieder eine Straßenseite wechseln muss, ausgerechnet auf Beate Uhse zusteuert, um die Ecke knickt, und er sie tatsächlich aus den Augen verliert. Jemandem von ihr zu erzählen. Sie sah nicht schlecht aus. Sie war nicht übermäßig elegant, was nicht heißen soll, dass sie billig aussah. Kein Strichmädchen. Sie sah nicht aus wie eine, die auf den

Strich geht. Ziemlich schlanker Oberkörper. Und, nicht klein. Mit Bubikopf, schlankes Gesicht, schlank. Hose oder Rock. So genau könnte er das nicht sagen. Er hat sie jetzt schon längere Zeit aus den Augen verloren, sie verschwand irgendwo in den Arkaden, und in seiner Erinnerung, die nicht sehr zuverlässig ist. Bauchfrei. Mit Sicherheit.

Aus den Augen, aus dem Sinn. Mein Vater überlegt, ob er sich zu viel einbildet. Aber in seiner Erinnerung kam sie immer wieder auf ihn zugelaufen. Guckte sie, guckte er. Sahen sie sich so deutlich, wie er jetzt Burger King sieht. Da ist jetzt Burger King drin. So, so lag etwas in ihrem Sehen. Ecke Hardenberger-Joachimsthaler. Bevor man rübergeht zum Zoo. Da, da sieht er einen Zipfel, eine Haarsträhne, einen Absatz, sieht er sie fortgehen, sich abwenden, von ihm, ihrem. Was die sich wohl vorstellt. Folgt er ihr etwa. Denkt sie wirklich, bildet sie sich vielleicht ein, er würde sie verfolgen. Was die sich denkt, nach zwei Körben. Nach zwei Körben verfolgt ein Mann eine Frau nicht länger. Nach zwei Körben geht ein Mann seiner Wege. Was ist nur mit der los. Genaugenommen hätte sie längst weg sein können. Zwar ist er schnell, so schnell aber. Sie guckt. Er guckt. Er verliert sie aus den Augen.

Und irgendwann, inzwischen hatte man seine Erinnerungen schon verarbeitet, stand sie vor ihm. Damit hat er nicht mehr gerechnet. Sie muss gewartet haben. Sie muss zurückgekommen sein. Sie will, dass er ihr einen Pluspunkt gibt. Was bleibt ihm. Er fragt, wolln wir ins Kino gehen. Sie lehnt ab. Jetzt hat er drei Körbe.

Jetzt fragt er sich, was er hätte anders machen können. Er sieht an sich herunter. Ist die Hose offen. Nein. Sieht er aus wie ein Bulle. Nun. Er sieht aus wie ein Hilfspolizist. Halbuniformiert. Helles Hemd. Ocker. Braune Hose. Zeigen Sie bitte ihren Ausweis. Kommen Sie mit in dieses Restaurant. In dieses Zimmer. Setzen oder legen Sie sich hier hin. Hat Sie die Artistik nicht ebenso angesprochen. Die Straßenkunst.

9

Zweite die Vorstellungskraft übersteigende Geschichte

Wenn man um zwei Uhr nachts aufsteht, um zur Großbäckerei zu fahren, wegen der harten Brötchen und Brote und Kuchen und das zweimal in der Woche, dann kann es vorkommen, dass man keiner Menschenseele auf der Fahrt begegnet und, dass selbst in der Großbäckerei, wo die Leute von der Nachtschicht, dass niemand zu sehen ist, die Leute einfach abgehauen sind, ohne die alten Brote und Kuchen auf den Blechen sortiert zu haben. Das Licht brennt auf dem Hof der Großbäckerei, aber kein Mensch ist mehr da. Mein Vater sortiert die Brote und Kuchen dann allein. Die Angestellten der Bäckerei kennen ihn, verlassen sich auf ihn, und der Chef sagte neulich, wenn du alles nehmen kannst, nimm es, dann jag ich die andern vom Hof. Mir wäre lieber, einer holt alles, einer wie du. Daran denkt mein Vater, wenn es so still ist auf dem Hof der Großbäckerei, wenn er die Säcke, die großen Papiersäcke, mit Brot füllt – die besten ganz nach oben für Susanne – und auf seinen Hänger lädt. Erst wollte Susanne von dem alten Brot nichts wissen, aber jetzt beobachtet sie genau, wann der Hänger vorm Haus steht, und steht er da, dann kommt sie angelaufen und holt sich Brot, nur für die Pferde, natürlich, nur für die Pferde.

Erst wollte Susanne auch von ihm nichts wissen, aber was soll man tun, wenn einer nicht aufgibt, wenn einer immer wieder mit Geschenken vor der Tür steht und Versprechen macht oder dich zum Essen einlädt und Versprechen macht, und was hilft es, wenn er ein paar seiner Versprechen nicht einhält, zum Beispiel, dass sie ausgesorgt hätte bei ihm. Besonders dies eine Versprechen hat es ihr angetan. Seit er ihr dieses Versprechen gab, hängt sie sogar etwas an ihm. Sie weiß, er kann das Versprechen nicht einlösen, und das reibt sie ihm bei jedem Streit unter die Nase, aber sie weiß auch, dass er der Einzige ist, der. Wer gibt schon ein solches Versprechen.

Ein alter eifersüchtiger Mann, sie könnte sicher andere haben, der sich wegen nichts aufregt, der wegen nichts Schluss macht, der sie im Auto gesehen haben will mit einem anderen und Schluss macht, der nicht schlafen kann im Geklopf, in der Nacht, der Nacht, die ihm zuruft, sie könnte andere haben, andere haben, mitten in der Nacht kann er nicht Schluss machen. Der sie am Montag nicht antraf und Schluss macht, der sich fragt, warum sie plötzlich in den Süden fährt, angeblich zu einer Freundin, und Schluss macht, dem es besser geht, wenn er Schluss gemacht hat, der immerzu Schluss machen will und kann, außer nachts, wenn er wach liegt, verjagt vom Geklopf seines hageren Herzens. Der bei jeder Gelegenheit brüllt, dann ist Schluss, wenn du dich Liebkind machst bei andern, dann ist Schluss, wenn du den Kerlen am Nachbartisch schöne Augen machst, Schluss. Schluss. Schluss.

Der sich anrufen lässt, der sich anhört, ihr schweres Blut, er solle doch Rücksicht nehmen, er wisse doch, sie nehme Tabletten zur Blutverdünnung und. Wie schlecht es ihr gehe. Der sich versöhnt.

Der mit ihr durch die Baumärkte fährt und Steine kauft, für sie. Für die Laube. Tisch und Stühle dazu. Für die grünen Augen, die leuchtenden Augen. An der Kasse, die teure Gartenschere. Er drückt gern mal ein Auge zu. Für sie. Für die Laube, in der er nie sitzen darf. Für die Frau, die er nie umarmen oder küssen darf oder. Denk nicht dran. Der Pralinen mitbringt und Kaffee. Der Auslegware besorgt für die Laube. Die grünen Augen. Der den Schutt abtransportiert. Der die Augen offen hält, als ein junger starker Mann mit anpackt, den sie sicher ranlassen würde, den sie anlacht, dem sie einen Stuhl anbietet, ach was, dem sie extra einen Stuhl holt, von oben runter holt, dem sie extra einen Klappstuhl aufstellt in der Laube, in der er, der Alte, verlegen herumsteht, er, der ihr jeden Wunsch von den Augen abliest, der alles besorgt, der die Laube jetzt verlassen soll, oder was, die Laube, in der er nie sitzen darf, in der er nie Gast sein wird, in der er das Geklopf anruft: Schluss jetzt.

Der sich anrufen lässt, der sich anhört, ihr Herz, er solle doch Rücksicht nehmen, er wisse doch, ihr Herz. Der gut schlief in der letzten Nacht. Wie ein Engel. Der mein Engel zu ihr sagt.

Der mit ihr in die Autowerkstatt fährt, als nichts mehr geht, zuvor heißt es, nichts geht mehr, und davor, selbst ist der Mann, wir werfen unser Geld nicht zum Fenster raus, und davor, ich mach das, ich bin der Mann für dein Auto. Zweimal bringt er es zum Fahren, dann aber, als er es nicht mehr zum Fahren bringt, und alle Sätze gesagt sind, ist er derjenige, der mit ihr in die Autowerkstatt fährt. Der sofort bemerkt, wie sich ihr Gesicht aufhellt, der Rücken spannt, die Schultern – und sind das nicht ihre Brustwarzen – beim Anblick der Automechaniker, die schmutzig unter Wagen liegen oder aus Türen treten, die niemand für möglich hielt. Der das nicht alles schon aus Filmen kennt. Der trotzdem zum Zuschauer wird. Riecht es nach Öl und Schweiß, dann ist er derjenige, der übersehen wird, von dem plötzlich gewünscht wird, dass er draußen warte, sich vor die Werkstatt setze auf eine Bank. Das alte Lied. Klopft da jemand, es klopft. Alle alten Männer, alten Männer auf die Bank. Alle alten Männer auf die Bank. Was. Aber zum Bezahlen darf er wiederkommen, zum Bezahlen soll er wieder in die Werkstatt marschieren. Was. Der das Geklopf erkennt. Der sie durchschaut hat, der den Lärm unerträglich findet, der einen Ausweg sucht, der sich wehrt, jetzt will er sich wehren, und zwar nicht erst bei nächster Gelegenheit, irgendwann, sondern gleich hier und jetzt. Der vor die Werkstatt tritt wie ein König und allen erzählt, er würde sie freihalten. Was ist dabei. Der Bürgersteig ist von Schnee freizuhalten. Was ist dabei. Er hat nichts Schmutziges gesagt. Schnee rutscht manchmal schmutzig vom Bürgersteig, der freizuhalten ist, von einem wie. Der getröstet scheint, wenn er sagt, ich halte sie frei. Draußen. Das begreift jeder, auch der Mechaniker, der vor der Werkstatt raucht. Du verstehst schon, sagt mein Vater und zwinkert. Es ist ein bisschen windig. Der Spund soll nicht denken, er hätte was im Auge. Er zwinkert. Er will sicher gehen. Er hört nicht auf zu zwinkern. Du verstehst doch, verstehst schon, freihalten. Zwinkert. Irgendwann nickt der Lahmarsch meinem Vater zu. Ich hatte schon das Gefühl von Essen im Gesicht.

Der sie verhandeln sieht, der sich erinnert, gesagt zu haben, misch dich nicht ein, lass mich verhandeln, auf der Hinfahrt, erinnert er sich, gesagt zu haben, vom Verhandeln verstehst du nichts, lass mich das machen, ich erledige das, ich handle einen guten Preis aus. Der sie verhandeln sieht, das heißt, jetzt nur noch hört, bis sie herauskommt, lachend. Der sie vorbeigehen sieht, so als kenne sie ihn nicht, als wenn, der alte Mann auf der Bank wird später geholt, zum Bezahlen, beachtet ihn besser nicht, auch dann nicht, wenn sein Kinn zittert, wenn er klopft, wenn er ruft: Schluss. Ich hau ab.

Der sich anrufen lässt, der sich anhört, ihre Nerven, er solle doch Rücksicht nehmen, er wisse doch, sie nehme Tabletten zur Beruhigung der Nerven und. Wie schlecht es ihr gehe. Auf keinen Fall. Sie müsse sich hinlegen. Ja, sofort.

Der ihr jeden Wunsch von den Augen abliest. Fast jeden. Der mit ihr auf den Weihnachtsmarkt fährt und Glühwein trinkt. Nein, das nicht. Glühwein trinkt er nicht. Der geübt ist im Ringewerfen. Das ja. Bis die Arme schmerzen vom Ringewerfen. Immer die Arme heben. Stundenlang Ringe werfen. Das ist anstrengend. Nicht. Ist es nicht. Am linken Arm hängen die Ringe, am rechten hängt alles. Die ganze Verantwortung und so. Vom rechten Arm hängt jetzt alles ab. Er wirft. Eine Tulpe für sie. Und einen Bären. Ja, er ist der Mann, der einen Berliner Bären schießt. Was soll ich denn damit, ruft sie und wirft den Bären in hohem Bogen über die Bude. Mein Vater blickt betrübt, ihm fehlten nur zwei Punkte für. Ihre grünen Augen sind auch im Zorn so. Oder neben einem kandierten Apfel oder hinter Zuckerwatte oder über gebrannten Mandeln. Ein Gedränge. Ein Geschiebe. Hat jemand geklopft. Wenn man sich aus den Augen verliert, dann kommt man nicht mal dazu, sich zu fragen, ob hier alles seinen Gang geht. Wenn eine Menschenmasse dafür sorgt, dass man sich trennt, dann muss man sehen, wie man wieder zusammenkommt oder zumindest wo. Wo das Gedränge aufhört. Wo die Posaunen einem nicht ins Ohr. Oder die Glocken. An der Riesentanne zum Beispiel, in der Mitte des Marktes, wo der Märchenwald ist, wo diese kleinen Hütten stehn, wo ein Rotkäppchen oder ein Dornröschen. Immer die Bremer Stadtmusikanten. Nie das Mädchen mit den Schwefelhölzern. Andersen ist einfach zu traurig. Sie müssen nicht raten. Sie kennen die Figuren und die Märchen. Es sind ja immer die gleichen, Jahr für Jahr. Nur die Kinder sind andere. Die Kinder stehen erleuchtet vor den Hütten und raten. Wo sind denn unsere Kinder, ruft keiner, aber für den Moment. Überall stehen fremde Kinder. Ihre Kinder sind erwachsen und haben Kinder. Sie sieht einen Jungen, vielleicht zehn. Sieht er nicht ein bisschen aus wie ihrer. Damals. Der Junge versteckt sich hinter den Buden. Er hat keine Lust auf Märchenfiguren. Er will seiner Schwester Angst einjagen. Er flitzt hinter das Pfefferkuchenhaus und lauert darauf, dass sie kommt. Mein Vater beobachtet zwei Mädchen, die sich zanken. Du kommst jetzt, ruft die Ältere. Nein, ich bleib noch hier, ruft die Kleine. Die Ältere läuft zurück, auf sie zu und zieht an der Kapuze der Kleinen, und da jault die Kleine laut auf. Komm endlich. Nein. Ein dicker Mann kommt mit Zuckerwatte, hält sie den beiden Mädchen hin. Die Große nimmt die Zuckerwatte sofort, die Kleine will nicht, schüttelt den Kopf. Schüttelt den Kopf. Sieht, wie die ältere Schwester nascht, nimmt ihre Zuckerwatte und. Sie können gehen. Mein Vater fühlt sich erinnert. Es ist nicht ganz klar, wie weit die Erinnerung reicht. Jemand rempelt ihn an. Er dreht sich um und sucht die grünen Augen. Er geht ein paar Schritte auf sie zu und fragt, hast du alle Märchen erraten?

– Nur die Kinder raten, sagt sie.
– Willst du Zuckerwatte, fragt er.
– Das klebrige Zeug, was willst du eigentlich, ich bin doch nicht deine Tochter.
– Stimmt.
– Aber ich könnte deine Tochter sein.
– Stimmt auch.

Der ohne Schluss zu machen aufs Land fährt. In die weiße Stille. Der sie für seinen Engel hält. Ihre freche, direkte Art, göttlich. Ihre lebendige Gier. Ihr schnelles Urteil. Ihre schillernde Kälte. Der unter ihrer Schutzengelhaft bleiben will. Ewig.

Der mit ihr ausgehen will, der sicher schon weiß, dass sie nichts anzuziehen hat. Jetzt weiß er es. Der mit ihr in ein Kaufhaus fährt, Winterschlussverkauf, der sich was erzählen lässt, auf der Fahrt in die Innenstadt, vor allem, wieso sie schon wieder nichts anzuziehen hat. Er hätte alle Schränke voll, er hätte auch was für sie, warum sie nichts will. Geschenkt. Der fragt, und zwar laut und deutlich, warum er sich verausgaben soll. Ich kann ja nachhause fahren, nur im Haus rumsitzen, ohne was anzuziehen, sagt sie. Nein nein, so wäre es ja nicht gemeint. Du bekommst, was du willst. Und der Bettler da, fragt sie. Der bekommt auch was, Engelchen, sagt mein Vater und reicht einen Euro rüber. Eigentlich der Einkaufswageneuro, den er nie weggibt, aber erstens benutzt er ihn ja kaum, zweitens nicht im Kaufhaus und drittens Winterschlussverkauf, da spart man, da machen sie sicher ein Schnäppchen. Und sie wird leuchten. Er kann es kaum erwarten. Er kommt kaum hinterher. Susanne fingert in Schlüpfern. Susanne findet alle Schlüpfer schön. Schuhe schön. Susanne probiert Mützen, Schals, Westen und Mäntel. Schlüpft in alles hinein. Und Kostüme. Und Kleider. Und passen die auch, fragt mein Vater. Nur so. Er sieht, ihr passt alles, sie kleidet alles. Und ihm fällt nicht auf, dass er sie noch nie im Kleid sah, dass sie keine Kleider trägt, sonst, dass sie keine Kostüme oder Röcke. Die nehmen wir in die engere Auswahl, sagt er oder sie oder sie beide legen alles gemeinsam in die engere Auswahl, nicht gleich an die Kasse, sondern zurück auf den Stander. Erst eine Pause. Erst alles überdenken im Restaurant des Hauses. Dann sehen wir alles objektiv, sagt mein Vater. Der gern alles noch einmal überdenkt, und zwar wieder und wieder, bis er es objektiv sieht.

Der sie auf der Rolltreppe neben sich fühlt. Grün. War nicht violett die Farbe der Erwartung. Leuchtend. Nicht außer-, aber überirdisch. Der an der Kasse staunt, wie teuer das Essen ist. Der sein Getränk zurückgestellt hat, kurz vor der Kasse. Zum Glück. Der immer schon sagte, man soll nicht so viel und beim Essen gleich gar nichts trinken. Man soll nicht jede Mode mitmachen. Man soll nicht alles wollen. Nur, was man wirklich benötigt. Was soll das heißen, fragt sie. Du bekommst alles, was du willst, das heißt, alles, was du brauchst, das heißt, wir überlegen noch mal gemeinsam, was du objektiv brauchst. Überleg mal. Und vergiss das Essen nicht.

Der mit sich reden lässt, wegen der Objektivität. Der sich beschimpfen lässt. Der sich fragen lassen muss, wie sie diese verdammte Kacke zu verstehen hat, ob er kneifen will. Dann soll er es gefälligst sagen und nicht lange drum rum reden. Der versichert, du bekommst alles, was du willst, das heißt, was du brauchst, das heißt, du bekommst alles, was du brauchst und was mir gefällt. Das sei doch ganz einfach. Ich kaufe dir alles, was mir an dir gefällt. Und diese Röcke sind nichts für dich, die kleiden dich nicht. Auch die Kostüme mit diesen kurzen Ärmeln. Nein. Oder die Schuhe, die. Man muss nicht alles mitmachen. Jede Mode. Jeden Unsinn. Stimmt, sagt sie, und Schluss.

Der ihr nachsieht und 15 Minuten später allein zurückfahren wird. Der seinem Engel nicht böse ist, wieso auch, weil er ein Nachsehen hat, jetzt, wo sie es ist, die geht, wo sie vor seiner Stärke flieht. Oder, weil er ihr Geschirr nachräumen muss. Oder wegen des einen Euros, für den Bettler.

Der mit ihr in die Müggelberge fährt. Der mit ihr eine große Runde läuft. Unter Kiefern. Über Wurzeln. Der unter Kiefern über Wurzeln stolpert. Sie wollen essen gehen, essen und streiten, doch weil die Runde so groß ist, beginnen sie schon vor dem Essen mit Streiten.

– Was du wieder für Schuhe anhast.
– Das sind meine Lieblingsschuhe.

– Und warum stolperst du ständig? Ständig bist du am Stolpern in deinen seltsamen Schuhen. Wer trägt so was denn. Zu groß sind die. Hätt ich bloß was gesagt, vorhin, wie du aus dem Haus kamst, dachte ich gleich.
– Die sind eben bequem.
– Und warum stolperst du dann? Du bist ständig am Stolpern. Hebst die klobigen Schuhe nicht hoch genug.
– Auf meinem Buckel liegen ein paar Jahre mehr, da wird man.
– Schon wieder. Siehst du die Wurzeln nicht?
– Jetzt reichts aber.
– Mit den Schuhen könnte ich auch nicht laufen. Zwei Nummern zu groß.
– Was weißt du denn schon?
– Wieso, was weißt du denn schon.
– Wir können aufhören.
– Willst du jetzt mit dem Krieg anfangen?
– Ich sag …

Noch bevor sie aufhören oder mit dem Krieg anfangen und dann aufhören, steht etwas vor ihnen. Sie erkennen beide sofort, dass es sich um einen Eber handelt. Mitten auf dem Weg steht ein ausgewachsener Eber. Für einen Moment sind beide ratlos und können sich an nichts mehr erinnern. Dann erinnern sich beide dunkel an einen Streit, in dem sie sich befanden, bis sich ein Eber ihnen mitten in den Weg stellte, bis der Eber direkt vor ihnen stand und ihren Redefluss unterbrach. Dieser Eber. Er steht regungslos vor ihnen und starrt sie unverwandt an. Er ist für einen Moment ratlos und kann sich an nichts erinnern. Ein ganz normaler

Eber. Niemand sieht sein Leben an sich vorbeilaufen. Womöglich erkennt niemand den Ernst der Lage. Warum auch. Es gibt immer einen Ausweg. Mein Vater war an der Front. Es gibt immer die Möglichkeit eines Rückzuges, für den Fall, dass sich der Feind in der Übermacht. Er geht langsam zwei Schritte zurück. Susanne, gut im Klettern, denkt sie, aber das war einmal, sieht kurz auf den glatten Stamm der Kiefer, der Kiefer, die sich gerade dicht neben ihrem Arm, die sich gerade an sie herandrängt, geht ebenfalls ein, zwei, drei Schritte rückwärts. Den Eber im Auge. Darf man einen Eber im Auge behalten. Beide behalten den Eber im Auge. Der Eber bleibt mitten auf dem Weg stehen. Er sieht sie unverwandt an – was niemanden verwundert – und kann sich noch immer an nichts erinnern. Mein Vater wendet sich zum Gehen, er überlässt dem Eber das Revier, die Runde war ohnehin etwas zu groß, Susanne folgt fragend, sie wollte gern die Runde, den Weg und. Wo sind sie eigentlich? Wo sind sie stehen geblieben?

Der tut, was sie will und sagt, sie tut, was ich will, ich habe alles unter Kontrolle. Aber sie tut nichts für dich, sie schiebt dich nur von sich weg, sie nutzt dich nur aus, sie ruiniert dich, rufen seine Töchter.

Der alle Wünsche laut von ihren Augen abliest, auch die, die er nicht erfüllen kann. Der sich ruiniert für sie. Ohne auch nur einen Kuss. Oder, denk nicht dran. Er ist so alt und. Er gibt sich zufrieden mit dem Leuchten ihrer grünen Augen. Ihre Augen leuchten grün. Mein Vater hebt die Plane vom Hänger und zeigt ihr die Vollkornbrötchen, Laugenbrötchen, Mohnbrötchen, Zwiebelbrötchen und die Zöpfe und die Brote. Die Brote, die da namentlich wären,

Vollkornbrot, Roggenbrot, Weißbrot, Kümmelbrot, Kartoffelbrot, Zwiebelbrot, Mischbrot. Aber auch die, die hier keine namentliche Erwähnung finden. Dabei weist er in seinem Zeigen nicht nur auf sie hin, indem er beispielsweise mit dem Zeigefinger auf sie zeigt oder tippt, sondern hebt das entsprechende Brötchen oder Brot hoch, zur Begutachtung. Und er ist schnell. Kaum hat er ihr alle Brote gezeigt, namentlich das Vollkornbrot, Roggenbrot, Weißbrot, Kümmelbrot, Kartoffelbrot, Zwiebelbrot, Mischbrot, beginnt er wieder mit dem Zeigen der Brötchen, genauer der Vollkornbrötchen, Laugenbrötchen, Mohnbrötchen, Zwiebelbrötchen und der Brötchen, die hier nicht namentlich aufgeführt werden können, und der Zöpfe und der Brote. Die Brote, die da namentlich etc. Daraufhin läuft mein Vater und holt noch ein Vitamin- oder Mineralwasser für Susanne. Mein Vater. Aber da waren wir nicht stehengeblieben.

Einmal ruft sie Schluss, und er sagt, also gut, Schluss, – sie kommen also zusammen zu demselben Schluss, was neu ist, und zwar gleichzeitig, was gleichzeitig den Höhepunkt ihrer Beziehung kennzeichnet – beenden wir das Theater, sagt er, was sich nicht zusammenfügt, muss sich trennen. Und keiner weint dem andern eine Träne nach. In diesem Augenblick, in dem er sagt: und keiner weint dem andern eine Träne nach, sind sie angekommen. Hier wollten sie essen gehen. Also nicht genau hier auf der kleinen Lichtung, aber da sieht man doch schon die Waldstube. Gemütlich und nicht zu teuer. Sie sehen sich nicht an. Warum auch. Sie haben ja gerade Schluss gemacht. Sie schweigen. Sie laufen nebeneinander über einen kleinen Parkplatz. Sie gehen die Stufen hoch, betreten die Waldstube, setzen sich und bestellen ihr Essen. Sie wird wieder für zwei essen müssen, denn er braucht ja so wenig. Man schweigt. Schließlich ist noch Schluss. Man nimmt sein Essen schweigend ein. Meinem Vater gefällt die Stille. Er mochte nie, wenn man beim Essen viel redete. Die Ruhe nach der ganzen Aufregung. Wunderbar. Unter dem Schlussstrich lässt es sich leben. Keine Aufregung, keine Eifersucht, keine Forderungen, nur sie und ich. Kein andres Bier. Doch. Sie nimmt noch eins.

Mein Vater könnte sich vorstellen, wie er bei ihr im Wohnzimmer sitzt und liest, und sie Karten legt oder irgendeine Handarbeit macht, oder wie sie eine Geburtstagskarte schreibt, während er bei ihr sitzt und liest. Oder besser noch eine Weihnachtskarte, während er bei ihr sitzt und liest. Schweigend. Draußen darf Schnee liegen. Oder auch Schnee fallen, denn der Schnee fällt ganz ruhig. Bettet sich. Es darf kalt sein. Draußen. Drinnen ist es warm. Und. Er wird nach dem Ofen gucken. Gleich. Aber nicht sofort. Er will die Stille nicht stören, also bleibt er im Sessel sitzen, blickt in sein Buch, ohne zu lesen, und genießt die himmlische Ruhe. Er hat nicht vergessen, dass sie Schluss gemacht haben. Und niemand weint dem andern eine Träne nach. Er will. Nein. Er will oder wünscht nichts. Er sitzt im Sessel und genießt. Alles bleibt so, so still und friedlich, und alles, was sie reden und gemeinsam tun, wird unter dem Schlussstrich getan. Es ist ein ganz feiner Schlussstrich. Mit ruhiger Hand gezogen.

10

Briefalarm

Alles ist mit allem verbunden, sagte mal ein Student im ersten Semester der Geologie, der später Theologie und darauf Medizin studierte. Sein Name tut hier nichts zur Sache. Ich weiß nicht mal, warum mir diese Sache jetzt einfällt. Manchmal fällt einem eine Erinnerung direkt vor die Füße. Man weiß nicht, warum. Er hatte so krauses Haar. Hell. Er war ein Schulfreund meines Freundes, und wir tranken Bier, Ort und Zeit müssen aus den oben genannten Gründen unerwähnt bleiben, und da fing er an mit seiner Philosophie, die, sagen sie es in einem Satz, fassen sie zusammen, in aller Kürze, fünf Worte, sagen wir fünf, lautete, alles ist mit allem verbunden. Und Philip, mein lieber Freund, der immer Philip heißen wird, bekam einen Lachanfall.

Und aber, seit ich mich den Vorstellungen zu meinem Vater hingebe, Vater-Vorstellungen produziere, verringern sich die Anrufe der Schwestern. Mit jeder Vorstellung weniger Anrufe, bis sie ganz ausblieben. Und obwohl in meinem Gedächtnis alles gespeichert ist, kann ich mich kaum an den letzten Anruf erinnern. Einer wurde seitens der Schwestern unterbrochen, andere folgten. Dann wurden es weniger, dann wurde es still. Und obwohl Kommunikation zunächst auf ein besseres Verhältnis schließen lässt als Schweigen, trifft hier das Gegenteil zu. Zusammen schweigen können macht die Familie aus. Selbstverständliches Da-Sein. Ein Einheitsgefühl bedarf keiner Worte.

Kann sein, dass ich das eine oder andere Mal abends den Hörer nicht mehr abgenommen habe, und oder in der Arbeitsphase. Oder außer Haus war. Oder mich vom Lesesofa nicht erheben wollte. Oder zu Mittag aß. Oder mich mit einem Gedanken getragen habe. Alles innerhalb einer gewissen Zeitspanne. Aber das ändert nichts. Fakt ist, ich bin durch die Vater-Vorstellungen den Anrufen und dem Drängen der Schwestern entkommen. Mehr noch, sie sind ihrer eigenen Drangsal entkommen. Durch Telepathie. Sie sind in meine Gedankenwelt einbezogen durch Gedankenübertragung. Mehr noch. Durch Telepathie. Wörtlich *tele* Ziel, Zweck, hier fern und oder *pathos* Leiden, Schmerz, Krankheit, hier meist mit Empfindlichkeit oder Empfänglichkeit wiedergegeben. Übersteigt jeden Gedanken. Wie man an Maria nach neun Monaten sehen konnte. Zweifelsfrei die berühmteste Telepathin. Teilhabe an einer Parallelwelt. Ich blieb nicht einfach außerhalb des Familienbewusstseins, auf der anderen Seite, sondern konnte durch die intensive Vorstellung meine Erfahrungen mit ihnen teilen.

Es ist schwierig, diese Zusammenhänge nachzuweisen. Andererseits. Hier gibt es sogar einen Nachweis: keine Anrufe. Keine Ungeduld. Keine Überzeugungsarbeit. Kein. Der Hörer liegt in der Arbeitsphase, in der Lesephase, in der Mittagszeit. Ob ich stehe oder liege. Der Hörer liegt.

Innerhalb einer Zeitspanne. Aber auch außerhalb dieser Zeitspanne. Ich trage mich mit dem Gedanken, etwas über Zusammenhänge dieser Art zu schreiben. Jetzt wird mir klar, warum bestimmte Erinnerungen einfach aus dem Bewusstsein auftauchen, warum Dirk – so hieß er nun mal – mit seinem alles hängt mit allem zusammen auftaucht.

Ebenso deutlich wird mir, die Beschäftigung mit meinem Vater, die Realisierung der Vater-Vorstellung hat mich angestrengt. Reisen innerhalb der Geisteswelt sind nicht weniger anstrengend, und ich sollte mir eine kleine Lesereise gönnen. Etwas zum Lachen. Ich glaube, nur Autoren, die die Leser zum Lachen bringen, meinen es wirklich ernst. Auf dem Tisch liegen zwei Mahnungen von der Bibliothek. *Watt.* Watt auslesen und abgeben. Ich bin der langsamste Leser. Dafür entgeht mir nichts. Oder aber, ich finde Lesen anstrengend. Ich lese wochenlang eine Seite, beispielsweise die Seite 123. Ich schlage die Seite 123 auf und lese sie, und schlage das Buch wieder zu. Oder ich schlage Seite 123 auf und lese die Seite laut vor, mir oder jemand anderem, ganz gleich, und schlage das Buch wieder zu. Lesen ist schrecklich, sagte Arno Schmidt. Spricht mir aus der Seele. Gesellschaft der Arno-Schmidt-Leser. Denn sie wissen nicht, was sie tun. Aber aber, wer unter euch ohne Sünde zu Mittag isst. Lesen und Schreiben, beides kränkt. Analphabetismus wäre demnach ein Menschenrecht. Gott sei Dank muss man es nicht erst einfordern.

War das nicht auch die Botschaft des Menschensohns, selig wer an einer Lese- oder wenigstens Rechtschreibschwäche sehr sehr leiden tut. Oder, iss nicht so viele Äpfel, Schriftgelähmter.

Die wenigsten Menschen können noch lesen, selbst hier in der Hochburg des Geistes, setzt sich der gesunde Menschenverstand durch. Meine Tätigkeit an einer Berufsschule habe ich aus diesen Gründen bereitwillig aufgegeben. Die Leute folgten einer Lesung im Schnitt zwei Minuten. Gesunder Menschenverstand. Texte, die ihr Leben problematisierten, das Leben der anderen, das Leben überhaupt, Texte also. Abgestoßen wie fremde Organe. Oder der Briefträger – wie begnadet wie – trägt seinen schweren Kopf an der frischen Luft bergauf bergab gesund und wirft munter was er hat an Briefen, Zeitschriften, Karten, Büchersendungen an dem Aufkleber – größere Sendungen bitte vor die Truhe legen – vorbei. Nicht aus Bosheit. So ist unsere Postsau nicht. Er knickt jedes Buch, jede Zeitschrift, jedes Jedes, weil er Bittschriften auf Postkästen nicht liest, und er liest Bittschriften auf Postkästen nicht, weil er nicht lesen kann. Das is soo. Dafür kennt er alle unsere Spitznamen. Alles, alles kommt hier an. Doppelnamen, Geburtsnamen, Spitznamen. Die Postsau merkt sich jeden Schriftzug. Falsche Hausnummern. Kein Problem.

Er kommt, sieht und knickt ein. Manchmal kommt er den Abhang runtergelaufen – wenn man von laufen bei ihm sprechen will, der fett gleitet – und du siehst seinen gelben Wagen oben an der Straße stehen und ihn, der langsam heruntergleitet. Und für den Fall, dass du dringend Post erwartest oder befürchtest und gleich mal nachsehen möchtest, er kommt, das heißt, du kannst deinen Roman noch zu Ende schreiben oder ein Brot backen oder den Gulasch für morgen ansetzen oder ein Bad nehmen oder wenn vorhanden in die Sauna gehen oder einen Liebesbrief schreiben oder einen Abschiedsbrief schreiben oder die Steuererklärung. Er kommt, das heißt, du hast keine Eile, denn bis er vor dem Briefkasten steht und einknickt, kommt er den Hang herunter und während er den Hang herunterkommt, studiert er die Post. Schaut sich die Bilder an. Der Hang, der Hang, ist 30 Meter Hang. Er ist der langsamste Mensch, den ich kenne, und damit der interessanteste Mensch, den ich kenne. Ich beobachte ihn gern. Ihn erblicken ist, in einer Zeitschleife sein, Teil eines wissenschaftlichen Experiments sein, in Alter, Krankheit, Schmerz geworfen sein. Ich erblicke ihn und bin alt. Bei meinem Vater ist es umgekehrt. Er ist so schnell, dass ich langsamer altere. Natürlich lachen wir, wenn wir sehen wie die Postsau den Hang heruntergleitet. Gemeinschaft macht roh. Wir überlegen, warum er bei all seinen Runden, die er dreht, so fett ist. Und langsam. Gemeinsam denken wir uns Geschichten aus, warum er so langsam ist. Eine der Geschichten beinhaltet viele alte Damen. Die Damen lauern ihm auf. In Gärten. In ihren Häusern. An Fenstern. Sie winken ihm. Doch das genügt ihnen nicht. Sie grüßen ihn. Doch das genügt ihnen nicht. Sie sprechen mit ihm über das Wetter. Doch das genügt ihnen nicht. Sie verwickeln ihn in kurze längere und elend lange Gespräche. Doch das genügt ihnen nicht. Die Damen laden ihn zum Mittag ein. Einige. Andere laden ihn zum Kaffee ein. Die Einladungen sind verbindlich. Kaffeekuchen. Damit wickeln sie ihn ein. Erst wenn er alles aufgegessen hat, lassen sie ihn weiterziehen. Das heißt, manchmal muss er noch ein kleines Mittagschläfchen halten. Das sehen die Damen. Nach drei, vier Mittagessen gleitet die Postsau nicht mehr.

Nicht mal langsam oder in Zeitlupe, sondern bleibt einfach auf der Stelle stehen, sitzen. Liegend. Auf dem Stuhl, Sessel, Hocker liegend. Im Sitzen liegend. An die Tür gelehnt liegend. An die Luft gelehnt liegend. Das bringt nur er fertig. Natürlich lachen wir. Gemeinschaft macht froh.

Steht man allein am Fenster und sieht die Postsau heruntergleiten, fragt man sich, an welchem Gedanken sie so schwer zu tragen hat, an welchem. Ich nenne ihn dann Obadja = Knecht Gottes. Man entwickelt Mitgefühl. Also nicht eigentlich Mitgefühl, aber etwas wie. Es ist nicht so leicht, weil man die Schwere seiner Gedanken nicht ausloten kann. Er geht gebeugt und schaut auf den Boden. Oder auf die Post. Postkarten. Er schaut von oben auf das, was er einknicken kann. Es sind die kleinen Momente im.

Jetzt ist er angekommen. Ich war kurz in der Stadt. Ein paar Erledigungen. Ich stelle gerade meinen Einkauf ab, sehe aus dem Fenster, angle etwas Obst aus dem Beutel, Seitenblick auf. Er gleitet zum Nachbarhaus. War also gerade bei uns. Ich setze Wasser auf für die Spaghetti. Nach dem Essen gehe ich hinunter zum Briefkasten, um nachzusehen, was er eingeknickt hat.

Ich halte einen Auktionskatalog für Grundstücke in Sachsen in der Hand. Eingeknickt rechts oben. Weiterhin einen Brief der Schwestern. Die Handschrift weist auf die jüngste. Weiterhin nichts. Ich versuche nicht, den Schwesternbrief während des Hochgehens zu öffnen. Da ist auf die Treppenstufen zu achten. Auf die durch die Zugluft zugeschlagene Tür. Ein Schlüssel steckt und muss nach rechts gedreht werden. Und. Alle Anzeichen freudiger Überraschung, Neugierde, Ungeduld bleiben aus. Der Schwesternbrief wird auf die Flurkonsole gelegt. Ich, und nicht nur ich, wir alle können uns denken, was darin steht. Der Auktionskatalog wird mit in die Küche genommen. Auf dem Fensterplatz durchblättert. Gierig. Den Grundstückskatalog nehme ich sofort zur Brust, trunken. Der liegt mir am Herzen. Nicht als Metapher, sondern wegen der Kurzsichtigkeit. Nicht auf der Suche nach Schnäppchen. Nicht auf der Suche nach. Überhaupt nicht auf der Suche. Visionen steigen aus den Häusern, Villen, Schlössern, Fabriken. Was man damit alles. Alles verändern, alles leben, alles veranstalten könnte. Das ehemalige Kulturhaus Clara Zetkin. Warum nicht. Backsteinhaus. Riesiger Saal mit Bühne. Galerie. Heizung, Sanitäranlagen defekt. Das funktioniert nicht. Und das funktioniert nicht in der Provinz. Vielleicht würde es in der Provinz funktionieren, aber eine Universität muss die Stadt haben. Oder ein Gutshaus in Strassfurt OT Lust oder ein Bahnwärterhaus von 1878 in Schmölln-Putzkau gibt's jetzt. Denkmalgeschützt. 1878 ist wirklich eine sehr schöne Jahreszahl. Oder in Welzow. Aber hat Welzow einen Bahnhof. Nein. Ich hab immer gern einen Bahnhof vor Ort. Man kann dann jederzeit zum Bahnhof gehen. Selbst der kleinste Ort hat mit einem kleinen Bahnhof gewonnen. Anschlusszüge ermöglichen viel, eröffnen alles. Ein Bahnhof gehört einfach dazu. Man kann an einem Sonntag im Herbst zum Bahnhof gehen und eine Zeitung kaufen. Zum Beispiel. Man kann Reisende beobachten. Man kann sich dazustellen und auf einen Anschlusszug warten. Zum Beispiel. Was gab es eigentlich in Welzow. Außer keinen Bahnhof. Aus den Augen aus dem Sinn, da kann es ja nichts Besonderes gewesen sein. Oder. Oder

Döbeln MFH mit attraktiven Kachelöfen. Die sind wirklich schön. Wieso steht das leer. Kreisstadt Döbeln, 25 000 Einwohner. Da hat's doch einen Bahnhof. Wieso schreiben sie bei Verkehrsanbindung nur BAB 4 und 14 und B 169 und B 175. Also wo steht das MFH denn nun genau. Döbeln. Zwischen Leipzig, Dresden und Chemnitz. Im Zweifelsfall liegt alles zwischen Leipzig, Dresden und Chemnitz. Is so. Weißt du mal nicht so genau, in Sachsen. Das liegt zwischen Leipzig, Dresden und Chemnitz, wobei die Reihenfolge meist Dresden, Leipzig und Chemnitz lautet.

– Wo kommen Sie denn her?
– Vom Automaten.
– Nein Ihre Familie, meine ich, wo die herstammt.
– Ach so. Die stammen alle aus der Gegend.
– Sieh mal an. Wir nämlich auch.
– So, so.
– Alle zwischen Dresden, Leipzig und Chemnitz.
– Da stammen ursprünglich alle her. Also aus der Gegend.

Döbeln, da hat's doch einen Bahnhof. Auf der Karte. Hauptbahnhof, na also. Hübsches MFH. Für 3000 Euro. Das wäre was für meinen Vater. Oder hier, Geschäftshaus in Nordhausen. Die Räume mit Säulen und Parkett. Das wär nix für Papa. Mir würde es gefallen. Die Säulen im Raum. Springbrunnen gegenüber. Was man da alles veranstalten könnte. Das müssen die Gene sein, dass diese Abenteuerlust aufsteigt, kaum dass ich die Fotos sehe. Das müssen die Gene meines Vaters sein, der viele Häuser brauchte für die vielen, vielen Leben. Oder war er auf der Suche nach dem einen einzigen Haus. Dem einen einzigen wahren Leben.

DHH oder EFH. MFH oder gleich die Villa. Ehemaliges Logengebäude. 1912 nach 33 genutzt als Bank und Museum, zuletzt als Club der Intelligenz. Was soll das denn sein. Wo. Aue. Und Aue liegt. Zwischen Dresden, Leipzig. Nein, in reizvoller Landschaft. Ich krieg Herzschmerzen. Kleiner Park mit Teich gegenüber. 18 000 Euro. Da soll man nicht schwach werden. Papa. Worauf wartest du? Wir könnten das Geld zusammenlegen. Wo ist der Brief? Der Brief, in dem steht, dass mein Vater wohlauf ist, dass er sein Ding macht, wie immer, dass er in Sachsen zu wenig Grundstücke hat, dass er schnell ist. Wo ist der herrliche Brief? Vielleicht hat mein Vater längst zugeschlagen, und die Familie zieht um, alle treffen sich zum Fest in. Wo lag das? Aue in reizvoller Landschaft. Dort wohnen wir dann im Club der Intelligenz.

Sollte uns das zu anstrengend sein, immer im Club, immer aufeinander hocken, können wir ein Ferienlager dazukaufen oder ein Kurhotel. Wir pendeln. Wir bewegen uns durchs Land. Bewegung ist alles. Die wissenschaftlichen Nachweise sind längst erbracht. Wir leben heute wieder für eine Bewegung. Bewegung schützt vor Krebs. Hält jung. Mein Vater, um den sich alle drehen, um den sich meine Schwestern drehen, meine Gedanken, der Plan, der Brief, wird aufblühen, wenn die Familie an einem Strang zieht, wenn wir uns auf seinen Grundstücken ansiedeln, wenn wir alle pendeln, alle gemeinsam einer einzigen Bewegung angehören.

Der Brief wird es bestätigen. Wie beruhigend meine Gedanken auf sie gewirkt haben, und wie alles mit allem zusammenhängt. Ein denkmalgeschütztes Schulgebäude mit – besser wäre ein denk mal ungeschütztes Schulgebäude – mit massiven Nebengebäuden. Eine Sucht ist das. Die Türen. Allein die Türen. Flügeltüren in. Klingenthal. Eine Sommeraufnahme und darunter eine Winteraufnahme, weil Klingenthal ohne Winter, ohne Schneeflocken, ohne Eis und Schnee, nicht Klingenthal wäre. Eine Pension in Klingenthal. Ich bin im Plural, und wir sind dabei. Schwestern. Der Brief. Was steht im Brief. Was im Brief steht, ist klar. Von den Zusammenhängen. Gleich hole ich den Brief. Zunächst aber: Postamt mit aufsteigender Feuchtigkeit. Schade, denn ich habe eine kleine Schwäche für Postämter. Aber das mit der aufsteigenden Feuchtigkeit lässt aufhorchen. Ein vorüberziehendes Tief. Schwerwiegende Wolken am Firmament. Regenschauer. Alles, alles, aber aufsteigende Feuchtigkeit, so jungfräulich wie das klingt, ist zuviel. Nächstfolgender Satz ist: Schimmelbefall kann nicht ausgeschlossen werden. Und, was sagte unser Griechischlehrer, ach sie hatten keinen, nun also meiner sagte, was sein kann, ist, Regel 24. Was sein kann, ist, merken Sie sich das. Wo Schimmelbefall nicht ausgeschlossen werden kann, da kann Schimmelbefall sein, und wo er sein kann, da ist er. Wo aber der Schimmelbefall ist, da können wir nicht sein. Aber wir können immer noch den Brief lesen. Allerdings können wir uns denken, was darin steht. Und was sein kann, ist. Wir denken uns, liebe Schwester, Villa in Gera mit Fabrikgebäude. Wir haben einige Tage mit unserem Vater verbracht. Nein. GEH. Heizung defekt durch Vandalismusschäden. Dein Schweigen hat uns berührt. Damit meinen wir, die Ruhe, die dein Schweigen ausstrahlt, hat uns erreicht. Wir sind wieder ganz auf uns selbst konzentriert.

Und. Wir sind beruhigt, was unseren Vater angeht. Er wird älter, aber das ist kein Drama. Er war immer ein Außenseiter. Ein Aussteiger. Es kann sein, dass wir uns unnötige Sorgen gemacht haben. Oder. Uns war langweilig ohne dich. Was sein kann, ist. Club der Intelligenz. Wo war der Haken beim Club.

Einige Seiten zuvor war es schwierig, gewisse Nachweise zu erbringen, nein, gewisse Zusammenhänge nachzuweisen. Jetzt flattern die Nachweise bereits ins Haus. Ich hole den Brief. Der Nachweis enthält folgenden Wortlaut:

Liebe Schwester,

es ist nicht die Zeit um seltsame Angewohnheiten zu entwickeln. Geh bitte ans Telefon. Wir brauchen unbedingt deine Unterstützung bei der Suche nach unserem Vater. Seit drei Wochen fehlt jede Spur von ihm, es sei denn, ihr habt euch getroffen oder telefoniert. Dann gib uns bitte Bescheid. Du weißt, wir halten ihn für hochgradig verwirrt und sorgen uns schon länger. Du wolltest nichts damit zu tun haben. Gut. Aber du hast damit zu tun, denn er ist auch dein Vater. Es geht nicht mehr um Interpretationen oder Spekulationen. Er ist einfach weg. Wir werden ihn in Berlin suchen. Es gibt hier verschiedene Stützpunkte, wie du weißt. Hinzu kommt, wir können nicht von unseren Arbeitsplätzen weg. Wir haben Termine. Du bist selbstständig und kannst dir die Zeit selbst einteilen. Du kannst also als Einzige von uns auf den Hof reisen. Bitte, tu es. Such ihn und benachrichtige uns sofort. Du bist es deinem Vater schuldig. Und nimm dein Handy mit! Noch was, schalte es an!

11

Zwischen zwei Zügen

Auf dem Weg zum Bahnhof keine Menschenseele. Kein Wetter. Keine Jahreszeit. Es könnte Frühling sein, die Luft fruchtbar feucht, es könnte genau so gut Herbst sein, die Luft fäulnisfeucht. Ein paar Grad kälter, und es könnte Winter sein. Ein paar Grad wärmer, es könnte Sommer sein. Aber immer und ewig alles und nichts, das hatten wir schon. Man muss den Mut haben, hinzusehen. Es wird wärmer werden. Richtig warm. Es ist Sommer. Man kann nicht ewig im Reich der Mitte schweben. Im Irgendetwas dazwischen. Man muss mutig Stellung beziehen, wie ich, an diesem kühlen Sommermorgen. Oder der Sommermorgen selbst, der nach nichts aussieht und doch ein Sommermorgen ist. Oder meine Schwestern. Es steht eins zu null für meine Schwestern, denn ich stehe inzwischen mit dem gepackten Reisekoffer auf dem Bahnhof. Um genau zu sein, es ist ein Rolli und ein Hauptbahnhof. Ich mag Hauptbahnhöfe sehr. Eine Stadt beginnt, finde ich, mit einem Hauptbahnhof. Der Tübinger Hauptbahnhof ist zu einem Ausgangspunkt geworden, und zwar räumlich gesehen, aber auch zeitlich, also innerhalb einer gewissen Zeitspanne, nämlich von einem Tag auf den andern. Zu diesem Zeitpunkt habe ich den Ausgangspunkt erreicht, um 6.38 Uhr. Ich bin froh, dass die Reise an einem Donnerstag beginnt. Ich erwähnte es nicht, weil es für den Verlauf der Handlung nebensächlich ist oder überhaupt ganz unwichtig ist, aber es ist ein Donnerstag. Ich mag den Donnerstag als Handlungstag, eine persönliche Vorliebe, der kein tieferer Sinn zugeschrieben wird, jedenfalls nicht von mir.

Ich bin zu früh auf dem Bahnhof angekommen. Ich gehöre zu den Menschen, die gern etwas eher auf dem Bahnhof erscheinen. Innerhalb einer gewissen Zeitspanne. Etwas zu früh. Eine Stunde zu früh übertrifft allerdings manches. Der Zug nach Stuttgart. Es gibt viele, aber nur einen mit direktem Anschluss in oder von oder von oder in Stuttgart. Wie konnte das jetzt wieder. Ich würde am liebsten umkehren, noch mal von vorn anfangen, alles richtig machen. Zum Beispiel nicht erst nach neun Kapiteln nach dem Vater sehen. Insofern. Also, was machen wir jetzt? Wieso wir? Na, Sie kommen doch mit. Ohne meinen Leser, kein Wort. Kein Wort mehr. Irgendwann wird man sich für diese Stunde vor einer höheren Instanz verantworten müssen, irgendwann. Jetzt aber schlagen wir sie tot. Einzige Tat dieses Buches. Und Sie hängen mit drin. Mein Vorschlag, ich nehme den ersten besten nächsten Zug nach Stuttgart und warte dort auf den Anschlusszug. Natürlich wird der Anschlusszug Verspätung haben. Ich fahre also ein Stunde zu früh nach Stuttgart, um dort eine Verspätung abzuwarten. Sie folgen unauffällig. Es gibt dort ein Bahnhofscafé mit Korbstühlen – soviel zum Unterschied zwischen den Hauptbahnhöfen – was das verfrühte Abwarten der Verspätung erheblich erleichtert. Behalten Sie nun alles aus einer entsprechenden Entfernung im Auge:

Wir, mein Vater und ich – ich sagte doch Entfernung – warten auf den Anschlusszug. Es gibt eine Verspätung. Die große Bahnhofsuhr schüchtert mich ein. Wir sitzen ja beinahe darunter. Ich verdrehe mir den Hals, um die Zeit abzulesen. Es ist nicht möglich. Dafür bemerke ich, wie die Hände meines Vaters zittern, nur leicht, ein leichtes Zittern, aber ich kann fühlen, wie leicht und zittrig sein ganzer Körper unter der zu großen Uhr bebt. Ich werde sofort ungeduldig und stehe auf, mal sehen, wie sich die Zeiger bewegen, ob es eine mechanische Uhr ist, deren Zeiger unbeirrt vorwärts marschieren oder eine mit fließenden Bewegungen. Im selben Augenblick, in dem ich die Zeiger der Uhr im Blick habe, das Vorwärtsschreiten der Zeit kontrolliere, in den Griff bekommen möchte, erhöht sich die Verspätung, sagen sie durch den Lautsprecher. Die Verspätung betrage nunmehr 45 Minuten. Es muss keinen Zusammenhang geben, aber bisher wurde meine Ungeduld immer bestraft.

Wir könnten ins Bahnhofsrestaurant gehen, sage ich, wie früher, die Mitropa, weißt du noch. Der Pflaumensaft. Er erhebt sich schwerfällig. Er hängt sich bei mir ein, drückt meinen Arm. Seine Schritte verlangsamen sich. Die Schuhe schlurfen über die Steinplatten. Ich beobachte ihn heimlich von der Seite. Er sieht müde aus, und ich frage, ob er sich müde fühle. Ich würde Verständnis haben, dies ganze Hin und Her und niemals ankommen. Nein, sagt er, nur im Augenblick, im Augenblick sei er etwas müde. Sonst nicht. Er sei gern unterwegs. Er betreibe seinen Pendelverkehr ganz bewusst. Es sei seine jetzige Lebensform. Er fahre meist mit dem Auto. Mit dem Auto könne er die Dinge transportieren. Nachdem er alle Dinge aus Oberspree wegtransportiert habe, müsse er nun Acht geben darauf, dass sich die Dinge nicht wieder an ihn hängten, er sie alle wieder in das Haus zurückbringe. Die Dinge sind klug. Das Aktenregal habe er letzte Woche wieder nach Oberspree zurückgebracht. Das Aktenregal kenne jetzt seinen Weg, sei gependelt wie er, von Oberspree nach Badeleben und von Badeleben wieder nach Oberspree. Die Dinge sind klüger als wir denken. Und sie hängen an ihm. Noch sei das Aktenregal eine Ausnahme, doch man müsse vorsichtig sein. Er habe nicht vor, die Zimmer wieder einzurichten, wenn man das so sagen kann, einrichten, möblieren. Das Berlin Quartier soll in der jetzigen Form bestehen bleiben, unmöbliert. Unmöbliert sei es viel schöner. Das Haus atme durch.

Wir sind im Bahnhofsfoyer. Ein kleiner Blumenstand. Eine Drogerie. Ein Zeitschriftengeschäft. Plötzlich Gegenverkehr, eine Familie mit Hund und wir wollten ohnehin noch eine Zeitung. Warum wir? Mein Vater hält die Bildzeitung in der Hand, und ich halte seine Tasche. Er lächelt verschmitzt, ich auch, denn ich hoffe, das Teil enthält ein Horoskop. Wenn die Züge Verspätung haben, ist es sehr tröstend von seinem Liebesglück und seinem beruflichen Durchbruch zu lesen. Mein Vater hegt zweifellos dieselben Hoffnungen. Wir werden nicht über Politik reden. Wir werden einen Pflaumensaft trinken, wie früher in der Mitropa. Dann werden wir in den Zug steigen und in ein und dieselbe Richtung fahren.

Das Café hat Korbstühle. Auf dem Marmortisch stehen Aschenbecher. Es wird nicht nötig sein zu rauchen. Selbstbedienung.

– Ich hole uns was.
– Nicht für mich.
– Nur eine Kleinigkeit zu trinken.
– Danke, nicht für mich.

Mein Vater braucht nichts. Und im Alter braucht man immer weniger. Ich gehe an die Theke und hole mir Kaffee. Ich sehe den leckeren Kuchen, Pflaumenkuchen, nehm ich. Als ich auf den Tisch zusteuere, rempeln mich Leute an. Beinahe. Beinahe wäre mein Kaffee und der schöne, schöne Kuchen. Leute mit sieben Koffern und schrecklichen Sakkos schieben vorbei. Fremde. Sie rufen sich was zu. Ich verstehe kein Wort. Die haben's eilig. Wissen die nichts von der Verspätung?

Mein Vater blickt Gott sei Dank in seine Zeitung. Wir werden nicht über Politik reden. Wir werden Horoskope lesen und uns freuen. Mein Vater wird den Kopf heben, hör mal sagen, und sein Finger wird bestimmt auf eine Stelle tippen. Ich war früher sehr empfindlich bei Horoskopen, kurz nach dem Theologiestudium wurde mir schlecht, wenn sein Finger auf diesen Stellen rumtanzte. Doch wenn er mir heute vorlesen wird: mit der Kraft der Sterne überwinden Sie endlich ihre größte Schwäche! dann überlege ich nicht lange, was meine größte Schwäche ist. Ich werde einverstanden sein, wenn er sagt, als Widder starten Sie schon jetzt am liebsten neue Projekte, nun bekommen Sie dazu die Ausdauer, diese bis zum Ende zu bringen. Saturn schenkt

Ihnen das ganze Jahr Disziplin, Geduld, Sinn für Struktur. Mir ist plötzlich egal wie er sich nennt, und ob mir Mars oder Saturn oder das große DU zu Energieschüben und dem beruflichen Durchbruch verhelfen. Im Dezember stützen Sie Jupiter, Mars und Merkur. Ein Karrieresprung winkt. Das sind immerhin ziemlich große Brocken, die mir den Rücken stützen.

Mein Vater blickt jetzt nicht mehr in die Zeitung. Er sieht mir zu, wie ich meinen Kaffee auf den Tisch stelle und mich setze. Er sieht mich an und fragt, ob ich die Leute mit den Spaten gesehen hätte, vorhin vom Zug aus. Der Zug sei langsam gefahren, vielleicht wegen Gleisarbeiten, und die Leute gingen ja auch an den Gleisen entlang. Nein, sage ich. Er wollte winken, aber so ein Winken vom Zug aus kann schnell missverstanden werden.

- So? Meinst du?
- Die Leute sahen aus wie Eineurojob-Leute.
- Ja und?
- Da hätten die mein Winken doch auch missverstehen können.
- Hätten sie, sage ich.

Ich trinke meinen Kaffee. Mein Vater braucht nichts. In seinem Alter braucht man nur wenig, und ich will nicht nervös werden deshalb. Ich will es richtig finden und praktisch und ganz natürlich. Und ich will nicht nervös werden, nur weil es kein Horoskop gibt. Ich schaue auf die Uhr. Wir werden nicht über Politik reden. Früher, sagt mein Vater, wäre die Volkszugehörigkeit größer gewesen. Ich will ja sagen, einfach nur ja, um das schreckliche Wort nicht noch einmal hören zu müssen, aber ich sage nicht ja. Ich will mich auf keinen Fall streiten, aber weil ich nie sage, was ich eigentlich sagen will, streiten wir schnell. Ich bin die einzige Tochter, mit der er über Politik streitet. Ich bin für alle religiösen und alle politischen Fragen zuständig, in gewisser Hinsicht verantwortlich. Er legt mir seine Fragen vor, seine seltsamen Worte und. Sein neues Wort interessiert mich nicht. Manchmal, selbst wenn mich ein Wort nicht interessiert, schlägt mein Herz gegen meine Zunge. Ein Anschlag. Dann kommt alles ganz anders.

Und was habe ich nun gesagt? Ich habe nicht ja gesagt, einfach ja ja, sondern: wieso. Wieso habe ich gefragt. Im Sommer 44 muss das gewesen sein, auf dem Einsatz, da hätten doch Frauen gestanden auf dem Bahnhof, viele, eine richtige Gruppe von Frauen, vielleicht hatten sie Kinder dabei, eine große Gruppe fremdländischer Frauen, vielleicht irgendwie Zigeuner, eine Zigeunergruppe könnte das gewesen sein, und die hätten da gestanden und auf den Zug gewartet, und wir winkten ihnen zu, und die Frauen hätten zurückgewunken. So sei das gewesen. Eine andere Volkszugehörigkeit.

– Was für eine Volkszugehörigkeit?
– Na, da war eben eine andere Zugehörigkeit.
– Papi, was redest du denn?
– Mehr Vertrauen war da.
– Das ist doch schrecklich.
– Für mich war da nichts schrecklich.

Es gibt hier keinen Pflaumensaft. Es ist Zeit, eine zu rauchen. Ich versuche meinen Vater anzustiften. Wir könnten ein Feuerzeug suchen. Aber er ist stur. Und außerdem ist er schnell, und da nimmt er es mir schon aus der Hand, denn ich halte das Feuerzeug in der Hand. Ich will nicht mehr zuhören. Ich will den Hörer auflegen. Und ich will, dass die Züge keine Verspätung haben, dass man in einen Zug steigen kann, in ein und dieselbe Richtung fahren kann, solange, wie man noch dazu bereit ist. Ich sehe meinen Vater an. Er ist alt. Vielleicht ist er ein wenig verwirrt. Und ich bin immer noch seine Tochter. Eine Hand ist frei. Ich lege diese Hand auf die Hand meines Vaters, die noch das Feuerzeug festhält. Meine Linke auf seine Rechte.

- Du weißt, was ich meine.
- Was denn?
- Ich meine, die wurden vielleicht gerade deportiert. Und du wurdest auf den Krieg vorbereitet, mit 14. Ist das nicht schrecklich?
- Da war nichts schrecklich.
- Für dich?
- Überhaupt. Ganz objektiv.

Eine Durchsage. Die Verspätung erhöht sich auf noch 10 Minuten. Es ist nicht gut, wenn Züge so langsam sind. Denn mein Vater ist schnell, auch dann, wenn sich seine Schritte manchmal im Gehen verlangsamen. Er setzt zu einer Rede an.

Die Schrecklichkeit hätte es nie gegeben. Und zwar nicht nur subjektiv, dies wolle er gleich festhalten, sondern auch ganz objektiv. Man denkt 44, da muss ja alles schrecklich gewesen sein. Schwarz-Weiß-Seher. Es sei grundverkehrt, die Dinge so negativ zu sehen. Alles in ein falsches

Licht. Auf dem Schlachtfeld sei man mit dem ganzen Volk verbunden. Selbst bei Verletzung, im Schmerz verbunden. Selbst wenn einer starb, so war er doch bis zum Eintritt des Todes mit den anderen verbunden. Das gelte für alle Opfer. Der Krieg war nicht schrecklich! Die Schrecklichkeit des Krieges sei eine Erfindung. Eine Erfindung der Schriftsteller sei das.

Was hat er denn jetzt mit den Schriftstellern. Er ist nicht verwirrt, er hat eine ganz eigene Art die Geschichte aufzuarbeiten. Offenbar hat mein Vater immer schon sein Ding gemacht.

Also gut, das war ausgedacht. Ich dachte, um uns die Zeit zu verkürzen, während wir zu so früher Stunde eine Verspätung abwarten, könnte eine kleine Vorstellung nicht schaden, wie uns zu später Stunde eine klare Hühnerbrühe nicht schadet.

12

Unterwegs

Er bewegt sich doch. Vorsichtig gleitet der Zug aus dem Bahnhof. Vorsichtig, wie angeschoben, wie schwanger, wie durch geteiltes Wasser. Warum wie. Er rollt zufrieden, angefüllt mit Leben – ein jedes nach seiner Art – er teilt, zerteilt das Gewimmel. Atemlos, ohne zu schnaufen oder zu pfeifen. Oder. Bis alles aufblickt und winkt und die Reklame fließend vorwärts rückt. Das geht. *Absolut alltagsbruchtauglich.* Honda. Reklame zum Mitdenken. Wer wünscht sich ein alltagsbruch-taugliches Auto. Wer. Wer ist dafür. Und wer wünscht sich eigentlich solche Wortkrämpfe. Er teilt, *wünsche werden wüstenrot*, Dichter an die Tafel, zerteilt das Gewimmel der Stadt, bis alle Ampeln und Hunde an Ampeln und Fassaden und Fußgänger vor Fassaden und auf Fußgängerüberwegen ins Bild rücken und alle Ampeln Fußgänger und alle Fußgänger Fußgängerüberwege anschieben, ohne aneinanderzugeraten und ohne sich zu stoßen, schön und fließend. Und Fassaden und Hunde aus.

Und Häuser. Häuser sind unterwegs. Mehrstöckig an Straßen, einstöckig an Wegen, ein- oder mehrstöckig an Brücken. Und Brücken über. Gespannt über den Druck im

Ohr. Beiden Ohren. Unterwegs. Unterwegs im Gesumm. Unterwegs im Rausch der Geschwindigkeit, also kaum dass man von Geschwindigkeit reden kann. Und schon unter Druck. Einzügig schnellen wir über den Fluss. Eintönig blickt er uns nach. Angefüllt mit Sehnsucht. Unsre Schnelligkeit macht ihn traurig. Die Schnelligkeit dieser Reise. Schnell rücken alle Traurigkeiten zusammen. Du. Immer wieder du. Unerreichbar. Und ich im Großraum deiner Augen. Unterwegs. Unterwegs im Gesumm einer alten Fabrik. Grüßender Schornstein. Hallo Schornstein. Hörst du auch das Gesumm. Oder ist das Gesumm nur hier. Nur im rechten Ohr. Willst du auch einen Bonbon. Tictac. Ich schon. Linke Hand am linken Ohr. Wenn das Gesumm im linken und im rechten Ohr ist, Augen zu und durch. Und wo sind jetzt wieder die Tictacs.

Unterwegs. Unterwegs werden Lauben und Lagerhallen und Parkplätze verschoben, Möbelhäuser und Wiesen und Hochhäuser verrückt. Möbelwiesenhäuser unterwegs. Bilden Häuserzeilen. Über, nein zwischen Wiesen fliegende Häuserzeilen. Zwischendurch. Möbelwiesenhäuserzeilen. Durch oder über die Straßen fliegen wir, überfliegen die Zeilen, wir, das sind weniger die anderen Fahrgäste – das Wort – mehr oder weniger meine Augen, die ich nicht sehe, im Fensterglas, die von mir absehen, die Überflieger, die plötzlich jemanden sehen, der dir sehr sehr ähnlich, die von dir absehen, die von mir abgesehen, was sehen.

Unterwegs, unterwegs ist alles so fern und abgesehen von mir verwegen. Ich greife nach dem Reisejournal und verlese Buchstaben. Und Nina Hagen ist wieder da. Peinlich. Nina spielt Nina nach. Otto spielt Otto nach. Der Verlust des Echten im Stillstand. Das ist der Punkt. Ich durchblättere das Heft. Ich finde immer ein Gesicht, das mich erinnert. Dieses Gerüttel macht irgendwie geil. Das könnte die Bahn doch wirtschaftlich nutzen, statt diese sinnlosen Hefte rauszugeben. Unterwegs, da kommt man. Ich meine, unterwegs da kommt man immer auf die besten Ideen.

Ist das schon nach dem Tunnel. Jetzt weiß ich nicht, wo wir sind. Aber nach dem Tunnel ist hier vor dem Tunnel. Es gibt einige. Und jetzt kommt mir die Idee. Zielloses Zugfahren. Wer ist dafür. Z&Z = unterwegs um unterwegs zu sein. Die Frage am Schalter lautet demnach nicht wohin, sondern wie lang soll denn die Reise gehn. Ich steige in den Großraum deiner Augen und treibe mich ziellos darin herum. Lustreisen. Luxusreisen, Zeitreisen zum Zeitvertreib. Geld spielt keine Rolle. Es gibt Single- und Paarreisen, Junior- und Seniorenreisen, Ferienlager auf Rädern. Wellnessbereiche. Anti-Aging das ist die Reise mit erhöhter Geschwindigkeit. Man muss nur schnell genug unterwegs sein. Auf Zeit reisen. Wer will schon mehr von einer Zeitreise. Wer will schon wirklich ins Mittelalter zurück. Tanzkurse. Natürlich. Swimmingpool auf dem Dach. Orientexpress für alle. Detektivreisen. Man weiß nie genau, wer zusteigt. Oder, was hat er denn da im Rucksack. Abenteuerreisen, das wäre mit Halt auf Hauptstadtbahnhöfen. Die Wälder, die Felder, die ganze Landschaft, das ganze Land, alle Länder durchfahren. Das Angebot geht endlich über das schöne Wochenendticket hinaus. Angebot, die Vier-Jahreszeiten-Reise. Das Wetter in Zügen ist immer gut. Buchen sie die Fünfjahresreise zum Festpreis. Die Jahrhundertreise zum halben Preis. Die Lebensreise für ihren Nachwuchs.

Unterwegs, unterwegs geht das. Ein Haus und ein Haus fließen und überbrücken den Fluss und ein Kornfeld. Ein Garten fließt querfeldein. Alles unterwegs. Überbrückend alle Häuserzeilen, fliehende Zeilen. Flieh. Unterwegs. Unterwegs. Ein Haus. Ein ziegelrotes Dach. Ein Hof. Zwei Pferde auf der Koppel. Unterwegs. Unterwegs sein ist alles. Haus und Hof fliehen über die Wiesen, fliegen gegen, über Zäune. Unterwegs. Ich reise, also bin ich unterwegs. Wer das glaubt, kann Berge versetzen. Und da sind sie auch schon. Die versetzten Berge grollen. Vorbei. Versetzt versetzt. In Stufen. Versetzt in Terrassen. Die Weinberge der Gegend versetzen mich noch immer in Erstaunen. Künstlich versetzt. Kunstreich und archaisch zugleich. Manchmal ein kleiner Schrebergarten mitten in der Landschaft auf weiter, weiter Flur. Versetztes Kleingärtnerglück. Warum erstaune ich nicht. Warum nenne ich es weder kunstreich noch archaisch. Warum versetzt es mich nicht. Ich warte. Aber die Wiesen lassen mich nicht warten. Sie fliehen. Stolz. Versetzt verwickelt. Jetzt verschwindet alles in der Frühlingsrolle. Unterwegs, unterwegs werden Wiesen, Land und Leute von schwarzen Löchern verschluckt, und ich bin dabei, noch bevor ich es wollen kann. Und es ist. Dunkel ist es, zumindest draußen. Wir sind von der Außenwelt abgeschnitten. Wir alle wissen, was darauf folgt. Wer ist dafür. Eine Zeitreise von kurzer Dauer, aber am Ende des Tunnels das Licht. Die neue Welt, ohne Kabel und so. Ja, will ich. Oder. Es ist Dunkel. Kein Handy funktioniert mehr. Ein Schrei durchfährt das Großraumabteil des ICE. Es ist ein Kind, das hell aufgellt. Was. Ich versteh das auch nicht. Auf meinen Ohren der Druck. Ich versteh nicht. Mama, Mama ich muss mal. Das Kind ist ungeboren. Es steckt in mir fest.

Ich bin endlich unterwegs, eine Tochter auf dem Weg zum Vater. Ich soll meinen Vater suchen, auf seinem Landsitz, auf seinem Wirtschaftshof. Niemand weiß, ob mein Vater – genauer unser Vater – noch auf dem Land ist, ob er gerade auf seinem Wirtschaftshof wirtschaftet. Niemand will meinen Vater gesehen haben in den letzten Wochen. Niemand weiß, ob er sich in seinem Adlershofer Keller versteckt oder im Haus oder, ob er gerade zwischen beiden Häusern oder Stadt und Land pendelt. Oder, ob mein Vater gerade am Kudamm weilt und fremden Kühen nachläuft. Oder, ob mein Vater Brötchen und Brote ausliefert, zum Nulltarif oder Grundstücke verkauft oder Grundstücke einkauft, er braucht ja so wenig, oder, ob er ganz einfach unterwegs ist, ob er gerade durchs Land fährt, wie ich. Warum nicht. Oder, ob er gerade durchs Land über Land läuft. Muss ja nicht gleich bis Moskau sein. Dann kann ich am Ende des Tunnels mit der Suche beginnen. Das ist keine theologische Metapher. Und es gibt nichts zu entschlüsseln. Wir, meine von mir absehenden Augen und ich, fahren durch einen Tunnel. Viel gibt es nicht zu sehen. Also was. In diesem Großraumabteil befinden sich einige mit sich selbst oder ihren Laptops oder Stullenpaketen oder Zeitungen oder Kindern oder Partnern beschäftigte Menschen. Ich fahre lieber Großraumabteil, weil ich nicht mit Fremden intim werden will. Die Sechserpackabteile sind mir zu intim. Hustet jemand, ist man angehustet und fühlt sich sofort krank. Gähnt jemand, fühlt man sich müde. Sehen sich zwei an, fühlt man sich schwanger. Einmal saß ich im Sechserpack einem attraktiven Mann gegenüber, mittleren Alters, sie wissen schon, grau meliert, der mich so lange interessierte, bis er Bücher in Geschenkpapier auszupacken begann. Nein. Das stimmt so nicht. Als er die Bücher auspackte, und ich mir vorstellte, er wäre einer, den man beschenkt, da interessierte er mich noch. Auch die Bücher. Aber er hatte die Bücher für sich selbst als Geschenk einpacken lassen. Und er hat mir diese Sache erzählt. Er hatte einen roten Schal um. Das hätte mir schon zu denken geben sollen. Er erzählte mir auf dem Gang von diesen Single-Essen und Feten und ich glaube, er hat da sogar eine Frau gefunden. Aber die Bücher waren nicht für diese Frau. Und die Bücher waren auch nicht von dieser Frau. Er zeigte mir alle Bücher, die er sich selbst geschenkt hatte. Eigentlich habe ich nichts gegen Leute, die sich selbst lieben und beschenken und sich wellnessen. Nur, wenn sie das anderen auftischen. Unter die Nase. Unterwegs.

Siehst du, Nina, jetzt kommt die Sonne raus, und ich war mal bei einem Konzert – so mit 13 oder so – und da warst du in der Vorgruppe und Dean Reed war der Star. Und ich stand da in weißen Strumpfhosen.

Und ich war wo. Bei meinem Vater. In froher Erwartung kann ich nach dem langen Tunnel in die letzte Sonne blinzeln, nein, in die ersten Sonnenstrahlen blinzeln wie der letzte Mensch. Denn schon an diesem Waldrand oder auf diesem Waldweg oder an dieser Landstraße kann jeden Augenblick mein Vater auftauchen. Hintergrund dieses Gedankens ist nicht die Landschaft, in der ich mir meinen Vater gut vorstellen kann, in der ich ihn durch oder über das Land wandern sehen kann, sondern die Idee seiner

Schnelligkeit. Mein Vater ist schnell. Er überholt auch Zeitreisende in Zügen. Die Familie denkt, er wäre verschwunden, schon springt er ihr ins Gesicht. Niemand weiß, ob mein Vater wirklich auf seinem Landsitz ist, niemand weiß, ob er gerade auf seinem Wirtschaftshof wirtschaftet. Ich fahre dorthin, um nachzusehen. Aber. Vielleicht ist er unterwegs. Für den Fall, dass wir beide unterwegs sind. Ich darf nicht daran denken. Vielleicht sucht er mich, obgleich ich nicht verschwunden bin, nicht mal angeblich. Aber er ist ja so schnell. Der kleine Muck, wenn er die Sandalen hochklappt. Das war natürlich eine andere Zeit, kein Internet, kein Telefon. Internet und Telefon. Was soll mein Vater damit. Die Gebühren spart er, vermute ich. Während wir seine Nummer raussuchen, hat er die Nummer längst aufgegeben, den Vertrag gekündigt, ist er schon wieder unterwegs. Eben ist mein Vater ein Gesuchter, im nächsten Augenblick ein Suchender. In jedem Fall beginne ich sicherheitshalber sofort mit der Suche. Ich werde weiter und weiter aus dem Fenster sehen und ihn suchen. Je eher ich ihn suche, desto eher finde ich ihn, und je eher ich ihn finde, desto eher kann ich wieder zurück, in mein Zimmer, an meinen Tisch. Häuser. Häuserzeilen. Fliegende Häuserzeilen, fliehende Zeilen. Flieh. Unterwegs. Unterwegs. Ein Haus. Ein Hof. Ich hab genug gesehen. Alles alles gibt's auf dem Panoramafenster, nur keine Gardinen und keinen Vater.

Dabei ist mein Vater bestimmt schon in der nächsten Lebensphase. Der kennt keinen Stillstand, kein, na die letzten vierzig Jahre, da. Hier gleicht ein Tag dem andern. Ich kann es nicht fassen. Schon wieder zehn Jahre rum. Hier läuft alles. Das schon. Aber hier läuft alles wie immer. Da müsste er wirklich einen schlechten Tag haben, wenn dieser Satz über seine Lippen soll. Essen wie immer, halbzwölf. Oder Balkon ist auch schön. Geranien sind dankbar. Die Leute sagen zu ihm, Walter sagen sie, Walter in deinem Alter, da solltest du häuslicher werden. Kleine Bank vorm Haus. Krückstock kaufen. Lebensqualität des Alters. In deinem Alter, da fängt man nicht neu an, da schließt man ab, da rennt man nicht durch das ganze Land, da streicht man die alte Bank vor dem Haus, da hat man Zeit für die kleinen Dinge, da wartet man darauf, dass die Bank vor dem Haus trocken ist, da setzt man sich auf die getrocknete Bank vorm Haus, läuft ums Carré, die kleine Runde, kauft sich einen Krückstock. Da macht man nicht mehr lange. Mein Vater erzählt mir von den Leuten in der Stadt und von den Leuten auf dem Land, und sie alle sprechen diesen Text, unabhängig davon, ob es Land- oder Stadtmenschen sind. Es ist ein allgemeingültiger Text. Von älteren zu alten Menschen.

– Was sagst du dazu, fragt mein Vater.
– Sie meinen es gut.
– Aber meinen sie es auch gut mit mir, fragt mein Vater und sieht mich an.
– Ich weiß, was du meinst.

Ich sitze mit diesen Leuten im selben Zug. Für mich wäre die Bank, die die Leute vors Haus stellen etwas, und die Geranien. Ein Balkon. Warum nicht. Man hängt die Bettdecken raus und abends duftet alles frisch. Man kann sie im Herbst und im Winter draußen vergessen und erst nachts reinholen, dann sind sie etwas klamm, duften aber bis zum Morgen. Regelmäßige Mahlzeiten. Und nur die kleine Runde laufen. Man bekommt ja auch nur eine kleine Rente, da macht man keine großen Sprünge mehr. Lebensqualität des Alters. Für mich wäre das was, aber doch nicht für meinen Vater. Mein Vater ist doch kein Hocker. Mein Vater ist das Gegenteil. Mein Vater ist die negative Theologie. Niemand bekommt ihn zu fassen. Alles, was wir sagen können, ist, so ist er nicht. Er ist der alte Mann, der nicht vorm Haus sitzen will, der nicht auf die Bank vorm Haus will, der seine Bank nicht einnimmt, der die Bank nicht streicht. Also, wie alt ist der alte Mann. Nicht älter als seine Tochter. Der Mann, der nicht älter ist als seine Tochter, mag keinen Balkon haben und keine Geranien züchten oder auch nur pflegen oder auch nur selten gießen, und er möchte keine regelmäßigen Mahlzeiten zwischen Geranien. Was möchte der alte Mann dann.

Möchte der alte Mann wenigstens das Gegenteil sein. Der kleine, trotzige Junge, der nein Mama nein, diese Suppe ess ich nicht ruft. Er ist immer das Gegenteil, sagte ich. Ich sagte, er ist schnell. Dann ist er langsam. Er ist geizig. Ein Verschwender. Hegelianer. Indianer. Keiner kriegt ihn zu fassen. Einige Runden spielt mein Vater sicher mit. Aber dann ist mein Vater das Gegenteil vom Gegenteil und verschwindet. Ursprung des Bilderverbotes. Mein Vater geht durch das Bild hindurch. Er sprengt nicht den Rahmen. Er geht durch das Bild hindurch und wir sehen alt aus. Nina, da staunst du. Da beneidest du ihn. Wer will schon ankommen. Vorankommen ja. Vorankommen ohne anzukommen. Nina, darum geht es. Manchmal geht er an dem Bild vorbei. Dann gibt es keine Gebote mehr, dann geht es nicht mehr darum oder hierum oder. Ob er immer so war. Woher soll ich das wissen. Ich weiß ja nicht mal, wo er jetzt ist.

13

Unterwegs umsteigen

Unterwegs. Und unterwegs umsteigen. Aussteigen und einsteigen. Ich bin gut im Fahrplanlesen, gut im Umsteigen. Ich halte mich wach. Kommt jemand mit Kaffee durch, dann kaufe ich Kaffee. Eine Stunde bevor ich ankomme, gehe ich nicht mehr aufs Klo, damit ich den Ankunftsbahnhof nicht verpasse. Meist kommen Züge später an, aber man kann nie wissen. Ich bin gern zu früh auf Bahnhöfen. Zehn Minuten vor der Ankunft des Zuges stehe ich an der Tür. Für gewöhnlich schaue ich in dieser Zeit alle zwei Minuten auf die Uhr. Aber jetzt steht die Uhr, und ich sitze. Kleinkümmeritz aussteigen. Kein Problem. Sieben Stunden auf der Bahn. Sechs … Fünf … Vier Becher Kaffee. Dreimal umsteigen. Zwei Hosen kleben am Hintern. Ein Döner in Magdeburg zwischen unzähligen Wespen. Es gab mehr Wespen als Leute auf dem Bahnhof. Wespen. Wespen überall Wespen und die Furcht, der Ekel und die Gewissheit, wehrlos ohne Spray zu sein. Aggressiven Angriffen ausgeliefert. Mundspray eingepackt, Nazispray vergessen. Schlecht. Wespen an den Abfallbehältern, über den Köpfen der Leute, der Leute, die diese seltsamen Jacken tragen. Frauen und Männer und alle tragen diese seltsamen Jacken, an einem Tag wie heute, tragen sie ihre Jacken über dem Arm. Nur manchmal steht einer im Schatten, der seine Jacke anbehält. Graue und blaue Baumwoll- oder Mikrofaserjacken. Mit Bund oder ohne. Und die Jacken sehen immer neu aus. Frauen greifen diese Saison wieder nach rosa Jacken. Anorakjacken. Und die Jacken sehen aus wie Ossi-Erkennungsjacken. Aber diese Anorakjacken tragen sie überall. Auch in Kiel oder Lübeck. Sogar in Frankfurt, also a.O. sowieso, aber auch a.M. oder Berlin. Nur statistisch wächst die Zahl der Anorakjackenträger mit der Entfernung von Großstädten. Pro Kilometer ein Prozent mehr. Ich bekomme richtig Gänsehaut, wenn ich daran denke. Die Wespen sind ekelig, aber die Jacken.

Da kommt plötzlich alles hoch, da kommt plötzlich. Wie sie sich an den Jungen herandrängelt und ihn umarmt und ihn nicht wieder entlässt. Ihre Dauerwelle fällt grau über das Gesicht des Jungen, des Jungen, der so schöne Lieder singen kann. Von der Heimat. Ihre Jacke, die Jacke, verdeckt den Jungen, der ihren Lippen ausweicht, der ihr, ich hab dich so lieb hört, ganz dicht an seinem Ohr, und der es endlich schafft, seine Autogrammkarte – er singend vor Bergen – zwischen ihren Mund und seine Wange zu schieben. Gezeichneter Blick. Und die andere Hand mit rufendem Stift. Einzige Befürchtung seinerseits, er könnte die Jacke, die Jacke, ihre neue Jacke bemalen, bemalt haben. In dem Gemenge von Jacken, die nach alten Körpern riechen.

Was einem so einfällt kurz vorm Einschlafen. Wenn die Augdeckel zufallen wie die Zugtüren, so schwer. Und geschlossen bleiben während der Fahrt. Dicht halten. Dichter als die Türen. Eine klappt laut. Muss eine Tür so lärmen. Eine Tür an einem der Bummelbahnhöfe. Die Türen sind Knechte. Knechte der Schaffner. Gleich kommt er wieder und brüllt und kassiert. Oder er bummelt. Verbummelt die Zeit in der Bimmelbahn. Hier riecht's nach Pisse. Nach Appelgriebsch und Pisse riecht die Pimmelbahn. Ich guck mir das nicht länger an. Ich bin eine geschlossene Gesellschaft. Diese Bahn und die traurigen Stationen. Ich guck mir das nicht mehr an. Eingeschlagene Fenster. Zugenagelte Türen. Da muss ich nicht hinsehen. Meine Augdeckel sind Dichter. Das sind sie. Hier in der Pimmelbahn ist kein einziger Großraum, doch ich bin im Großraum deiner Augen. Geschlossene Gesellschaft. Wie schwer ich mich fühle. Wie schwer mich die Müdigkeit. Und die mit Sehnsucht angefüllten Flüsse. Und die wartenden Flussufer. Wie müde. Durch die Flüsse gezogen worden. An Nachmittagen fällt sie über mich. Schwere Stunde.

Etwas Großes, Schweres läuft vorbei. Der Luftzug eines Dicken erreicht meine dünne Haut. War der Kontrolleur nicht ein Dicker, einer von denen, die früher jeden angebrüllt haben. Jetzt dürfen sie ja nicht mehr, wie sie wollen. Die Tür fächelt seinen Schweiß. Sauer. Die Fenster halten dicht. Wie meine Augen. Auf jedes Auge passt ein. Fliegen wäre schöner. Fliegen hat was. Komm, lass uns nach Europa fliegen. Die Lufthansa fliegt jetzt nach Europa. Ganz billig. Ganz schön billig. *Alles für den Moment* hab ich gelesen. Jetzt weiß ich es. Jetzt kann ich es jederzeit abrufen. Alles für den Moment. Du. Deine Schritte auf mich zu. Schwer und viel zu langsam. So wird das nie was. Was. Wenn alles kippt nach einer einzigen Berührung. Was.

Rüttelt im Großraum. Jetzt beginnt alles zu wackeln und es gibt Erdbeben und Zugunglücke, und ich wusste immer, warum ich nicht reisen wollte, und etwas drückt meine Schulter lahm und quetscht mich. Der Zug. Der Zug kippt. Auf meine Schulter. Auf meine.

– Hallo Sie, aufwachen, Hallo.
– Was ist denn?
– Sie, wollten Sie nicht aussteigen?
– Was wo wieso?
– Wollten sie nicht in Kleinkümmeritz aussteigen?
– Ich, ja wieso?
– Wir sind eben an Kleinkümmeritz vorbei, nächste ist Kümmeritz. Endstation.
– So ein Mist. Und wann fährt der nächste zurück nach diesem Kleinkümmer.
– Morgen früh. Heute fährt nix mehr. Die andern Züge fahren da vorbei. Seit die so viel wegrationalisieren. Die kleinen Bahnhöfe da …
– Ja, ja schon gut, und wie kommt man sonst nach diesem Kleinkummer.
– Zu Fuß über die Landstraße etwa 22 Kilometer.
– Schaff ich nicht.
– Oder auf dem stillen Gleis, iss eigentlich nicht, aber dann sind's nur 7 Kilometer.

Mein Vater rief mich in den letzten Jahren immer an, wenn es mir schlecht ging. Lag ich ruiniert auf meinem Sofa, klingelte das Telefon und mein Vater fragte, wie geht's. Er hatte es im Urin. Vielleicht glaube ich an diese Sache mit der Telepathie nur wegen meines Vaters. Und warum sollte es in diesem Jahr anders sein. Warum sollte das plötzlich aufhören. Also, was ich sagen will ist, wenn es Telepathie gibt, dann steht mein Vater jetzt am Bahnhof und holt mich ab. Ich habe Gepäck. Ich bin auf dem Weg. Es geht mir schlecht. Also, nicht eigentlich schlecht, aber von der langen Fahrt in Großräumen und überall herumbummelnden nur eben hier am Ankunftsbahnsteig vorbeischnellenden Pimmelzügen ermüdet.

Und mein Vater hat ein kleines, rotes Auto und ein kleines, blaues Auto und ein kleines, weißes Auto. Und einige Leute wissen von dem roten, andere von dem blauen, wieder andere von dem weißen. Einige wissen von dem roten und dem blauen, einige von dem blauen und dem weißen. Manche wissen von dem weißen und dem roten. Uns interessieren nicht alle möglichen Kombinationen. Sie aber doch, dann lesen Sie Watt. Was ich sagen will ist, wenige wissen von allen Autos. Manche wissen zufällig von einigen Autos nichts, anderen wird das Wissen um alle Autos aus bestimmten Gründen vorenthalten. Zum Beispiel Susanne. Susanne muss nicht von allen Autos wissen, weil alles wovon sie weiß, will sie haben. Wie ein Kind, sagt mein Vater. Ein anderes Stadium. Ihr wird also, um sie vor sich selbst zu schützen Wissen vorenthalten. Eine Notwendigkeit, die solange anhält bis mein Vater sicher sein kann, dass sie das nächste Stadium erreicht hat. Er beobachtet ihre Entwicklung sehr genau und leitet ihre Entwicklung geschickt an, d.h. er hilft nur, wenn es sein muss. Mein Vater leistet Entwicklungshilfe im modernen Sinne, dementsprechend lautet sein Motto: ich helfe, indem ich nicht helfe. Der in der Entwicklung sich Abmühende soll sich selbst, aus eigener Kraft, über sich hinaus ins nächste Stadium schwingen. Zu heftige, zu plötzliche Entwicklungsschübe sind natürlich kontraproduktiv, führen oft zu schlimmen Rückfällen. Um also einen sanften Übergang von einem zum nächsten Stadium zu gewährleisten, sind bei Susanne regelmäßige Zahlungen notwendig. In diesem Stadium kommt es auf die Stärkung des Grundvertrauens an. Gleichzeitig soll der hilfsbedürftigen Person vermittelt werden, dass sie nicht alles haben kann. Haben muss. Wissen muss. Ich aber bin schon im nächsten Stadium und darf vieles wissen. Von den Autos darf ich alles wissen. Ich weiß von allen Autos, die mein Vater billig kauft. Ich bin ungefährlich. Für mich stellen all die schönen bunten Autos keine Versuchung dar. Ich habe keinen Führerschein. Aber das ist nicht der Grund, warum ich über seine Autos alles wissen darf. Der Grund ist das Stadium.

Mein Vater kauft nur ganz billige Autos und ganz kleine Autos. Er braucht ja so wenig. Wenn man aber ein sehr altes, kleines, billiges Auto fährt, dann weiß man nicht, wie lange das Auto durchhält. Aus diesem Grund ist es ratsam, ein Auto in Reserve zu haben. Oder zwei. Oder drei. Man hat von den Lieblingsspeisen doch auch ein oder zwei in Reserve. In der Speisekammer. Spaghetti oder Baked Beans. Wir haben immer zwei Büchsen Baked Beans zusätzlich in der Speisekammer. Mein Vater hat immer zwei, drei oder vier Autos zusätzlich in den Garagen. Er ist kein Bonze und kein Autosammler. Er ist Stratege. Er spielt sehr gut Schach. Ich habe ihn nie besiegt. Schachspieler denken voraus. Einen oder zwei oder drei oder vier Züge voraus. Je besser ein Schachspieler ist, desto mehr Züge plant er im

Voraus. Ich halte es deshalb für möglich, dass mein Vater – selbst wenn ich nicht so ganz oder ganz so schnell dahintersteige – um einige Züge vorausplant. Diese Sache mit den Reserveautos habe ich gleich verstanden. Eines rostet hinten durch, ein anderes vorne. Kein Problem. Nur beim Laster. Man kann sagen, beim Kauf des Lasters hat mich mein Vater abgehängt. Das war, als die Sache mit den alten Brötchen richtig in Schwung kam, und er sie nicht nur Säcke, sondern containerweise hätte aufs Land transportieren können, also wenn sein Anhänger containerweise Brötchen aufgenommen hätte, was er nicht tat, dann hätte er nicht extra einen Laster kaufen müssen. Es war nur.

– Wer braucht denn so viele alte Brötchen?
– Niemand.
– Warum dann noch einen Laster kaufen?
– Morgen kann alles anders sein.
– Bei wem?
– Bei den Schweinebauern. Heute nehmen sie ihr Spezialfutter und morgen.
– Zahlen die was?
– Das nicht. Also 50 Cent pro Sack.
– Und was zahlst du?
– Auch so 50 Cent pro Sack.

Wie ich von ihm selber gehört habe, hat er nun einen Laster gekauft. Zu meiner Beruhigung, nehme ich an, versicherte mir mein Vater, dass er für den Laster kaum etwas bezahlen musste. Man kann also davon ausgehen, dass der Laster entweder vorn oder hinten oder an der Seite durchgerostet ist oder das eine oder andere Teil nicht mehr so ganz funktioniert. Man kann sogar davon ausgehen, dass es sich bei diesen Teilen um nicht ganz unwichtige Teile handelt. Das ist jedenfalls meine Schlussfolgerung. Ein Laster, für den man kaum etwas bezahlt, der beinahe geschenkt sein soll, dem fehlt sicherlich mehr als nur ein Gurt. Mehr als nur der Beifahrergurt. Insofern ist es fraglich, ob mein Vater mich abholt, mich abholen kann, selbst wenn er gerade den Wunsch verspürt, mich abzuholen. Ich werde auf dem Bahnhofsvorplatz fünf Minuten warten.

Ich werde sehen, wie ein fremder Mann vor seinem Auto steht, mich sieht, die ich ihn sehe. Er wartet, aber ich ermuntere ihn nicht, noch länger zu warten. Oder auf mich zuzusteuern. Diesen Fehler habe ich hinter mir und als einen meiner kostbarsten Fehler in Erinnerung. Ich habe aus diesem Fehler etwas gelernt. Aber in fünf Minuten erzähle ich das nicht.

Dann werde ich mir dabei zusehen, wie ich einen Papierkorb für ein Taschentuch suche, das ich in meiner Umhängetasche fand, die über meine linke Schulter baumelt und sich langweilt und vor Langeweile ein altes Taschentuch ausspuckt. Im August ein vermutlich in den Wintermonaten vollgerotztes Taschentuch hergibt. Es ist für uns alle nicht leicht. Es ist sogar unmöglich einen Papierkorb zu finden.

Von meinem Vater keine Spur. Immerhin ist auch von dem fremden Mann aus Sofia keine Spur mehr zu sehen. Ich neige zu Spekulationen und Ungenauigkeiten. Natürlich weiß niemand, ob der Mann wirklich Jordan heißt und. Der Bahnhof ist verschlossen. Vernagelt. Und auf dem Bahnhofsvorplatz gibt es nichts als Kopfsteinpflaster. Es gibt keinen Kiosk. Keine Bushaltestelle. Es gibt kein Taxi. Höchstens Tarntaxis. Es gibt nicht mal einen Papierkorb für alte Tempotücher, Überlebende der langen Winterabende. So trostlos war es nicht mal im Osten. Und es gibt keine Väter, die ihre Töchter in Lastern abholen, denen die lebensnotwendigen Teile unterwegs abfallen oder längst fehlen.

Von meinem Vater keine Spur. Sicherlich ahnt er, wie ich gerade über sein unsicheres Gefährt grüble und. Er nimmt den Fuß von der Bremse. Er blickt kurz zu dem kaputten Beifahrergurt. Er steigt wieder aus. Oder ist gar nicht erst eingestiegen. In der Telepathie kann man eben nichts verbergen. Da hast du deine fünf Minuten, ruft mein Vater und wirft die Tür seines Lasters zu. Auf der Fahrerseite geht das. Auf der Beifahrerseite wäre diese energische Szene völlig missglückt.

Überredet. Ich laufe. Der kleine Pfad neben den Gleisen. Lustig anzuschauen. Der geliebte kleine Pfad. Ist mein. Ist mein. Und wie lustig der Rolli hüpft. Mit Schubert im Ohr durchs Niemandsland an Gleisen. Wo sich die Armen Hütten bauen in Asien. Nicht hier. Hier bauen sich die Amseln Nester. Bald. Wenn nicht allein der Bahnhof und oder ein Teil der Strecke, sondern die ganze Strecke tot ist. Aber ich sollte doch an stillen Gleisen wandern. Nicht so hastig. Immer schön im Rückwärtsgang, dann wird es schon stiller werden. Wenn die ganze Strecke geplündert wird. Bahnschwellen für den Landschaftsbau. Oder sollte es zu aufwändig oder verboten sein. Wenn die Strecke ihren Seelenschlaf hält. Mit dem Tod hört nicht alles auf. Die Seele hält dann ihren Seelenschlaf. Die Strecke schläft bis zum Jüngsten Tag. Und sie wartet nicht auf den Tag des

Zornes. Die Strecke, also die ganze Strecke, nicht allein der Teil, der bereits jetzt still ist, und den ich gerade betrete, sondern diese ganze Strecke, die in wenigen Jahren stillgelegt sein wird, setzt nicht auf Rache, nicht auf die Lüge der Gerechtigkeit, die immer Rache fordert. Ihr zukünftiges Heil wird sie, wenn sie etwas in Worte fassen müsste, in folgende Worte kleiden: und es wird dort eine Bahn sein, also dort, zwischen Gras und Rohr und Schilf, die der heilige Weg heißen wird. Kein Unreiner wird ihn betreten; nur sie werden auf ihm gehen; auch die Toren dürfen nicht darauf umherirren. Aber sie muss ja nichts in Worte kleiden. Die Strecke. Die Strecke wird nicht einmal warten.

Noch liegt ein müdes Flimmern über den Gleisen. Noch summt etwas in den Schienen und es gibt den holzigen Geruch der Schwellen. Nachmittagsluft. Nachmittagsduft der Schwellen. Und wie lustig die kleinen Kiesel unter die Räder kommen und zwischen. Und der Rolli müde vom Hüpfen kippt. Der Rolli kippt zur Seite. In den holzigen Geruch der Schwellen. In den Nachmittagsduft.

14

Über Schwellen auf Holz

Durch das Holz laufen über Lichtgeschwindigkeit und ohne Schwellenangst. Sind Wunder nicht immer ein bisschen. Ich meine unsinnig. Über das Licht laufen auf hölzernen Füßen und ohne dich zu fassen mit dir. Ein Wunder ist. Ich habe keine Schwellenangst. Ich finde nur die Abstände unpraktisch. Auch mit Gepäck. Und je weiter ich mich entferne, desto näher bist du mir. Ich habe keine Schwellenangst, ich fürchte mich nur. Ich fürchte mich vor den Kilometern, ich fürchte, bald dämmert es mir, und deine Augen. Ich will bleiben im Großraum deiner Augen, fürchte ich. Und das ist nicht alles. Ich fürchte, Durst führt zu Bewusstseinsveränderungen. Bist du durstig. Ich fürchte, der Geruch der Schwellen befördert mich nicht schnell genug. Ich bin dir noch immer nicht entkommen. Du bist im Text, und ich weiß nicht wieso. Wo kommst du überhaupt her. Und wer hat dich hier reingelassen. Ich fürchte, ich habe keine Schwellenangst. Schwellenangst ist die Hemmung der Passanten, ein Geschäft ohne feste Kaufabsichten zu betreten. Sie fürchten sich davor, dass man ihnen ungewünschte Artikel aufdrängen könnte. Ich fürchte, ein Parfüm muss diesen holzigen Geruch haben, um mich zu erregen. Darum geht es doch. Ich fürchte, ich bin nicht der richtige Umgang für dich. Schon wieder ist mir nicht klar, was man tun kann in diesem Fall. Eine Verzögerungstaktik kommt jedenfalls nicht in Frage, denn noch langsamer fallen kann ich nicht. Natürlich kann der Einzelhandelsunternehmer etwas tun. Er hat sogar verschiedene Möglichkeiten, Schwellenangst abzubauen. Aber ich. Was kann ich tun. Angeblich habe ich keine Schwellenangst oder fürchte mich davor, keine zu haben, und du bist immer noch kein ungewünschter Artikel.

Jetzt bin ich unterwegs, jetzt laufe ich neben den Gleisen im holzigen Geruch der Schwellen, aber. Ich könnte ankommen. Eine unangenehme Vorstellung, da es sich um den Hof meines Vaters handelt. Andererseits. Die Vorstellung anzukommen, auf meinen Vater zuzugehen, ihm auf die Schulter zu klopfen, warum nicht, dabei Hallo zu sagen, und ihm sofort Briefpapier abzuverlangen, um dir zu schreiben. Ich gehe ins Haus und setze mich an einen sicher etwas zu niedrigen Tisch. Egal. Ich schreibe dir von meinen Befürchtungen. Nein. Wenn ich wirklich schreibe, ich fürchte, ich bin nicht der richtige Umgang für dich. Nachher glaubst du mir das. Warum soll dieser Satz nicht glaubwürdig sein. Es gibt Menschen, die Menschen töten und essen. Ein junger Mann verspeiste neulich seine Cousine. Das Wetter wird sich nicht ändern in den nächsten Tagen. Warum sollte der Satz, ich fürchte, ich bin nicht der richtige Umgang für dich, nicht glaubwürdig sein. Der richtige Umhang. Nun ja, aber der richtige Umgang. Aber genau deshalb, weil dieser Satz glaubwürdig ist, kommt er nicht in Frage.

Schon als ich klein war, schreibe ich, oder aber, schon weil ich klein war. Klein und verantwortungslos. Nein. Ich fange einfach an zu erzählen.

Stundenlang saßen wir unter der Holzbrücke am Bahnhof. Wir kletterten und balancierten durch den holzigen Geruch. Es gab Mutproben. Mit Augen zu, ohne Schmu. Es gab die Warnungen der Erwachsenen. Es gab blaue Flecken, verstauchte Knöchel, heraufziehende Wolken und Brüche. Es gab Verbote. So nah an den Gleisen. Immer näher. Und über und über. So geht das aber nicht. Wir verzogen uns erst spät, wenn der Geruch nach Katze uns verdrängte.

Ich habe keine Schwellenangst. Zweimal in der Woche trat ich gleich nach der Schule über die Schwelle der Wäscherei und besuchte die Katzentante. Sie war in der Wäscherei tätig, in der wir unsere Wäsche waschen ließen. Und da lag sie wohl auf dem Weg. Sie hatte, wenn ich mich recht erinnere, schwarzes Haar. Vielleicht besuchte ich sie aus diesem Grund. Oder, weil sie das Haar zu einem sehr imposanten Haarteil auftürmte. Oder, weil sie immer gut über meinen Vater sprach. Obwohl sie dieses schwarze Haar auftürmte, sprach sie nie schlecht von ihm. Das hatte was. Oder, weil sie direkt auf dem Weg lag, auf dem Schulweg. Aber, wenn ich mich recht erinnere, lag sie nicht wirklich auf dem Weg, nicht einmal auf dem Umweg, sondern etwa zehn Minuten von meiner Schule entfernt und damit zehn Minuten weiter vom Haus des Vaters entfernt.

Ich betrat die Wäscherei. Oft stand die Tür offen, weil Kunden ihre Wäschepakete abholten oder ihre Wäsche abgaben und oder der Fahrer. Nein. Der Fahrer kam erst zehn nach zwei. Ich fragte die Frau, die meiner Oma ähnlich sah, nach der Katzentante und blieb. Dann schloss ich die Tür, damit auch der Geruch bleiben konnte. Es roch nicht einfach nach chemischer Reinigung. Es roch nach Waschmittel, Stärke, gebügelter Wäsche. Frau Holle.

– Hast du Hausaufgaben auf?
– Ich glaube schon.
– Na, setz erst mal Wasser auf. Du magst doch sicher einen Malzkaffee trinken?
– Kann ich bei der Wäsche helfen?
– Später. Wie geht's deinem Vater?

Beide Frauen mochten meinen Vater. Alle Frauen mochten meinen Vater. Mein Vater sah gut aus und zog zwei seiner Kinder allein auf. Damals gab es diesen Typ Mann eher selten. Ein gutaussehender, alleinerziehender Mann, wo gab es das schon. Jedes Frauenherz fiel meinem Vater zu. Er brauchte die Frauen mit ihren Frauenherzen nur aufzufangen.

– Nein. Ohne eine Frau. Wie schaffen Sie das nur?
– Es muss eben gehen.
– Und der Haushalt? Und die Kinder? Und die Wäsche?
– Bei der Wäsche greifen sie mir ja unter die Arme.

Die beiden lächelten verlegen. Früher hätten die Frauen in genau diesem Moment einen Knicks gemacht. Heute haben wir weniger Gesten der Demut, aber wenn man genau hinsieht, kann man beobachten, wann sich ein Herz bewegt. Kammer auf, Kammer zu. Mein Vater brauchte sie nur zu fangen. Vielleicht fing er auch nur das Herz der Katzentante. Denn die Katzentante besuchte uns am Wochenende darauf und brachte sogar etwas mit. Nein, keine Katze. Einen Schäferhund.

Mein Vater hat die Angewohnheit, die Straßenseite zu wechseln, wenn ein Hund naht. Und meine Mutter entwickelte nach der Scheidung die Angewohnheit, ihm deshalb – zumindest auch deshalb – das Attribut unmännlich zu verpassen. Salz bitte treffsicher auf die Wunde. Da es weder damals noch heute auf meine Männlichkeit ankam, gehe ich Hunden genauso gern aus dem Weg wie mein Vater. Insbesondere jedoch Schäferhunden.

Es blieb aber dabei, sie hatte einen Schäferhund mitgebracht und sich mit ihrem Hund in unseren Garten gesetzt. Niemand sonst saß an diesem Tag in unserem Garten. Es gibt ein Foto. Sie im Liegestuhl sitzend. Sie trägt ein Schürzenkleid und ihren Haarturm. Sie sieht ein bisschen so aus wie Nofretete, nur nicht so schön. Wenn man genauer hinsieht, dann erkennt man ein Muster auf dem Schürzenkleid und in dem Muster den berühmten Kopf der Nofretete. Ihre zerkratzten Arme erkennt man nicht, aber ich erinnere mich an sie. Hände und Arme voller Kratzer. Vielleicht hat sie Geschwister, dachte ich, oder sie hat wirklich Katzen. Aber gegen Katzen sprach der Schäferhund.

Ihr Schäferhund ist nicht auf dem Foto, und mir fällt auch wieder ein, warum nicht. Ihr Schäferhund war den ganzen Nachmittag nicht dazu zu bewegen, sich neben sie zu setzen, sich vor ihre Füße zu legen, nicht einmal für die kurze Zeit, in der mein Vater das Foto schoss. Der Schäferhund war in der kurzen Zeit, in der mein Vater fotografierte und in der Zeit davor und danach auf der Jagd. Er jagte unser Huhn. Wir hatten damals ein Huhn. Man könnte die

Geschichte auch so erzählen, es war die Zeit, in der wir nur noch ein einziges Huhn hatten. Denn es gab andere Zeiten. Es gab eine Zeit, in der wir drei Hühner hatten. Es gab sogar eine Zeit, in der wir zwölf Hühner hatten. Und davor gab es natürlich die Zeit, in der wir dreizehn Küken hatten, aber keinen Hahn. Aber als die Katzentante in unser Leben trat und – kurze Zeit später – auch unseren Garten betreten durfte, da hatten wir nur noch ein Huhn.

Dieses Huhn war so alt und zäh, dass es keine Eier mehr legte und niemand von uns wäre auf die Idee gekommen, es zu schlachten, also in der Absicht mit ihm zusammen eine Suppe zu kochen. Eine bekömmliche Suppe. Unser Garten stand ihm vielmehr als Gnadenhof zur freien Verfügung. Das einsame Huhn bewohnte den durch meinen Vater selbst erbauten Hühnerstall ganz allein. Das Huhn bekam Haferflocken und Wasser, und es durfte überall im Garten herumpicken und Regenwürmer ans Licht ziehen. Auch ein blindes Huhn findet. Das Huhn erhielt auf seine alten Tage den Namen das letzte Huhn. Kurz bevor es vollständig in Vergessenheit geriet, kam sein größter Tag. Denn das letzte Huhn flatterte so lange durch den Garten oder rannte in seinen Hühnerstall oder wieder raus und durch den Garten, wie der Besuch der Katzentante dauerte. Und am Ende genau dieses Tages war das letzte Huhn tot. Herzinfarkt. Oder Hundebiss. So genau wollte das niemand mehr wissen. Der Katzentante tat das alles sehr leid, vielleicht musste sie uns versprechen, nie, nie wieder zu kommen, und wenn, dann ohne den Schäferhund. Wir sahen sie jedenfalls nie wieder in unserem Garten und das war in gewisser Hinsicht ein Huhnopfer wert.

Das heißt nicht, dass wir sie nicht mochten, im Gegenteil. Wir mochten sie, und sie kam sogar in Frage. Schon wegen des schwarzen Haares und ihrer charakterfesten Art. Denn – vielleicht erwähnte ich es schon – trotz dieses sehr dunklen, um nicht gleich zu sagen schwarzen Haares, das hochgesteckt und aufgetürmt noch strenger wirkte, verlor sie nie ein schlechtes Wort über meinen Vater. Vielleicht verlieh ihr die Hochsteckfrisur diese Charakterstärke, jedenfalls verlor sie nie die Fassung und kam aus diesem Grund zunächst in Frage.

In der Wäscherei spülte ich die Tassen, wischte den Tisch ab. Decke rot weiß kariert. Beobachtete die Frauen in ihren Kittelschürzen. Rosa. Durfte die Stoffaufkleber von der Wäsche ziehen. Manchmal lagen drei dieser Aufkleber über oder nebeneinander. Dann durfte ich drei Aufkleber von der frisch gewaschenen und gebügelten Wäsche abziehen. Ich wollte etwas tun. Sicherlich wollte ich später in einer Wäscherei arbeiten. Ich tat etwas und stellte keine dummen Fragen. Weder anderen noch mir selber.

– Man könnte meinen, du bist am liebsten hier.
– Mmmm.
– Liegt deine Mutter nicht auf dem Weg?
– Nein.
– Und die Wäscherei liegt auf deinem Weg?
– Ja.

Wenn ich mich recht erinnere, lag sie nicht wirklich auf dem Weg, nicht einmal auf dem Umweg, sondern etwa zehn Minuten von meiner Schule entfernt und damit noch zehn Minuten weiter vom Haus des Vaters entfernt. Und damit zehn Minuten näher an der Wohnung meiner Mutter. Aber ich ging nach der Schule lieber in die Wäscherei, statt in das Haus meines Vaters oder in die Wohnung meiner Mutter. Ich ging in die Richtung, aber nicht in die Wohnung meiner Mutter, obwohl meine Mutter ebenso schwarzes Haar wie die Katzentante und außerdem eine meiner Schwestern, genauer meine Lieblingsschwester, hatte. Es könnte sogar sein, dass sie eine Kittelschürze hatte. Oder nur eine Schürze. Aber sie zog sich die Schürze nur in der Küche, während der Küchenarbeit, an, und manchmal kam ihr Freund in die Küche und zog an der Schleife ihrer Schürze, und sie lachte, und er küsste sie direkt auf ihren lachenden Mund, und dann schob der Freund meiner Mutter meine Mutter mit seinem Mund, so dass ihr Kopf nach hinten kippte und nur seine Hände, die auf ihrem Hintern lagen, verhinderten, dass meine Mutter nicht als Ganzes kippte und umfiel, sondern mehr oder weniger auf dem Küchentisch zu liegen kam. Nicht vor dem Kind, hörte ich. Aber als sie ihren Kopf wieder allein heben konnte, blitzten mich ihre Augen stolz an. Das schwarze Haar fiel ihr ins Gesicht. Sie schob den Kerl lachend zur Tür raus, raunte was von einem echten Mann und hob die Schürze vom Küchenboden auf.

– Du verstehst schon, sagte sie.
– Ja.
– Du bist viel weiter als deine Schwestern.
– Ich bin älter.
– Guck mal, was deine Schwester macht. Legt eine Hunderassenkartei an. Als ob es um so was ginge.

Ich wollte wissen, worum es ging. Ich wollte den Unterschied zwischen echten und unechten Männern verstehen. Ich wollte mich so schnell wie möglich verlieben und alles mit ihr bereden, über alles reden können. Ich wollte ihre beste Freundin sein. Ich wollte für sie da sein. War schon jemand für sie da, wollte ich nicht länger stören. Ich wollte ein anderes Mal kommen, nicht am Wochenende, wenn sie sich ausruhte oder um ihren Freund kümmerte oder um Dinge, die liegengeblieben waren. Ich wollte nicht neidisch sein auf die Dinge, die liegengeblieben waren. Schmutzige Wäsche oder so. Ich wollte vor der Fabrik auf sie warten, wenn niemand wartete. In der Zwischenzeit. Im Nieselregen. Natürlich ohne Schirm. Und mit einem selbstgebastelten Geschenk zum Muttertag. Ich wollte nur kommen, wenn niemand sonst für sie da sein konnte, weil er Nachtschicht hatte oder angeln war oder. Ich wollte nur kurz bleiben. Ganz kurz. Ich wollte nicht eifersüchtig werden wegen der andern Freundin, die sie noch besuchen wollte. Ich wollte gern mitkommen. Oder mit zum Konsum, bisschen einkaufen. Oder gleich zur Bahn gehen und in das Haus des Vaters fahren. Ich wollte auch viel zu tun haben im Haushalt. Viel, viel Arbeit haben. Oder in der Wäscherei dringend gebraucht werden.

Ich wollte nicht unbedingt zur Katzentante fahren. Aber es war wirklich schönes Wetter und außerdem Wochenende und unser Vater sagte, Kinder, wir sind eingeladen, heute fahren wir raus, heute geht's zur Katzentante. Wir durften Kniestrümpfe anziehen. Und kurze Röcke. Und in diesem Augenblick hatte ich völlig vergessen, was ich wollte. Schon standen wir auf dem Bahnhof und kauften Fahrkarten, schon saßen wir im Zug, schon waren wir in Eichwalde, und sie holte uns von der Bahn ab, schon standen wir auf einem Grundstück mit Kiefern und kurz darauf in ihrem kleinen Haus, einem Wochenendhaus oder etwas in dieser Art, auf jeden Fall eng, und niemand setzte sich, vielleicht weil es eng war, oder weil auf allen Sitzplätzen schon eine oder mehrere Katzen lagen. Ich mochte Katzen sehr, aber nur von weitem. Zu dieser Zeit. Es gab andere Zeiten, erzählte meine Mutter gern, in denen ich allen Katzen hinterherlief und sie streicheln wollte, auf den Arm heben wollte, bei mir behalten wollte. Und es tat. Aber unglücklicherweise war diese Zeit längst verstrichen, als wir die Katzentante besuchten, und es half alles nichts. Meine Mutter hätte ihre Geschichte von meiner Katzenliebe so oft erzählen können, wie sie wollte. Diese Zeit war vorbei, und ich hätte meine Geschichte mit dem Satz beginnen können, es war die Zeit, in der ich Katzen nur von weitem mochte.

Aus der Nähe waren sie mir unheimlich. Vor allem dann, wenn man sie riechen konnte, was hier der Fall war. Es stank nach Katzen, genauer Katzenpisse. Katzenklos gab es in dieser Zeit vielleicht überhaupt noch nicht. Entweder waren sie noch nicht erfunden worden oder man musste einen Antrag stellen und konnte so ein Katzenklo erst fünf Jahre später kaufen. Im Osten und so. Setzt euch doch, sagte die Katzentante, nicht so schüchtern. Sie machte dieses Ksch-ksch und fuchtelte mit einer Hand durch die Luft, genauer, die Luft der Katzen über einer Sitzfläche mit Katzen. Eine, nennen wir sie, *die* Katze erschrak, sprang auf den Tisch, das Regal, warf eine Vase um, die. Nein. Keine Scherben. Es war nur. Eine andere, *die* war plötzlich verschwunden, Katze erschrak und machte ein, zwei Sätze, worauf eine andere Katze erschrak, die wieder eine andere Katze und wieder eine und noch. Alles sprang durcheinander. Plötzlich sprang etwas wie eine Katze auf die Schulter der Katzentante, fuhr die Krallen aus, durch ihr Haar, den hohen Haarturm, fauchte und sprang fort. Zweifellos eine Naturkatastrophe, die Menschen dazu bringt zu beten. Die Katzentante aber ließ sich nicht aus der Fassung bringen und kam in Frage.

Setzt euch doch, sagte sie ungerührt, während sie ihr Haar ordnete, ihr müsst euch Platz schaffen ksch-ksch. Ich nahm auf dem freigewordenen Sessel Platz, jedoch nur am Rand des Sessels, weil auf der Lehne kletterte bereits die nächste, und ich wollte mich nicht auf Zweikämpfe einlassen, wenn man angesichts der Übermacht Katzen von Zweikämpfen reden konnte. Meine Schwester begann zu zählen und kam auf 24 Katzen, ich kam auf 22 Katzen, die Katzentante sagte, es gäbe keine verbindliche Zahl. Manchmal lässt einen sogar die Mathematik im Stich.

Mein Vater stand unschlüssig im Raum. Er holte Pralinen und Kaffee aus seiner Tasche und sah in den Garten. Das Grundstück war viel größer als unseres, hatte draußen Tisch und Stühle und jede Menge Sonne. Das alles war sehr vorteilhaft. Es gab nur einen Nachteil. Vor der Tür wartete der Schäferhund und dicht neben dem Schäferhund stand ein Bernhardiner, also das Tier mit den tellergroßen Augen. Beide hechelten uns an.

Es war unmöglich, die Straßenseite zu wechseln. Die Katzentante hatte uns in eine ausweglose Situation gebracht oder in eine ausweglose Lage oder schwierige Situation oder. Ich verstand nicht, wieso sie immer noch in Frage kam. Wir blickten uns umzingelt an. Wir warfen schmale Blicke auf die Katzen, dann auf die Arme der Katzentante. Ihre Arme waren voller Wunden. Ich verstehe nicht, wieso mir das erst jetzt wieder zu Bewusstsein kommt, ich mich erst jetzt an ihre zerkratzten Arme erinnern kann. Diese Arme hatte sie schließlich schon in der Wäscherei. Außerdem in unserem Garten. Auf dem Foto zeigt sie sich in einem ärmellosen Kleid. Sie hatte ihre wunden Arme und Handrücken nicht versteckt. Sie war offenbar stolz auf ihre Wunden. Oder sie hat uns gewarnt.

Aber den Bernhardiner hat sie uns verschwiegen. Vielleicht hatte sie auf dem Weg vom Bahnhof von einem solchen Tier erzählt, vielleicht hatte sie uns, kurz bevor wir das Grundstück mit den Kiefern erreichten, versichert, wie lieb ihr Bernhardiner war, aber das hatte niemand gehört und wenn, dann hatte es niemand geglaubt und allein darauf kommt es an. Sicher war, sie kam noch immer in Frage, denn mein Vater sagte was von Essen gehen, und sie nein, nein, sie würde Eicherkuchen braten, für die Kinder. Die Kinder liebten Eierkuchen. Eierkuchen mit Äpfeln. Auch ohne Äpfel. Mit Pflaumenmus. Auch ohne Pflaumenmus. Mit Zucker, meinetwegen Würfelzucker. Für einen Augenblick kam die Katzentante selbst für die Kinder wieder in Frage. Aber dann hatte sie leider nur zwei Eier im Haus und den Kindern schmeckten die Eierkuchen nur mit Eiern. So blasse Eierkuchen, die nur nach Mehl schmeckten, nicht, sie ließen sie einfach stehen und dachten daran, die Eierkuchen dem Hund oder dem Hund zu geben. Eierkuchen ohne Eier, du meine Güte. Einer der Hunde hatte ihr letztes Huhn, warum soll er nicht auch die Eierkuchen ohne Eier bekommen, der Hund oder der, draußen vor der Tür, während die Kinder Mittagschlaf halten sollten mit hungrigem Magen, die mäkligen Kinder, die ungezogenen Kinder, die Kinder, die ihrem Vater auf der Rückfahrt sagen werden, dass die Katzentante eher eine Enttäuschung sei, und aus diesem und jenem Grund doch nicht in Frage komme.

15

Abschied von der Mutter

Jetzt sind es weniger Kiesel, jetzt dürften die Räder ohne Schwierigkeiten, jetzt müsste ich den Rolli nicht tragen, wenn. Wenn der Pfad nicht so eng, und wenn die Büsche nicht. Die Zweige der Büsche nicht über meinem Kopf und unter und mitten ins Gesicht fahren würden. Warum hören wir fremden Menschen zu? Warum hören wir auf einen Schaffner, der kein Gepäck hat? Warum liegt das Ziel plötzlich hinter uns? Ich muss im Plural reden. Ich muss mir Nachdruck verleihen. Autorität. Noch bin ich nicht in Not geraten, aber es sieht ein bisschen danach aus. Der rechte Arm schmerzt, und alle Befürchtungen sind bald eingetreten. Es dämmert, und ich bleibe auf der Strecke. Auf der anderen Seite des Bahndamms öffnet sich der grüne Tunnel. Felder. Gegenräume. Endlich. Raps und Mohn und Weizen oder etwas wie eine Frau auf einem Rad bewegt sich am Rand in meine Richtung. Am Ende wird sie mich noch grüßen, mir zurufen, und mir ihre starken Arme anbieten. Oder der Weg macht einen Schlenker, und sie verschwindet. Sie ist so schnell verschwunden, dass man sich nicht einmal an ihren Anblick gewöhnen konnte, dass man ihre Frage, ob man Hilfe brauche, nicht einmal ablehnen konnte und wie ärgerlich das ist. Wie mir gerade diese Situation fehlt. Wie wichtig das gewesen wäre, dass jemand die Not eines anderen Menschen erkennt, hilfsbereit auf einen anderen Menschen zugeht, in diesem Fall mich, dass sie mir Hilfe anbietet, und ich ihre Hilfe ablehnen kann. Die eigene Kraft wäre mir zu Bewusstsein gekommen. Ich schaffe das allein, hätte ich rufen können.

Ich schaffe das allein, sagt die junge Mutter 1968 und spult zurück zum Anfang. *Arrivederci, Hans.* Das Zimmer ist eng. Das Zimmer ist so eng, dass man nur wenige Dinge ansehen kann. Denn die Dinge stehen dicht an dicht. Über und unter, und die einzige Rettung ist das Lied. Das Kind sitzt auf einem Möbel. Das Kind sitzt etwas erhöht und blickt auf seine Mutter. Das Kind weiß nicht, wieso plötzlich alle Dinge dicht an dicht in diesem Zimmer stehen müssen, über und unter, wo das Haus so groß ist. Aber die Dinge im Zimmer stehen unabhängig vom Wissen des Kindes eng aneinander gestellt, so sehr drängeln sich die Dinge, dass nur ein Stuhl in dem Zimmer stehen kann. Ein Stuhl. Und auf diesem Stuhl sitzt die Mutter. Die Beine des Kindes baumeln vom Möbel. Und die Hände des Kindes tasten nach den kleinen Dingen, die in Zeitungspapier eingewickelt rechts von ihm, auf dem Möbel liegen. Die Dinge liegen übereinander und unter. Dicht an dicht. Oder in Kisten. Das Kind weiß nicht, dass es nicht weiß, wieso in allen Zimmern des Hauses, wo etwas weggenommen wurde, die Stille eingezogen ist. Die Stille, die wachsen kann wie Blumen oder Schnee auf Wiesen, die überall im Haus lauert, die den Sätzen des Vaters folgt und den Geschwistern hinterherkrabbelt, die sich gegen die geschlossene Tür lehnt und durch die Ritzen zwängt. Nur von dem Lied der Mutter weiß das Kind, und dass es das Lied mag, und dass sie das Lied immer wieder hören müssen. *Arrivederci Hans, das war der schönste Tanz. Das Licht geht aus im Lokal, nun küss mich noch mal, bevor wir nach Hause geh'n.* Das Kind spürt, dass alles vom Lied abhängt. Aber es weiß nicht, was davon abhängt, deshalb blickt das Kind, wenn das Lied ertönt, auf seine Hausschuhe. Schöne warme Hausschuhe hat das Kind an. Gelb und braun kariert und mit einer Lasche oder wie, und an der ist ein Druckknopf, und der Druckknopf ist braun, wie die Augen der Mutter, also dunkelbraun. Das Kind kann noch keine Schleife binden, aber den Druckknopf kann es zudrücken.

Er kam aus der Ferne im Norden, und sie war zu Hause am Meer. Sie waren Verliebte geworden, da fiel ihr der Abschied so schwer. Das Lied, das sie hören, ist schön. Man kann mitsingen. Man kann aber auch einfach nur zuhören. Oder leise summen. Man kann nach vorn spulen und es wieder anhören und wieder und wieder. *Arrivederci Hans, das ist der letzte Tanz, es wird bald wieder so sein, vergiss mich nicht ganz, oh arrivederci Hans.* Die dunklen Augen der Mutter sind auf das Tonbandgerät gerichtet, *sie wusste die Zeit geht zu Ende, sie wusste, bald wird es gescheh'n. Gib mir noch einmal die Hände, und ich werd' ihn lang nicht mehr seh'n.* Die Augen der Mutter füllen sich mit der Ferne des Nordens, und das Kind sieht es, auch wenn die Mutter sich vor dem Kind verbergen möchte und nicht mehr aufschaut. Das Kind hat die dunklen Augen der Mutter. Das Kind hat die dunklen Augen der Mutter und sieht. Aber was.

Ein Kind, das noch keine Schleife binden kann, blickt nicht zurück, wenn es sieht. Ihm fällt, wenn es auf den glänzenden Druckknopf schaut, nicht ein, dass die Mutter einen großen Bluterguss auf der Hüfte trägt, aufgedrückt. Und am linken Oberarm. Ihm fällt nicht ein, dass es keinen Sinn hatte, sich zwischen die kämpfenden Eltern zu stellen, zwischen die Fäuste des Vaters und die abwehrenden Arme der Mutter. Und wie jemand das Kind wegstieß. Und wie sich das Kind unter dem Sessel versteckte. Und oder davonlief. Und den lieben Schuh in den Garten warf. Und wie der Schuh mit den braunen Augen in die Maiglöckchen flog und nicht mehr zu sehen war, und das Kind mit nur einem Schuh am Fuß zum Steingarten humpelte und sich vor die Maiglöckchen setzte und um den Schuh weinte. Oder um den Fuß. Oder.

Die Mutter sitzt auf dem kleinen Stuhl und spult das Lied zurück. Ein schönes Lied, nicht wahr, fragt die Mutter das Kind. Dabei sieht sie das Kind kurz an, aber nur kurz. Denn am Fenster stürzt sich ein Vogel in den Flug, und das sehen sie beide. Und dann müssen sie das Lied wieder hören. Alles hängt von dem Lied ab. Aber was. Das Kind blickt auf die Mutter herab, die jetzt auf eine Taste drückt, die jetzt mitsingt *Arrivederci Hans, das war der schönste Tanz. Das Licht geht aus im Lokal, nun küss mich noch mal, bevor wir nach Hause geh'n.* Auf die Mutter, die jetzt vor dem gelben Schrank sitzt, gebeugt über das Tonbandgerät, die kleiner wird vor dem großen Schrank und dunkler, vor dem Gelb. Dabei hat sie den großen Schrank selbst gestrichen, die Mutter. Die traurig aussieht vor den lustigen Abziehbildern. Dabei haben sie die Abziehbilder zusammen auf den

Schrank. Das Kind sieht auf sein Abziehbild auf dem Schrank und lächelt über den Hund auf zwei Beinen. Lustig ist das. Die Mutter soll sich mal umdrehen. Die Mutter soll das lustige Bild ansehen. Wie der Hund die rechte Pfote hochhebt und auf zwei Beinen steht. Lustig. *Das war der letzte Tanz.* Das Kind hört und weiß, dass alles vom Lied abhängt. Aber was hat die Größe der Mutter damit zu tun. Das Kind versteht nicht, warum alles vom Lied abhängt.

Ein Kind, das noch immer keine Schleife binden kann und nicht zurückgeblickt hat, blickt nicht nach vorn. Ihm kann unmöglich einfallen, wie es im Halbdunkel eines fremden Zimmers steht und auf ein großes Bett starrt, weil der einzige Lichtstrahl, der sich mühsam durch die Winkel des Hinterhofs quält, auf die helle Bettdecke fällt. Das Kind fragt nicht nach der Schwester. Oder wie man atmen soll in so hohen Wänden. Das Kind hat keine Fragen. Das Kind möchte sich nicht setzen. Eigentlich möchte das Kind das neue Zimmer der Mutter nicht bewundern, eigentlich möchte es nicht, ja, sehr schön, sagen müssen, die Hand auf das Büfett legen und schon wieder, ja, sehr schön, sagen. Den Lichtschalter an- und ausknipsen. Die Lampe lange ansehen. Eine schöne Stehlampe sagen. Ein hübsches Kissen. Aber da zieht die Mutter ihre Hackenschuhe aus und läuft quer durch das Zimmer, so dass das Kind befürchten muss, sie verläuft sich darin und oder wird wieder kleiner. Schnell setzt sich das Kind aufs Bett und schaut zur Mutter auf. Die Mutter bleibt stehen. Aber jetzt übersieht die Mutter das winzig kleine Kind auf dem großen Bett. Also steht das Kind auf und legt die kleine Hand auf das Büfett und sagt schön. Und da lächelt die Mutter. Eine sehr schöne

Mutter. Ein Kind, das noch keine Schleife binden kann, überlegt nicht lange, sondern läuft zur Stehlampe, bückt sich, um den Stecker in die Dose zu, den Schalter an, aus, an, aus und sieht. Eine große, schöne Mutter. Diese große, schöne Mutter wird ja wohl schöne Kissen haben.

Aber warum sagt die Mutter, gleich kommt Oma und bringt deine kleine Schwester, da freust du dich sicher. Das Kind will all die vielen Stufen, die sie hochgestiegen sind, um in das muffige Zimmer zu gelangen, sofort wieder runtersteigen. Jetzt gleich. Das Kind will keine kleine Schwester haben. Nicht jetzt. Keinen halben Kopf größer sein als. Das Kind möchte allein sein mit der großen, schönen Mutter und ihr vom Kissen erzählen. Oder.

– Gehen wir lieber, sagt das Kind zur Mutter.
– Wohin?
– Im Garten spielen.
– Hier gibt es keinen Garten.

Das Kind sieht, wie die Mutter kleiner wird, als sie sagt, hier gibt es keinen Garten, und es will sofort gehen. Sofort. Sofort läuft es zum Fenster, um wenigstens einen Spielplatz zu entdecken. Aber da ist kein Spielplatz, nur ein dunkler Hof. Und als sich das Kind umdreht, da geht die Mutter gerade aus dem Zimmer. Es wird geklopft haben. Das Kind hat nichts gehört. Das Kind sieht, die Mutter passt jetzt sogar in den dunklen engen Flur. Auf keinen Fall darf die Mutter noch kleiner werden. Dann verschwindet sie wieder. Soll das Kind hinterherlaufen? Soll das Kind einfach mit der Mutter davonlaufen? Über die Stufen? Aber dann würden die Stufen vielleicht schneller sein und auf die Mutter fallen, und dann würde die Mutter noch kleiner werden. Die Mutter, die nicht viel größer ist als das Kind am Fenster, das zurückbleibt, das wartet, das – als die anderen das Zimmer betreten – schon wieder einen halben Kopf größer ist als. Das Kind muss ein wenig aufpassen. Auf die Kleine. Auf die Mutter. Auf alle, die sich schon so lange darauf freuen.

Das Kind sieht, aber was. Eine arme Frau. Die arme Frau hat alles verloren, auch das Kind. Aber davon kann das Kind nichts wissen. Nur von dem Lied der Mutter weiß das Kind, und dass es das Lied mag, und dass sie das Lied immer wieder hören müssen. *Arrivederci Hans, das war der schönste Tanz. Das Licht geht aus im Lokal, nun küss mich noch mal, bevor wir nach Hause geh'n.* Das Kind spürt, dass alles vom Lied abhängt. Es weiß von der Mutter, wie wütend der Vater wird, wenn die Mutter keinen Zucker kauft und der Zucker plötzlich alle ist am Wochenende. Und dass sie das Zimmer jetzt nicht verlassen sollen. Und dass sie leise sein sollen. Und das Lied hören dürfen. Davon weiß das Kind. Das versteht ein Kind. Ein Kind würde nicht verstehen, warum eine Mutter nachts nicht nachhause kommt. Auch zwei oder drei Kinder würden es nicht verstehen. Es sind Kinder. Kinder der Sechziger. Sie müssen nicht alles wissen. Weder die Kleinen noch die Große. Keines der Kinder weiß, dass ihr Vater unten mit seiner Annonce sitzt, dass ihr Vater mit der Suche nach einer neuen Mutter für seine Kinder begonnen hat. Jetzt. Nur die Frau weiß, dass ihr Mann unten mit seiner Annonce sitzt, dass ihr Mann mit der Suche nach einer treuen Frau begonnen hat, weil. Diese Sache hätte viel schlimmer ausgehen können.

16

Schule und Schwänzereien

Im letzten Abschnitt, genauer im ganzen letzten Kapitel, wollte ich etwas zur Sprache bringen, und ich bin mir nicht sicher, ob das gelungen ist. Man schreibt um die Ereignisse herum. Die Sprache umkreist das Leben, die Worte, ich finde mehr an der Ohnmacht als an der Macht der Worte. Vielleicht bin ich deshalb mit ihnen verbunden. Vielleicht ist mir die Musik aus diesem Grunde so fremd. Ihr direkter Zugang. Vielleicht bin ich deshalb gern in Bildern und Filmen. Aber kein Maler, kein Filmemacher. Vielleicht schätze ich vor allem unglückliche Verbindungen.

Grenzen. Grenzübergänge. Ausschluss meiner Person in der Öffentlichkeit. Isolation. Verbote. Erkläre nicht, was du tun willst, tu es. Erkläre nicht, was du sagen willst, erzähle es. Regeln. Sagte ich schon, was ich erzählt habe. Vom Mitleid eines Kindes mit seiner Mutter und wie das Gefühl ausgereift war, noch bevor es Schleifen binden konnte.

Dieser Fußmarsch artet aus. Wer will so weit zurücklaufen. Wenn ich das gewusst hätte, sagen wir in solchen Fällen, wie anstrengend das ist. Reisen. Kinder kriegen. Worte wählen. Lesen. Genau hinsehen und dann doch stolpern, darüber wie in Kinder kriegen k-r-i-e-g steckt. Lust kriegen. Partner kriegen. Mit Kindern kriegen. Sagt keiner. Ja, weil wir drum herum erzählen. Da finden wir dann einen Partner. Und oder treffen auf. Da bekommen wir dann Kinder. Und da leben wir sogar in Scheidung. Dabei kriegen wir eine Vorladung. Und die Kinder kriegen Fragen gestellt. Es gibt Fragen, also ich stehe noch heute auf Kriegsfuß mit ihnen.

– Zu wem willst du denn?
– Zu beiden.
– Das geht nicht.
– Warum?
– Sag uns einfach, wen du lieber hast.
– Beide.
– Das geht nicht.
– Einen musst du doch lieber haben. Stell dich nicht so an. Du musst dich jetzt entscheiden. Zu wem willst du?
– Zu beiden.
– Sag mal, du bist doch nicht dümmer als deine kleinen Geschwister, oder was? Deine Geschwister haben sich entschieden. Für Papa oder Mama. Also. Papa oder Mama?
– Beide.

Ich war das Kind (5) ihrer Liebe. Sie liebten mich beide. Sie suchten meinen Namen gemeinsam aus. Sie standen beide hinter Glas, um mich zu sehen. Sie warteten beide ungeduldig darauf, dass ich das Krankenhaus verlassen würde, um in ihr Haus zu ziehen. Und das tat ich. Entwöhnt. Aber ausgestattet mit einem ungestillten Verlangen. Deshalb nehme ich an, sie zeugten mich in gegenseitiger Liebe.

Und nein, das ist nicht selbstverständlich. Es hat aber mein Verständnis von Liebe nachhaltig geprägt.

Mein Vater nahm das Kind (2), das zu meinem Vater wollte, und meine Mutter nahm das Kind (4), das zu ihr wollte. Und ich blieb, wo ich war, zurück. Man soll Kinder nicht aus ihrer gewohnten Umgebung reißen. Lieber zurücklassen. Ich bezeichne mich gern und in gewisser Hinsicht mit Stolz als zurückgeblieben. Ich weiß nicht genau, was sie im Kindergarten darüber dachten, plötzlich war ich ein Kindergartenkind und natürlich eines von den Kindern, die abwesend am Zaun standen, die die Spiele lächerlich fanden und nicht mitsangen. Dieses Kind aß nicht ordentlich, wurde als letztes Kind abgeholt und konnte noch nicht einmal eine Schleife binden. Der Vater war nett, gab sich alle Mühe, aber das Kind. Irgendwie zurückgeblieben. Mein Vater prägte einige Zeit später den Spruch: In unserer Familie sind alle Spätentwickler.

Als es soweit war, anerkannte das auch die Schule. Ich wurde von der Schule zurückgestellt. Oder vom Schularzt. Oder aus einem Grund. Dieser Grund könnte gewesen sein, dass mein Vater mich nicht für schulreif hielt. Mein Vater hat mich aus gutem Grund nicht in die Schule gelassen. Du bist noch nicht soweit, sagte er. Das war immerhin seine Meinung. Und die sagte er auch dem Direktor der Schule. Ein paar rote und gelbe Stäbchen lassen sie die Kinder schieben und einen Stift halten, und dann sollen die schulreif sein. Meinen Sie, ich weiß nicht, was da bei Ihnen los ist? Wie das hier läuft? Damit war die Sache für meinen Vater erledigt. Der Direktor stand mit offenem Mund und wollte gerade einen Schritt in die Richtung meines Vaters, also auf meinen Vater zu machen, da war mein Vater bereits aus der Tür. Er war auch damals schnell, obwohl ich nicht sagen würde, das er damals schneller war. Aber immerhin lagen zwei Ehen und die Auffassung, die Schule sei eine Bildungsanstalt, in der wir für das Leben lernen, die den Kindern zugute kommt oder was auch immer Pädagogen behaupten mögen, hinter meinem Vater (40).

In der Schule lernst du nichts, sagte mein Vater. Einverstanden, sagte ich.

Wenn dieses Kapitel eine Überschrift bräuchte, dann würde ich es mit dem Sprichwort, auf einem Kriegsfuß kann man nicht stehen, überschreiben. Aber ich verzichte aus Rücksicht auf solch billige Kalauer und Überschriften und vieles andere. Jaaaaaaa. Wir müssen auf vieles verzichten, zum Beispiel auf die Ansicht, dass man in der Schule etwas Vernünftiges lernt, sagte mein Vater. Damals entstand der Spruch: Die Schule ist nicht unser Ding!

Seht euch meine Tochter an, die kann ja kaum die Zuckertüte halten. Schulreif. Das hätten die gern. Und für jedes Fach drei Hefte anlegen. Natürlich. Die Schule machte meinen Vater zum Schulgegner. Oder mein Vater wollte die Schule Schachmatt setzen. Oder ein anderes Spiel begann. Ich kann mich nicht erinnern, weiß aber, er war Abteilungsleiter im Patentamt und ein guter Genosse. Kein Regimegegner. Nur sein Vertrauen ins Schulsystem war gebrochen, vom ersten Tage an, sagen wir, aber lassen sie sich nichts erzählen. Frau B. schrieb in das Hausaufgabenheft seiner ältesten Tochter *Löschblatt vergessen.* Und nachdem sie diesen Eintrag wiederholte bis zum *schon wieder das Löschblatt vergessen* lief mein Vater in die Schule und spuckte sie an. Glauben sie doch, was sie wollen. Mein Vater ließ sich nicht für dumm verkaufen, von einer Frau diktieren, was für seine Tochter das Beste sei.

Spruch: Wir gingen mit Schiefertafel und Schwamm und haben auch das Einmaleins gelernt.

Noch bevor die Sache mit den Einträgen ins Hausaufgabenheft kam, schnitt mir Tante M. die Haare kurz. Das heißt, zuerst schnitt sie mir nur die Haare. Aber es sollte ordentlich und gerade werden, und so setzte sie die Schere immer wieder an und am Ende waren die Haare kurz. Oma kaufte mir ein neues Kleid und weiße Strumpfhosen und füllte die Zuckertüten. Die Große bekam eine große und die Kleine bekam ein kleine. Auf der Zuckertüte … Es gab eine Einschulungsfeier. Der Direktor hielt eine lange Rede und erklärte, wie sehr es jetzt ums Lernen gehe. Lernen, lernen, nochmals lernen.

Später gab es Käsekuchen und nachmittags einen Film. Der Film handelte von einem Schulschwänzer, vielleicht hieß er sogar *Der Schulschwänzer*. Ich sitze auf dem Teppich und sehe in dem neuen Schwarz-Weiß-Fernseher wie ein Junge, anstatt in die Schule zu gehen, Straßenbahn fährt. Dann bummelt er durch die Straßen. Dann sieht er Rauch aus einem Fenster steigen und ruft die Feuerwehr. Irgendwer wird gerettet, ich meine, mich an eine alte Frau zu erinnern. Oder drei kleine Kinder. Der Junge ist ein Held und wird auf dem Fahnenappell der Schule ausgezeichnet. Ich beginne sofort mit dem Lernen. Ich lerne, noch bevor ich meinen Schulweg gegangen bin, ein Schulkind kann vom Weg in die Schule abkommen. Ein Schulkind muss sich entscheiden. Es kann lernen gehen. Es kann bummeln gehen, auf Abwege geraten und auf Abwegen zum Helden werden. Nicht ausgeschlossen werden kann, dass man nur auf Abwegen zum Helden wird.

Ich hatte nicht das geringste Interesse daran, zum Helden zu werden, aber ich entwickelte auch kein Interesse an der Schule. Die Schule lenkte mich einfach zu sehr ab. In meinem Abschlusszeugnis der zehnten Klasse stand, M. lässt sich zu leicht ablenken. Mit dieser Beurteilung glaubten sich die Lehrer am Ziel, und ich wusste mich verstanden. Mit der Ablenkung war jetzt Schluss. Damals konnte ich nicht wissen, wovon mich die Schule eigentlich all die Jahre abgelenkt hatte, aber ich war mir sicher, ich würde es herausfinden.

Es riecht nach Wald, nach Wurzeln, nach Wiesen und Wichteln. Und da fällt mir ein, Kinder handeln oft instinktmäßig, wir sagen hier gern, instinktmäßig richtig, doch so weit will ich nicht gehen. Lasst uns in den Wald gehen, sagte Ela. Die Fußspitze ihres rechten Fußes berührte den Bordstein und zeigte geradeaus, in Richtung Schule, aber ihr linker Fuß war schon auf den Abweg geraten. Wenn sie sich voll und ganz auf diesem Abweg hin zu neuen Abwegen bewegen wollte, dann musste sie die andern überzeugen. Würde sie die andern überzeugen können, wäre auch sie überzeugt. Meine Handlungsfähigkeit hing immer von meiner Überzeugungskraft ab.

Ate sah Ela an und Ela sah Ate an. Der kleine Bruder von Ate sah zu Ate hoch, und die kleine Schwester von Ela sah zu Ela hoch. Also sah Ela ihre kleine Schwester an, die noch keinen Schulranzen hatte, und Ate sah ihren kleinen Bruder an, der. Was soll's, sagte Ela, die nur ganz kurz auf ihre rote Brottasche geblickt hatte, dann sah sie wieder Ate an, die Schule ist nicht unser Ding. Dazu konnte Ate nur nicken. Ate hätte es nicht so auf den Punkt bringen können, obwohl oder gerade weil sie schon ein Jahr länger in die Schule ging. In die zweite Klasse. Aber als Ela sagte, die Schule ist nicht unser Ding. Was wollen wir machen, fragte Ate. In diesem Augenblick hob Ela den rechten Fuß vom Bordstein und drehte ihn in Richtung Wald. Wir gehen ins Birkenwäldchen, sagte Ela. Die Kleine freute sich, denn im Birkenwäldchen hatten sie in diesem Jahr Ostereier gesucht. Und vielleicht. Der Junge dachte an einen wunderschönen Giftpilz und daran, dass er diesen Pilz gern noch einmal sehen würde. Vier Kinder zogen in den Wald.

Morgens, es war noch kühl, liefen sie an der Siedlung vorbei auf den Wald zu, liefen lachend hinein, am Sportplatz vorbei, am Rodelberg, an den Kiefern, bogen nach links und. Wo war denn das Birkenwäldchen. Mussten sie nicht erst bis zum Waldfriedhof oder sogar bis zum Bunker. Und wo blieb denn die Sonne. Konnte sie nicht schneller durch die Baumkronen fallen. Aber dann standen die Kinder plötzlich im Birkenwäldchen, und die Sonne fiel wohl auch schneller von Ast zu Ast, jedenfalls gab es schon einige Sonnenflecken. Und die Kinder standen nicht lange, sondern nur einen kleinen Moment. Für einen Moment standen die Kinder unentschlossen, also nicht wie, aber es erinnerte schon etwas an Kinder, die an die Tafel gerufen werden, weil sie schwatzen, denen aber an der Tafel nicht einfällt, was sie an die Tafel schreiben könnten. Es war einer dieser kurzen Momente, die man unmerklich nennt, wenn es das Wort gibt.

Dann zeigte Ela auf einen besonders schönen Sonnenfleck, ein sonniges Plätzchen, und Ate lief und schmiss ihren Ranzen genau auf diesen Fleck. Und Ela lief und schmiss ihren Ranzen auf Ates Ranzen, damit der Fleck nicht kleiner würde. Und hockte sich hin und befühlte den feuchten Rasen und sagte, wir müssen uns ja nicht setzten, wir sind ja nicht in der Schule. Die Kleinen begannen mit ihrer Suche nach Pilzen und Ostereiern vom letzten Herbst oder Frühjahr, und die Großen hockten neben ihren Schulranzen bis sie darauf kamen, sich auf sie zu setzen.

– Wenn wir nicht in die Schule gehen, obwohl die andern gehen. Also was bekommt man dafür, fragte Ate.
– Man muss beim Fahnenappell nach vorne.
– Und bekommt einen Tadel?
– Das hängt davon ab.
– Wovon?
– Ob man eine gute Tat vollbringt in der Zeit. Also, wenn man Feuer löscht und die Feuerwehr holt, dann gibt's eine Auszeichnung.
– Aber hier brennt es nicht.
– Könnte es aber. Und wenn wir den Waldbrand dann melden.
– Muss es denn eine Heldentat sein? Ich meine, wie wollen wir denn hier Feuer machen und die Feuerwehr holen?
– Keine Ahnung.

Die Kleinen suchten Pilze und Ostereier von gestern, und die Großen suchten Glasscherben. Den Spruch, wer suchet, der wird finden, kannte keines der Kinder und das war praktisch, denn so konnten sie ihre Suche bald aufgeben und ihre Pausenbrote essen. Die Kleinen tauschten ihre Brote und kicherten dabei, aber Ate und Ela führte der häusliche Geruch, der aus dem Stullenpapier in ihre Nasen stieg, zurück oder vorwärts zu der Frage. Oder die Frage ließ sie nicht los. Ate versuchte ein wenig von der Frage abzulenken, indem sie einen schwarzen Mann zu sehen glaubte, der näher käme, auf sie zu. Sie trieb ihr Spiel so weit, bis eines der Kinder ihn husten hörte, eines sein Netz sah und eines seine Glatze. Schließlich sahen ihn alle. Auch Ela sah den Alten näher kommen, nur dass Ela mit seinem Erscheinen nicht die Frage aus dem Blick verlor, sondern sie mit ihm verband oder sich sagte, er ist zumindest ein Seher. Er kann unsere guten oder schlechten Taten sehen.

Möglicherweise wird man ihn zum Fahnenappell bestellen und nach vorn rufen, und alle Schüler, die gespannt in Reih und Glied auf dem Platz stehen, nach Klassen und Klassenstufen geordnet, hören auf an ihren Käppis zu hantieren oder an ihren Pioniertüchern zu drehen oder an den kurzen Hosen oder Faltenröckchen zu zupfen, denn alle schauen dann gespannt nach vorn zu diesem Mann, der sicher eine andere Hose tragen wird oder die, die er jetzt trägt, ist gewaschen und gebügelt und die Fransen, die über den Waldboden schleifen, wurden abgeschnitten, die Risse wurden genäht und also. Sieht aus, als wäre auch der Reisverschluss, und die Flecken auf der Hose wird man nicht mehr rauswaschen können. Also, der Mann geht nach vorn und er trägt eine neue Hose und eine andere Jacke. Die ganz neu aussieht. Der alte Mann wird verlegen vor dem Direktor Niese stehen, aber er wird den Direktor nicht ansehen. Er möchte nicht so weit zu ihm aufsehen. Der Direktor ist ein großer Mann. Der alte Mann ist viel kleiner und so schaut er einfach zur Büste von Felix Dzierzynski rüber und wartet bis der Direktor Niese ihn auffordern wird, erzähl mal, was du gesehen hast.

– Was macht denn der Säufer hier, fragte Ate.
– Kann sein, er sucht Pilze.
– Oder Ostereier.
– Oder der sucht uns.
– Quatsch. Der hat Bierflaschen im Netz. Der säuft sein Bier im Wald.
– Sei mal leise, sonst kommt der her.

Er ging vorbei und hatte nicht ein einziges Mal zu ihnen rübergeschaut, aber.

– Wir wollen was spielen.
– Wir spielen Schule, sagte Ela.
– Wieso das denn?
– Er kommt vielleicht wieder, dann sieht er es.

Ate und Ela hockten sich neben die Schulranzen, holten die Federtaschen raus, suchten im Hausaufgabenheft Aufgaben, legten die Schreibhefte und oder Rechenhefte auf die Schulranzen und begannen mit der Arbeit. Die Kleinen mussten sich die Fibel ansehen. Und sie sollten den Mund halten, damit sich die Großen auf ihre Arbeit konzentrieren konnten. Und sie sollten sich nicht so im nassen Gras ausstrecken, alles schmutzig machen, dann würde doch jeder gleich sehen, wo sie waren, jeder würde dann ihr Geheimnis kennen. Und wenn das so schwer wäre, dann sollten sie schon eine Pause machen. Fünf Minuten.

Laufen. Oder zehn. Verstecken. Milchpause. Aber in Sichtweite.

– So müsste es immer sein.
– Was?
– Na hier, Schule im Wald.

Die Kinder waren sich einig darin, ein Geheimnis zu haben. Niemand durfte davon erfahren. Uneinig waren sie hinsichtlich folgender Fragen: erstens, hatte der Säufer sie wirklich gesehen, während sie ihre Aufgaben erledigten, oder hielt er sie für gewöhnliche Schulschwänzer. Zweitens, war das wirklich die Frage. Drittens, muss man hier wirklich ganz ganz sicher gehen. Viertens, muss am nächsten Tag eher mit den Aufgaben im Wald begonnen werden. Fünftens, was oder wer spricht dagegen, wenn die Großen dafür sind.

17

Verzögerte Handlungen

Papa kriegt mit der Schule. Der Unterschied in diesem Krieg war, dass es sofort zum Waffenstillstand kam, Frau B. und er sich diesmal einig waren, und Frau B. meinen Vater nicht mit diversen Einträgen ins Hausaufgabenheft ärgerte. Frau B. schrieb und sagte nichts dazu. Mein Vater wurde vom Direktor Niese auf seiner Arbeitsstelle davon informiert, dass seine Tochter seit Tagen unentschuldigt fehlte.

– Kommst du mal rein, rief Elas Vater.

Ate und Ela sahen sich an. Ela stieg aus der Gummihopse und ging sehr langsam auf die Haustür zu. Ihr Vater stand hinter der Tür im Flur. Seine linke Hand schob die Haustür zu, damit niemand etwas hörte und die rechte. Hob er nicht die Rechte im Zorn. Ein Vater muss seine Rechte geltend machen. Und Ela wusste das. Ela wusste im Voraus, dass sich die Rechte des Vaters heben würde und schloss die Augen. Aber nur kurz. Denn eigentlich wollte sie nichts verpassen. Also sah Ela ihren Vater an. Er hätte die rechte Hand heben können. Er hob sie nicht. Ela wartete noch einen Augenblick. Er sagte, du gehst morgen wieder zur

Schule. Dann durfte Ela wieder spielen gehen. Ate staunte, wie schnell Elas Vater war. Keine Schläge. Kein Stubenarrest. Und Ela staunte. Denn obwohl sie es im Voraus wusste, war es nicht eingetreten, weil nicht eintrat, was sie voraussah. Ela war ein bisschen langsam. Aufgrund dieser Langsamkeit hielt sie es für möglich, dass langsam eintritt, wovon sie im Voraus wusste, dass es eintritt. Also später.

Und so war es ja auch. Nichts geht in diesem Universum verloren. Kein Gedanke. Kein Wort. Keine Handlung. Und eine Handlung, von der wir im Voraus wissen, schon gar nicht. Möglich, dass manche Handlungen in eine Warteschleife geraten, durch ein Zögern oder. Wie die Seele in den Seelenschlaf bis zum Jüngsten Gericht. Doch im Unterschied zur Seele wartet die Handlung nicht auf das Ende der Tage. Die Handlung kann jederzeit geweckt werden. Hervorgerufen von etwas, tritt sie ein. Wenn ideale Bedingungen herrschen, entfaltet sie sich. Oder, bei der ersten besten Gelegenheit. Oder, sie wählt den Mittelweg und passt eine gute Gelegenheit ab. In einem Augenblick, den wir nicht voraussehen können.

Eine gute Gelegenheit war das.

Als die Kinder sich weigerten aufzuräumen. Tage, Wochen, Monate. Die Spielsachen sich nicht mehr wegräumen ließen. Die Wäsche erst sauber, dann schmutzig im Zimmer herumlag. Papier und Stifte ein Bild an der Wand ergaben. Bilder. Aber nicht für lange. Unruhige Stifte fuhren über und in ein Bild. Ein zerrissenes Bild, ein Bild am Boden. Viele Bilder. Schnipselbilder. Die Große aufhörte, aus Versehen die Spielsachen der Kleinen zu zertreten. Hast du keine Augen im Kopf. Die Kleine mit der Flöte die braunen

Augen aus der Babypuppe der Großen schlug. In den Kopf der Puppe hineinschlug. Da hast du Augen im Kopf. Haarsträhnen der Kleinen zwischen den kaputten Sachen lagen. Der Vater rief, was in einer Stunde noch am Boden liegt, schmeiße ich in den Müll. Eine Stunde später – es können auch zwei gewesen sein – fuhr seine Rechte über den Boden des Kinderzimmers und stopfte alles in große Leinensäcke. Die Kinder sahen die Rechte des Vaters am Boden.

Oder. Als die Kinder den Kalk aus den Wänden aßen. Wieso eigentlich. Damals gab es doch jeden Tag einen Viertelliter Milch in der Schule. In der Kaderakte des Vaters wird zu lesen sein, die Kinder bekommen nichts zu essen. Und wenn, dann nur aus Büchsen. Das halte ich für eine Lüge. Die Kinder fanden immer was zu essen. Bekamen, was sie wollten. Vielleicht nicht so regelmäßig wie andere Kinder oder wie man Tiere regelmäßig füttert, weil die sonst Lärm schlagen, also nicht so auf den Punkt genau, wie man sich das wünscht, aber. Auf den Tag genau. Die Kinder bekamen immer, was sie wollten. Sie schlichen sogar nachts noch einmal an den Kühlschrank, wenn sie wieder Hunger hatten. Wenn sie herausgefunden hatten, was sie wollten. Fanden sie, was sie suchten, nicht im Kühlschrank, weil die Familie zu dieser Zeit noch keinen Kühlschrank besaß, dann fanden sie, was sie suchten, in der Speisekammer. Salami. Apfel. Was sie wirklich wollten, bekamen sie. So wie ich diese Kinder in Erinnerung habe, wollten die überhaupt keine regelmäßigen Mahlzeiten. Dieses, jetzt aber, auf den Punkt genau auf die Stunde, das hätte ihr Spielen, Träumen, Streiten, Kämpfen gewaltsam unterbrochen. Ihren Freiheitssinn empfindlich gestört. Kinder lieben Regeln und Regelmäßigkeit. Wohin das führt. Diese nicht. Hätten sie regelmäßige Mahlzeiten bevorzugt, hätten sie regelmäßige Mahlzeiten bekommen. Denn, was sie wirklich wollten, bekamen sie.

Und einen Hasen wollten sie. Ein Zierhäschen. Nachdem sich die Fische gegenseitig aufgefressen hatten bis auf. Das Aquarium im Keller blubberte, der letzte Fisch oben schwamm. Einen Zierhasen. Papa, du hast so viele Tiere. Hattest. Du hattest viele Hühner. Die haben viel mehr Platz weggenommen. Der Hühnerstall. Der Garten. Wir wollen Hasen. Gut, erst mal einen. Einen Zierhasen für das Aquarium. Oben legen wir ein Gitter rüber, so dass der Hase nicht aus dem Aquarium hüpft, durch das Kinderzimmer hoppelt. Nagt er das Gitter oder zwängt er sich durch, dann hoppelt er eben durchs Zimmer. Hasen brauchen schon ein wenig Auslauf. Öfter. Ja, genau. Hasen fressen schließlich keine Tapeten oder Kalk aus den Wänden oder Möbel. Frisst der Hase die Tapeten oder Möbel oder vergeht sich an Stromkabeln, dann fangen wir ihn und sichern den Stall besser. Sobald wir Zeit haben. Zierhasen sind so niedlich. Die stinken nicht und kacken nicht in die Ecken. Stinkt er am Ende doch und kackt in alle Ecken, verbieten wir ihm den Auslauf. Wir fangen ihn, sobald wir ihn bekommen. Sobald wir wissen, in welchem Zimmer er ist. Zuletzt wurde er nicht im Kinderzimmer, sondern unten gesehen. Im Wohnzimmer. Dort, wo die schöne blaue Möbelgarnitur steht.

Als es klopfte und alle befürchten, die Fürsorgetante würde vor der Tür stehen. Dabei war es nur der Mann aus dem Elternaktiv. Herr Schmunz. Und Herr Schmunz stand in Anzug und Krawatte vor der Tür, und wir hatten die Tür schon geöffnet. Wir hatten ganz vergessen, uns tot zu stellen. Die Luft anzuhalten. Wir hatten vergessen, die Treppe hoch zu schleichen, in den ersten Stock, das Fenster zu öffnen und dem Anklopfer auf den Kopf. Das nicht. Wir sind einfach zur Tür und hatten die Tür geöffnet. Wieso denn. Hatte Herr Schmunz überhaupt einen Termin. Unser Vater ist schließlich nicht für jeden und zu jeder Zeit zu sprechen. Ach, hatte er. Und warum wusste das niemand in diesem Haus. Die Große hätte einen Eintrag in der Schule bekommen. Ein angekündigter Hausbesuch wäre das. Man sorge sich eben in der Schule, sagte Herr Schmunz, aber sie beide wüssten doch am besten, wie viel man zu tun hätte mit Arbeit, Familie, Haus und Garten. Da bliebe eben manches liegen, sagte Herr Schmunz, bei ihm wäre schon wieder die Hecke dran, sagte er und trat in die Tür und in den Flur, und unser Vater sah sich auf dem Rückzug. Ja, sagte unser Vater – während beide das Wohnzimmer betraten – hier bleibt auch manches liegen, aber setzen sie sich doch, Herr Schmunz. Und Herr Schmunz setzte sich auf die Hasenkegel. Denn die Hasenkegel lagen im ganzen Zimmer, auf dem Boden, auf dem Tisch, auf dem Sofa und den Sesseln. Interessant wäre zu wissen, ob Herr Schmunz die Hasenkegel, auf die er sich setzte, genau gesehen hat oder zwar gesehen, aber als solche nicht identifiziert oder sie zwar gesehen und als solche identifiziert hat, aber den Gedanken so abwegig fand, dass er ihn von sich wies und sich einfach setzte. Natürlich roch das Zimmer wie ein Kaninchenstall, aber auch diese Tatsache muss ihn nicht davon überzeugt haben, sich in einem

Kaninchenstall zu befinden. Vielleicht sah er alles und begriff auch alles, aber es war ihm peinlich, und so sagte er nichts dazu und ließ sich nichts anmerken. Er hat meinem Vater gegenüber kein Wort über ein solches Kaninchen und oder dessen Exkremente oder Futterreste, die sich ebenfalls im Wohnzimmer angesammelt hatten, erwähnt. Wir Kinder haben unseren Vater dazu befragt. Später, als Herr Schmunz unser Haus wieder verlassen hatte. In einer sicherlich gebügelten Hose, an der nun frische Hasenkegel klebten. Vielleicht. Ich meine, wir wissen es nicht genau, ob sie wirklich daran klebten und wie frisch sie waren. Es kann sein, dass er Glück hatte und die Hasenkegel bereits einige Tage alt waren. Und nach einigen Tagen sind sie trocken, kleben nicht mehr so stark. Eine gute Gelegenheit war es in jedem Fall. Denn die Kinder hatten sich um das Zwergkaninchen zu kümmern, hätten das Gitter, das seine Flucht verhindern sollte, reparieren sollen, statt zuzulassen, dass Hasi sich ausgerechnet im Wohnzimmer der Familie einrichtet und alles vollkeckert. Ein Wohnzimmer ist schließlich kein Kaninchenstall, schon gar nicht der Kaninchenstall eines Zwergkaninchens. Und nun, wo der Fall an die Öffentlichkeit gelangt war, durch Herrn Schmunz, nun, wo der Fall allen Familienmitgliedern deutlich vor Augen stand. Andererseits verließ das Zwergkaninchen kurz darauf das Wohnzimmer und wurde Tage später im Keller entdeckt. Vielleicht sah unser Vater das voraus. Er nahm die Gelegenheit jedenfalls nicht wahr, bzw. seine Handlungsbereitschaft sah keine Gelegenheit für.

Auch, als die Große es nicht mehr aushielt, dass die kleine Schwester in ihrem Märchenbuch las und nicht aufhören wollte mit Lesen und sich das Buch nicht wegnehmen lassen wollte und es sich nicht einmal aus den Händen reißen ließ, und das Buch etliche Seiten verlor und den Deckel verlor, als die große Schwester der kleinen Schwester das geliebte Buch zerstört auf den Schädel schlug, einmal, dass auch er, zweimal, die kleine der großen Schwester einige Haarsträhnen entriss und in das geöffnete, zu Boden fallende Buch warf, zum Zeichen für, der Vater ins Zimmer gelaufen kam – aufgefordert durch das Gekreisch seiner Kinder – trat die Handlung nicht hervor, sondern blieb im Vater verborgen.

Oder, als die Kinder ihrem Zwergkaninchen einen Namen gaben. Das ist keine gute Gelegenheit. Stimmt. Aber es ist der Anfang. Nämlich, als die Kinder ihrem Zwergkaninchen einen Namen gaben – und jetzt würde das an den Satzanfang vergeudete Nämlich viel besser passen, aber es gibt immer eine Alternative – und zwar, Murkelchen und sogar ein Foto von Murkelchen schossen, im Garten, den Murkelchen für sich entdeckt hatte, dann aber vergaßen, ihr Murkelchen regelmäßig zu füttern, obgleich ihr Vater sie schon ab und an daran erinnerte, dass man Tiere regelmäßig füttert. Insgeheim sagten sich diese Kinder sicher, Murkelchen will das nicht. Murkelchen braucht keine regelmäßige Fütterung.

Oder, als sich die Große eine Indianerhaube wünschte, jetzt eine für Häuptlinge, und sie bekam, und Pfeil und Bogen und sie bekam, und sich die Häuptlingshaube auf den Kopf setzen ließ von der Kleinen und sich im Umgang mit Pfeil und Bogen übte. Bis die Pfeile immerfort ins Schwarze der Scheibe trafen. Bis die Kleine mit der Scheibe vorm Gesicht laufen sollte, und die Pfeile trafen. Bis der Häuptling aller Rothäute alle weißen Nachbarskinder in den Garten lud, ihnen die Hüte ihres Vaters auf den Kopf setzte und das Kriegsbeil ausgrub. Als nichts wichtiger war, als neue Ziele am Horizont. Bewegliche Ziele. Nur so zum Spaß. Bis der weiße Nachbarjunge dummes Zeug erzählte und weglief und lachend ein Schimpfwort warf und der Stinkstiefel, so hieß das Wort, vor die Füße des Häuptlings fiel. Aber bevor der Stinkstiefel vor die Füße des Häuptlings fiel, hatte er den Häuptling getroffen, und das sah der weiße Junge und da glühten seine Wangen im Lauf, und er spuckte auf den Boden im Laufen, worauf der Häuptling, der ruhig stand, sich bückte, einen Stein von der ihm heiligen Erde aufhob, sich bei dem Stein entschuldigte, zielte und traf und ein Loch im Kopf des Nachbarjungen dafür sorgte, dass der Spaß ein Ende hatte, der Nachbarschaftsfriede gefährdet worden war, der Ältestenrat tagte, den Kindern der Unterschied zwischen fliegenden Schimpfwörtern und Steinen nochmals erklärt werden musste. Einem Kind. Dem Kind, das keine Reue zeigen wollte. Hätte der Stammesführer daraufhin nicht jede unüberlegte, aber auch überlegte Handlung untersagt, also sich und den Kindern untersagt und durch sofortige Maßnahmen – jeder in sein Zimmer – verhindert, dann. Dann wäre es womöglich zum Ausbruch der noch ausstehenden Handlung gekommen. Aber. Dann hätten seine Kinder nicht tags darauf mit den Nachbarkindern Pfefferminzwasser trinken und die Friedenspfeife rauchen können.

Und als die Kinder gern draußen schliefen und sich ein Zelt bauten und eine Jurte und die Betten raustrugen. Am

Lagerfeuer sangen. Am Lagerfeuer Kartoffeln brieten. Am Lagerfeuer einschliefen. Eine schöne Zeit. Eine schöne Zeit wäre das gewesen, wenn nicht diese schlimme Geschichte. Eine schlimme Geschichte, die niemand hören will, eine Geschichte, die hier niemand erzählen möchte. Es war die Zeit, in der der Hühnerstall von keinem Huhn mehr bewohnt wurde, weil alle Hühner ausgestorben waren. Bis auf das letzte Huhn, das zum Mordopfer wurde. Also die Zeit, in der unser Murkelchen draußen schlafen wollte, erst am Lagerfeuer, dann im Hühnerstall. Über der Unregelmäßigkeit seiner Mahlzeiten und der Entfernung zwischen Haus und Hühnerstall, also man vergaß es. Einen Tag. Später drei Tage. Die Große wurde vom Vater befragt, hast du den Hasen gefüttert? Ja, log sie. Sie war nicht geübt im Lügen, deshalb hielt sie es für eine gute Gelegenheit. Sie sah auf die Rechte des Vaters. Aber der Vater nahm seine Rechte nicht wahr. Er sah auf seine Tochter.

Eine Krankheit muss das Murkelchen wohl gehabt haben, sagte die Große später. Es roch nach Sägespänen und. Ihr Blick stahl sich am Bild des langgestreckten, steifen Hasens vorbei, ohne den klaren Augen des Vater zu begegnen.

Das war keine gute Gelegenheit aber. Plötzlich hob der Vater die Rechte und Elas Kopf flog an die Tür. Und Ela sah ihren Vater nur fassungslos an. Niemand hatte mehr damit gerechnet, dass die Handlung die Gelegenheit wahrnehmen und zum Ausbruch kommen würde. Erst jetzt am Ende des Kapitels geschah, womit niemand mehr gerechnet haben kann, der Zorn des Vaters brach aus und entlud sich, oder ein alter Zorn, von dem wir anfangs erzählten, also ich erzählte, brach hindurch, aus seinem Seelenschlaf.

Anders ist es kaum zu erklären. Denn, was war denn geschehen. Die Große hatte eine neue Klassenkameradin mit nach Hause gebracht und ihr das Haus von innen gezeigt, eine Führung durchs Haus, auch in den Keller. Das Mädchen hatte lange geflochtene Zöpfe und glaubte an einen Gott. Während sie die Kellertreppe hinuntergingen, fragte Ela das Mädchen spöttisch aus, etwa so, und du glaubst wirklich an diesen alten Mann mit weißem Bart, der oben im Himmel sitzt? Ja, sagte das Mädchen. Vielleicht fragte das Mädchen, und woran glaubst du? Und Ela sagte, ich glaube, mein Vater kommt gerade. Dann gingen sie die Kellertreppe wieder hoch. Das Mädchen musste gehen. Elas Kopf flog an die Kellertür, die damals diesen gelben cremigen Farbton hatte und hörte ihren Vater sagen, was schleppst du Fremde ins Haus. Den Keller. Es waren keine idealen Bedingungen, keine gute Gelegenheit, aber eine Handlung, die so lange über die Zeit war. Es war einfach dran. Und, obwohl Ela das damals nicht verstand, war sie insgeheim sehr erleichtert.

18

Auf dem blauen Sofa

Fürsorge. Genauer, Papa kriegt mit der Fürsorgetante. Oder die Fürsorgetante kriegt Papa an. Normalerweise kam mein Vater gut aus mit Frauen, das heißt, er kam mit ihnen genau so lange gut aus, wie sie ihm nicht die Butter vom Brot, das Wort aus dem Mund, wenn Sie verstehen. Nicht. Also, so lange, wie sie sich ihm unterordneten. Also auch wieder nicht so lange. Die meisten Frauen entwickeln über kurz oder lang eigene Ansichten oder wollen die Richtung bestimmen oder zumindest mitbestimmen.

Mein Vater traf sich nach der Scheidung ab und an mit Frauen. Mit der Fürsorgetante, aber auch mit richtigen Frauen. Die Fürsorgetante konnte nicht als richtige Frau eingestuft werden, weil, sie hatte kein Gesicht. Ich kann mich jedenfalls nicht an ein Gesicht, das sie gehabt hätte, erinnern. Man sollte meinen, jede Frau hat ein Gesicht. Aber eben das unterschied sie von einer Frau. Die Fürsorgetante, die nie lange blieb, blieb gesichtslos. Hatte keinen Namen und körperlich. Der Grund, weshalb sich unser Vater nicht öfter mit ihr traf, war ein anderer, der Grund war, dass sie allein durch ihren Beruf als Spitzel in unser

Haus kam, dass sie faktisch im Auftrag unserer Mutter kam – der Mutter, die in einer Fabrik arbeitete, mit einem Angler lebte, der regelmäßig mit Knödeln und dem dazugehörigen Schweinebraten gefüttert werden musste, in einer Wohnung mit Außenklo, in einem Mietshaus mit Kneipe. Kurz, diese Mutter wollte uns zu sich holen, in ihre bessere Welt, die Welt der Arbeiter und Angler und hetzte uns die Fürsorgetante auf den Hals.

– Wie wollen Sie das schaffen, fragte die Fürsorge.
– Allein, sagte unser Vater.
– Kochen Sie auch allein?
– Wir kochen wenig.
– Was soll das heißen?
– Wir leben hier von der Hand in den Mund.

Die Fürsorge saß auf dem blauen Sofa und sah sich erschrocken um. Dabei hatte sie noch Glück, denn zu der Zeit gab es keine Tiere im Haus, und so konnte sie direkt auf dem Sofa Platz nehmen, nichts befand sich zwischen ihr und dem Sofa, meine ich. Keine Tiere, und auch sonst nichts, was Tiere hätten hinterlassen können. Sie nahm einen Notizblock aus der Aktentasche und machte sich einige Notizen. Sie hätte die Kinder gern zu Gesicht bekommen, aber das ging nicht. Die Kinder versteckten sich. Wo, fragte die Fürsorge, sind denn die Kinder? Im Keller, antwortete unser Vater. Oder im Hühnerstall. Dann haben Sie eigene Hühner, wie schön. Aber nein, sagte unser Vater, die Hühner sind tot, wurden geschlachtet, von mir. Kurzes Aufblitzen in seinen Augen. Er war schon ein wenig stolz darauf, selber zu schlachten, und das konnte sie ruhig sehn. Und jetzt sind die Kinder im Hühnerstall, wird der Hühnerstall von den Kindern bewohnt, also von der Kleinen. Die Fürsorge verstand nicht und wollte sofort das Kinderzimmer im Hühnerstall besichtigen. Um solchen seltsamen Ideen – wie kam die denn auf so was – aus dem Weg zu gehen und um nicht erst in Verdacht zu geraten, musste er die Fürsorge schnellstens auf andere Gedanken bringen.

Und die Große habe ihr Reich im Keller. Was, rief die Fürsorge. Oder im Wald. Möchten Sie vielleicht ein Stück Kuchen, ganz frisch vom Bäcker, fragte unser Vater, um nicht weiter in Verdacht zu geraten. Die Fürsorge sagte, nein, unmöglich, ich kann nichts essen, ich sorge mich wegen der Kinder. Ach was, sagte unser Vater, der jetzt sicher sein konnte, dass er bereits unter dringendem Verdacht stand.

Er musste schnell sein. Er hatte seine eigene Methode, seine Strategie für solche Situationen. Wir bewunderten diese Fähigkeit immer. Er war in der Lage, eine so angespannte Situation blitzschnell zu entspannen, die Lage, zu entschärfen. Oft, indem er ein Lied pfiff. Er ging dann die Treppe zum Schlafzimmer hoch und pfiff ein Lied. Genauer: wir bewundern diese Fähigkeit noch heute – das ist schließlich kein Nachruf – die Art, wie er die Treppe hochgeht, genauer, hochstapft, ein Liedchen pfeifend. Die Schlafzimmertür bleibt angelehnt in solchen Situationen. An Abenden wie diesen. Aber es war Nachmittag. Gut. An Nachmittagen wie diesen stapft er in den Keller, um die Ofenklappe zu schließen oder noch etwas Koks aufzulegen oder. Man muss bei dieser Art Heizung öfter nach dem Rechten sehen, besonders, wenn es draußen frisch wird, an Nachmittagen wie diesen, wenn ein eisiger Wind um die Häuser geht oder Schnee fällt, wenn man keinen Fuß mehr vor die Tür setzen möchte, sondern froh darüber ist, nur in den Flur – dort ist es schon kühler – und vom Flur in die Küche und von der Küche in den Keller zu müssen. Zwei Finger breit, die Ofenklappe. Ein Liedchen pfeifend. Aber es war Sommer, als die Fürsorge auf dem blauen Sofa saß. Und.

Diese Einwände kamen unserem Vater blitzschnell zu Bewusstsein und verhinderten sein Aufstehen und Herumlaufen und Pfeifen. Es gab andere Möglichkeiten. Viele. So könnte oder müsste er nicht ausschließen, gleich hier an Ort und Stelle, auf dem blauen Sofa, vor sich hinzupfeifen. Mit dem Knie zu wippen und die Fürsorge aus schmalen Augen anzulächeln. Doch. Bedauerlicherweise, denn die Fürsorge blieb nie lange, und diese Methode erforderte Zeit.

Ein Spruch, kurz und knapp, würde es auch tun. Unser Vater hat schließlich Ökonomie studiert und wählt spontan die am wenigsten aufwändige Methode. So auch hier. Um die Fürsorge zu besänftigen. Ein Spruch. Er hat einige auf Lager. Intuitiv gewählt. Warum nicht gleich mit dem Lieblingsspruch. Er könnte seinen Lieblingsspruch anbringen und davon erzählen, wo der Spruch eingraviert in Stein zu lesen sei, nämlich in Bernau am Hungerturm. Denken ist Probehandeln. Er erzählte von dem Ort, an dem er den Spruch las. Dort, wo die Folterwerkzeuge ausgestellt waren, wo man jahrhundertelang Menschen gequält hatte. Intuitiv das Richtige tun. Jetzt der Spruch, dachte unser Vater. Es war die Gelegenheit. Und diesmal gab es keine Verzögerung.

Spruch: wer seinen Kindern gibt das Brot und dabei selber leidet Not, den schlagt mit dieser Keule tot.

Die Fürsorge erhob sich vom blauen Sofa und. Sie schnappte nicht nach Luft. Sie bestand auf einem weiteren Termin, bei dem die Kinder anwesend zu sein hätten. Nein, sie wolle keine Fotos sehen. Nur die Kinder. Lebendig. Außerdem sollten die Kinder einem Arzt vorgestellt werden. Dem zuständigen Kinderarzt. Bei Untergewicht würde man sehen müssen. Nein, sie wolle auch jetzt keinen Kuchen. Wenn nötig müssten die Kinder zur Kur. Verschickt werden. Mein Vater ließ sich nicht von einer Frau einschüchtern. Er begann sein Liedchen zu pfeifen und mit dem Knie zu wippen. Er lächelte die Fürsorge aus schmalen Augen an und nickte mit dem Kopf im Rhythmus des Liedes. Für gewöhnlich *machen wir's den Schwalben nach.* Er brachte seinen Spruch bei jeder Gelegenheit an, auch beim Kinderarzt. Die Große wurde daraufhin verschickt.

Erzgebirge. Mit dem Bus in den Schnee. Die Kinder hatten es gut dort. Es gab frische Luft. Und viel mehr als zuhause im Wald. Und die Kinder durften beinahe täglich an die frische Luft. Zu essen gab es nicht, wenn man hungrig war, sondern oft kurz davor und noch öfter, kurz danach, also immer auf den Punkt genau, auf die Stunde. Bald wusste auch das letzte Kind, dass es sich dabei um regelmäßige Mahlzeiten handelte, die man gemeinsam im Speisesaal einnahm. Ein Kind verliebte sich. Erst in ein Mädchen, das es schon im Bus, auf der Hinfahrt kennen lernte, weil es neben ihm gesessen hatte, die ganze lange Hinfahrt über. Aber das Mädchen stieg aus dem Bus und freundete sich mit einem anderen Mädchen aus der Gruppe an, und so suchte das Kind Trost. Ein unbeholfenes dickes Ding schloss sich ihm an. Kein Trost. Es sollte schon etwas

Besonderes sein. Nicht unbedingt exotisch, aber. Das Kind suchte weiter und fand endlich Trost in den regelmäßigen Mahlzeiten. Es verliebte sich tatsächlich etwas in diese regelmäßigen Mahlzeiten, dann in die ganze Regelmäßigkeit. Es war noch nicht die Liebe oder die reine Liebe zum Begriff, sicherlich aber ein Anfang.

19

Von Vorrunden und Endrunden

Vielleicht hatte ihm die Fürsorge ins Gewissen geredet oder der Wäschemann, der öfter ein Malzbier bei uns trank, bevor er weitermusste. Oder die Nachbarn. Oder es geschah, weil Weihnachten wieder im Streit endete, unsere Mutter unter den Beschimpfungen unseres Vaters das Haus, dass sie nur für den Heiligen Abend betreten durfte, verlassen musste, unsere kleine Schwester die Zahnbürste wieder umsonst in ihre Tasche eingepackt hatte, in der Hoffnung. Oder weil die Oma und die Tante heimlich Gardinen nähten und sie auch noch anbringen wollten, obwohl unser Vater nein gesagt hatte, nein, nein, nicht nötig, und später, als die ihre Gardinen ihm stolz grinsend vors Gesicht hielten, die könnt ihr gleich wieder einpacken. Oder weil der Frühling vor der Tür stand. Wer will das heute sagen. Oder wegen der Annonce, die plötzlich in der Berliner Zeitung stand. Oder wegen der Frauen, die daraufhin im Flur standen.

Auf jeden Fall gab es in Oberspree eine Zeit, in der Frauen sehr häufig auf dem blauen Sofa saßen. Häufig meint hier nicht, alle auf einmal, in Scharen. Frauengruppen oder diese Sachen. Häufig meint hier, immer hübsch der Reihe nach und oder regelmäßig an den Wochenenden.

Die Frauen wurden auf dem blauen Sofa in ein Gespräch verwickelt, während ihre Kinder – hatten sie welche – draußen auf der Treppe saßen. Sehr unterschiedliche Frauen. Einige wurden geküsst, nehme ich an. Obwohl es unserem Vater nicht um die Küsse ging. *Zwei Freunde suchen nette Bekanntschaft.* Er hatte ernste Absichten. Er hatte Absichten und Glück, denn sein Freund Horst war übergewichtig, roch sehr unangenehm, sagen wir nach Horst, und lebte bei Mutti. Da man sich nicht bei Freund Horst treffen konnte, weil Mutti bei so einem Anlass natürlich hätte dabei sein wollen, nahmen alle Bekanntschaften, an die man ernste Absichten knüpfte, und auch die, wo es nicht ganz klar war, wie weit man mit seinen ernsten Absichten kommen würde, ausnahmslos auf dem blauen Sofa Platz. Moment. Am Ende. Am Ende der Vorrunden. Am Ende eines strengen Auswahlverfahrens. Unser Vater war sich der Verantwortung, die er zu tragen hatte, allein schon wegen der Kinder, voll bewusst. So hätte er nicht jede wildfremde Frau, also vielleicht eine wild fremde, aber nicht jede, zu sich beziehungsweise in das Haus gelassen, auf das blaue Sofa.

Von Vorrunden und Endrunden. Wer lässt sich da schon in die Karten sehen. Einmal erzählte unser Vater von einer solchen Verabredung mit einer Frau. Oder einer Verabredung mit einer solchen Frau. Einem Vorrundenereignis. Das Ereignis lag, als er davon erzählte, bereits Jahre zurück, es könnte dieser blauen Sofa Epoche angehören. Treffpunkt war auf dem S-Bahnhof Jannowitzbrücke. Damit lag der Treffpunkt genau acht S-Bahnstationen von unserem blauen Sofa entfernt. Der beliebteste Treffpunkt für derartige Treffen, die Weltzeituhr am Alex, liegt jedoch neun Stationen entfernt. Sie können daraus ablesen, was Sie wollen. Von dort wollte man sicher ein Stück Richtung Alexanderplatz laufen oder eine kleine Dampferfahrt auf der Spree unternehmen (ging das denn) oder den Berliner Bären besuchen. In jedem Fall aber wollte man das tun, was wir *Kaffee trinken* nennen oder *Eis essen.* Diese Vorrundensachen, um sich anzuwärmen. Unser Vater mochte weder Eis noch Kaffee. Unser Vater würde einen Kakao nehmen, und er würde diesen Kakao nicht Schokolade nennen, wie man das im kapitalistischen Westen tat. Er würde die gute Erziehung, die er lange genug genossen hatte, vergessen und fragen, habt ihr Kakao. Und hatten sie wieder keinen und oder nur für Kinder eigentlich. Dann den für Kinder oder Apfelsaft. Aber zurück zu der laufenden Vorrunde. Er hält eine Zeitung in der linken Hand. Und sie trägt eine rote Lackledermütze. Kein schlechter Typ, sagt unser Vater in diesen Fällen. Genauer, in diesem Fall. Sie gehen die Treppe runter. Er sagt, hier lang. Sie sagt, nein hier. Damit war die Sache für unsern Vater erledigt. Er hat sich sofort von ihr verabschiedet. Ja, auf der Stelle. Er ist schnell. Und in dieser Hinsicht sehr empfindlich, sicher aufgrund persönlicher Erfahrungen.

Der Endrundentyp war bereit, unserm Vater zusammen mit Horst in den Köpenicker Schlosspark zu folgen, und drängelte nicht, wenn unser Vater noch eine Partie Schach mit Horst spielen wollte. Hol mal Saft für die Kinder, konnte unser Vater sagen, und ihm das Geld für den Saft zustecken. Kein Problem. Der Endrundentyp drängelte nicht, vor allem drängelte er sich nicht in den Vordergrund. Als Frau. Andererseits sollte der Endrundentyp gerade als Frau etwas haben.

Horst sollte sie auch haben wollen. Aber Horst sollte sie nicht bekommen. Horst durfte mit ihr auf dem blauen Sofa sitzen – nachdem sie im Tierpark Eis essen und sonst wo waren – Horst durfte seinen Arm um sie legen. Stand sie daraufhin vom blauen Sofa auf oder rückte zumindest von Horst ab, dann war unser Vater wieder ein Stück weiter. Für gewöhnlich drückte er seiner Finalistin bei nächster Gelegenheit den Arm oder. Sobald die Zeit für solche Neckereien gekommen war. Vorerst müsste Horst daran erinnert werden, dass Mutti auf ihn warte, mit Gebäck und Tee, es an der Zeit war, sie anzurufen. Nein. Telefon hätten wir nicht. Da müsste er schon selber. Horst sollte bleiben wollen, aber Horst sollte nicht bleiben dürfen.

Nun zu ihr. Sollte sie noch ein paar Minuten bleiben wollen. Sie will. Gut. Uns wäre es egal gewesen, aber. Sollte sie für immer bleiben wollen oder zumindest die nächsten Jahre mit uns und unserem Vater verbringen wollen und oder nur die Wochenenden, so oder so, sollte vorher einiges geschehen. Sollte unser Vater selbst seinen Arm um sie legen, ohne dass sie abrückt von ihm, sollte er sie flüchtig küssen oder intensiv. Sollte plötzlich alles klar sein. Sollte sie Kinder mögen. Über Nacht bleiben wollen. Gern mit ihm spazieren gehen. Oder Essen kochen. Teewasser aufsetzen wollen. Sollte sie gern ins Kino gehen. Nein nicht. Oberspree hatte kein Kino. Sollten die Vorzüge überwiegen. Sollte sie am Ende trotzdem vom blauen Sofa aufstehen und zum Zug müssen. Zur S-Bahn. Sollte sie morgen früh zur Arbeit müssen. Sollte sie gern wiederkommen. Ihrer Tochter hätte es auch gefallen. Natürlich, dann würde er sich melden.

Urteil der Jury. Familienrat. Die Kinder wurden nur selten einbezogen. Oder sehr spät. Ich würde sagen, immer dann, wenn es mit den Absichten nichts mehr war. Wenn die Bekanntschaft endlich gehen musste. Die Kinder wurden gerufen und nahmen auf dem blauen Sofa Platz. Halt, halt. Nicht so eilig. Es geht hier nicht um jedes Detail, um manche aber schon. Unser Vater öffnete das Wohnzimmerfenster – nachdem er die Gäste zur Bahn und das Geschirr in die Küche gebracht hatte, ach das hatte sie schon getan, also dann, nachdem er die Tassen, die sie sogar noch gespült, abgetrocknet und in den Küchenschrank zurückgestellt hatte, links oben, wieder an seinen richtigen Ort, rechts oben, gestellt hatte, er sich wieder in seinen eigenen vier Wänden zurechtfand – lehnte sich aus dem Wohnzimmerfenster, rief die Kinder herein und eines der Kinder kam. Die Große.

- Wo bleibt denn die Kleine, fragte der Vater.
- Weiß nicht.
- Wo ist denn unsere Kleine?
- Irgendwo mit.
- Du sollst auf sie aufpassen. Wie oft soll ich dir noch sagen, du bist mehr als eine Schwester für sie. Nun geh, hol die Kleine.

Zwanzig Minuten später betrat die Große mit der Kleinen das Zimmer. Erst im Türrahmen nahm die Große ihre Hand von der Schulter der Kleinen, die daraufhin, laut aua sagte. Der Vater saß auf dem blauen Sofa und sah von dort zum Fenster raus, als gäbe es was. Er pfiff ein Liedchen, um die Situation nicht zu ernst erscheinen zu lassen. Oder weil es etwas Befreiendes hatte, im Wohnzimmer zu sitzen mit seinen Kindern, ohne ernste Absichten. Schließlich war Ruhe.

– Wie fandet ihr die, fragte er irgendwann. Berliner sind direkt, d.h. unser Vater konnte ganz schön rumeiern, aber. Er sah die Große an. Ihren schief geschnittenen Pony. Ihre magere Gestalt. Sie müsste mal ein bisschen gerade sitzen. Ihre schmutzigen Fingernägel, die wütend an einem Mückenstich kratzten, obwohl er ihr schon so oft den Trick mit dem Kreuz. Auf dem Knöchel juckt es besonders. Klar. Ihr zorniger Blick auf die Kleine. Die kann doch nichts für diesen Mückenstich, die Kleine. Oder passt ihr das nicht mit der anderen Frau. Er sah die Große an, weil es auf sie ankam. Zwei Frauen in einem Haus. Gut, sie war ein Kind, aber sie ersetzte doch auch die Mutter.

– Was sagt ihr?
– Nett, sagte die Große.

Die Kleine zog die Kniestrümpfe hoch, die beim Spielen draußen. Eigentlich sehr hübsche Kniestrümpfe. Geringelt Blau und rot und. Einer der Strümpfe hatte ein Loch. Links. Dafür rutschte er nicht so schnell wie der rechte Strumpf. Egal. Die Kleine hatte beide Strümpfe der schmutzigen Wäsche entnommen und das kam ihr jetzt seltsam vor. Sie schämte sich. Im Kleiderschrank lag nicht mal mehr eine Socke, nicht mal ein einzelner Strumpf, den sie hätte. Sie verkroch sich hinter ihrem zu langen Pony und begann, mit den Beinen zu schaukeln, damit die Große nichts sagte zu.

Egal wozu. Aufhörte damit, sie anzustarren. Auf den linken. Auf den rechten. Man würde sie nichts fragen, so lange sie am Schaukeln war.

– Und sonst so, fragte der Vater.
– Sie hat ziemlich helles Haar, sagte die Große.

Von ihrer Seite aus hätte das Urteil kaum strenger ausfallen können. Helles Haar. Genaugenommen war die nette Bekannte damit unten durch, denn nichts an ihr erinnerte an die Mutter. Unserm Vater war damals noch nicht bewusst, dass er nur auf Brünette stand, also kam er nicht auf Äußerlichkeiten zu sprechen, sondern konzentrierte sich auf ihre Häuslichkeit. An sich hatte er auch nichts gegen die Häuslichkeit einer Frau. Aber.

– Dass die gleich zum Staubsauger griff und hier sofort anfing sauber zu machen. Das gehört sich doch nicht. Als ob die sich hier einnisten wollte. Oder. Oder was sagt ihr, Kinderchen.
– Sie ist nett, sagte die Große, aber.

Dann sahen Vater und Tochter zur Kleinen, die vielleicht dringend eine Mutter brauchte, die nie unter einem Trennungsschmerz gelitten hatte, weil sie noch zu klein war, damals, knapp zwei, getrennt wovon, von welcher Haarfarbe würde sie fragen, von welchem Duft, die sich nicht an hellem Haar störte, die selber noch helles Haar hatte, die es womöglich schön fand, wie die fremde blonde Frau ihr ein sauberes Kleid aus den Sachen suchte, ihr dieses Kleid überzog und die Falten des Rockes sanft glatt strich, die Kleine, die längere Zeit mit der blonden Tochter dieser

Bekannten gespielt hatte, ohne geschlagen worden zu sein, die. Die Kleine. Die Kleine sah für einen kurzen Augenblick zu ihrer großen Schwester, weil sie gut aufgepasst hatte. Sie war gut im Zuhören, was niemand wusste oder ahnte. Irgendwie wirkte sie immer abwesend. Der Vater begann wieder zu pfeifen, leise, *Mendocino, Mendocino* und sah wieder zur Großen.

Die Große überlegte, wie das Lied ging. Ob Ate und Ela das Lied singen könnten. Mit dem Mikrophon aus der Spraydose und der herausbaumelnden Wäscheleine. Ob sie danach tanzen könnten. Vor den andern Kindern. Auf der Straße. Und dem Nachbarn. Hinterm Haus. Ihr Vater pfiff. Ob das Gespräch zu Ende wäre, ob sie schon gesagt hätte, was sie hatte sagen wollen. Dann, was sie hatte sagen wollen. Sie sah der Kleinen beim Schaukeln zu. Ihre Beine schaukelten jetzt im Rhythmus des Liedes. Und der Liedtext schaukelte herauf. Der Text von Mendocino wäre jetzt abrufbar. Ob sie wollen oder nicht, da ist er *sie sagte sie will, mich gern wiederseh'n. Doch dann vergaß ich leider ihren Namen. Mendocino, Mendocino ich fahre jeden Tag nach Mendocino.* Die Beine der Kleinen schaukelten im Rhythmus des Liedes. Aber das fiel der Großen nicht auf. Der Großen fiel etwas anderes ein, dass die Hausaufgaben, die Wäsche, das Zimmer auf sie warteten. *An jeder Tür klopfe ich an. Doch keiner kennt mein Girl in Mendocino.* Ob sie später oder jetzt gleich zu Ate gehen könnte, überlegte sie, ob Ate noch mal raus darf. Ob sie etwas sagen wollte und wozu. Ach der Frau. Ob ihr Vater was Bestimmtes hören will oder wieso hört er nicht auf zu pfeifen. Ob die Kleine nicht zu helles Haar hat. Und ob und ob.

– Aber nicht die Richtige, sagte die Große und sah ihren Vater an. Der Vater hörte auf zu pfeifen. Die Kleine hörte auf mit dem Schaukeln, sah hinter ihrem Pony vor und nickte. Damit war der Fall abgeschlossen.

20

Wochentage und Wochenenden

Es gab nur eine einzige Frau, die die Endrunde erfolgreich abgeschlossen hat. Die sowohl von den Kindern als auch vom Vater innig geliebt wurde. Tante Helga. Tante Helga hatte schwarzes Haar, und, obgleich sie wöchentlich zum Friseur ging, änderte sich das all die Jahre, in denen sie uns am Wochenende besuchte, nicht. Tante Helga war, wie sie gern erzählte, früher Mannekwin (!). Mit ihr konnte man sich sehen lassen. Weiße Hosenanzüge oder auch mal gelb. Roter Lippenstift. Braungebrannte Haut. Immer flott, sagte unser Vater, und das fanden wir auch.

Und immer unternehmungslustig. Ein Vater allein fühlt am Wochenende die Müdigkeit. Genaugenommen, die Summe der Müdigkeiten. Jede kleine harmlos erscheinende Müdigkeit, gegen die er von Wochentag zu Wochentag ankämpft, die er versucht von sich fernzuhalten, die überspielt werden kann, also jede einzelne, steht am Ende der Woche als ganze vor ihm. Wenn es nur das wäre. Aber sie steht eben nicht vor ihm, sondern wohnt in ihm. Sie, die Müdigkeit, hat sich einen Zugang ins Innere des Vaters erschlichen. Ich bin vollkommen erschöpft, sagt man und meint die Müdigkeit, die Summe der Müdigkeiten, die von einem Besitz ergriff. Wie konnte es dazu kommen. Innerhalb einer einzigen Woche.

Wenn man eine Metapher benutzen wollte, dann böte sich hier ein Gang durch den Regen an. Es ist, als versuchte jemand unter einem Regenschirm die Nässe von sich fernzuhalten. Eine Zeit lang ist dies sicher möglich, würde man schreiben. Aber wenn es ein langer Weg ist oder ein starker Regen oder man teilt sich zu zweit einen Schirm und. Sicher, man gibt sich alle Mühe damit, den Schirm gerecht zu teilen. Es ist nur, ein paar Tropfen fallen auf die Jacke, die keine Regenjacke ist an diesem Tag. Ein paar Tropfen fallen auf die Schuhe, bis die Schuhe ein, zwei, drei Töne dunkler sind. Ein paar Tropfen fallen auf die Tasche, die Hände, das Haar. Der Schirm wird tropfenweise schwerer und – ist das die Möglichkeit – wird kleiner. Er läuft ein, aber ja. Die Nässe rückt einem kalt auf den Leib. Man kann meist präzise bestimmen, welche Wäsche, dann welche Körperteile sich ihr ergeben haben. Man steht durchnässt. Bis zu diesem Punkt ist alles auszuhalten. Kurz darauf stehen oder gehen wir durchnässt. An diesem Punkt wird es unerträglich. Warum es so plötzlich unerträglich wurde, weiß niemand. Manchmal reicht eben schon ein einziger Tropfen innerhalb eines Bildes. Deshalb verzichten wir auf Metaphern. Dabei haben wir innerhalb des Bildes bewusst auf den Teil verzichtet, an dem Wind aufkommt, der den Regen aggressiv werden lässt, ebenso auf das Entzweibrechen des Schirmes bzw. einzelner Speichen des Schirmes im Wind, Hagelkörner etc. Warum soll man auch neue Bilder für eine so unangenehme Sache finden. Es gibt schon so viele Bilder, sagt Peter und weicht der Kamera aus. Und weicht der Kamera aus. Und weicht. Und schafft im Bilderverbot einen neuen Kult. Bilderkult. Abbildgeilheit. Wie oft wir das Gegenteil erreichen von dem. Wie oft wir das Gegenteil sagen.

Die Müdigkeit des Vaters jedenfalls wird in der Übertragung nicht leichter und nicht schwerer. Mir fehlt hier die Fachliteratur. Vielleicht noch unangenehmer, weil es sich weiterhin um die Müdigkeit des Vaters handelt, der nun müde und zusätzlich durchnässt erscheint. Ich muss mich heute ein wenig warm schreiben – sicherlich haben Sie es bemerkt – es ist ungemütlich windig und kalt und mich lenkt ein schwarzer Vogel ab, der mir direkt gegenüber sitzt. Der Vogel fühlt sich durch meine Gegenwart nicht gestört, ich jedoch durch die seine. Der Vogel putzt sich, schläft ein wenig oder tut so, als würde er ein wenig schlafen, wetzt seinen Schnabel, während ich ihn durch die Zeilen hindurch beobachte. Natürlich frage ich mich, ob er ein Bote ist und ich nun den Herzinfarkt bekommen soll. Aber ich bin einfach nicht in dieser Aktionslust. Herzinfarktstimmung. Wo bleibt eigentlich die Erzählstimme.

Kinder merken alles. Jeder in der Welt weiß das. Aber jeder, der von der Welt absieht weiß, dass das nicht stimmt. Als Kind wusste ich nicht nur nichts von der Müdigkeit unseres Vaters, ich merkte auch nichts davon. Selbst wenn er von nichts anderem geredet hätte, wäre es unglaubwürdig gewesen. Er stand sehr früh auf. Er war längst auf den Beinen, wenn es an der Zeit war, die Kinder zu wecken. Wie sonst hätte das alles funktionieren sollen. Frühstück. Pausenbrote. Gab es. Ich erinnere mich an den Geruch des

Butterbrotpapiers beim Auspacken der Brote in der großen Pause. Salamibrot. Schmalzbrot. Weniger freundlich Käsebrot. Stullenbrottasche rot. Die der Schwester war dunkelbraun und gefiel irgendwann besser. War er nicht schon längst unterwegs, wenn wir uns auf den Schulweg machten. War er nicht schon um sieben Uhr im Betrieb und leitete die Neuerer von morgen.

Saß er mit gesenktem Kopf in der Küche, an einem Nachmittag wie diesem, dann wird er wohl etwas nachzudenken haben, besser gesagt, in nachdenklicher philosophischer Stimmung sein. Nimmt oder holt er ein Buch aus seiner Büchersammlung, du meine Güte, ich kann mich an überhaupt keine Büchersammlung erinnern, und schlägt es auf und schlägt es zu, dann nicht, weil er zu müde wäre. Es ist seine Eigenart. Er erfasst die Dinge schneller, ein, zwei Sätze und es reicht ihm schon wieder. Und wenn er Willi Schwabes Rumpelkammer – den schönen alten Film – nicht zu Ende sehen möchte, sondern in sein Schlafzimmer hochpoltert, die Tür angelehnt, um die Kinder bald zu ermahnen, um sie zu rufen, Kinderchen schlafen gehen, Fernseher aus, dann doch nur, weil ihn alte Filme langweilen. Alle Filme langweilen. Diese langsam erzählten Geschichten, laufende Bilder, alles das war nichts für unseren Vater. Er sah sich keine Geschichten an, las nie Romane. Er sieht sich keine Geschichten an, liest keine Romane. Er ist nicht zu müde. Im Gegenteil. Die Kinder gewinnen den Eindruck, der Vater will sie nur ärgern. Der Film geht nur noch eine halbe Stunde. Bestimmt. Wieso steht er murrend auf und verlässt das Zimmer. Man möchte einen Film gern bis zu Ende sehn. Nicht nur Kinder. Aber auch. Kinder sind auch. In den siebziger Jahren hatten Kinder kaum Rechte. Man würde da heute ganz anders, aber in diesen Anfängen der Zivilisation waren Kinder darauf angewiesen diplomatisch zu sein. Man muss einen Film zu Ende sehn, Papa, sonst kennt man das Ende nicht, sonst muss man den ganzen Film noch einmal sehen, wegen. Nur noch ein Viertelstündchen. Bestimmt. Er geht. Die Kinder verlassen ihre Plätze auf dem Teppich, d.h. sie rutschen noch dichter an den Fernseher heran und drehen am Lautstärkeregler. Der Vater soll nicht gestört, nicht am Einschlafen gehindert werden. Es dauert nicht lange. Vielleicht dauert es länger als, aber den Kindern kommt es nicht so vor. Er klopft von oben. Dann steht er auf der Treppe und ruft die Kinder. Wir ziehen uns schon aus. Wir kommen gleich. Bestimmt. Er scheint beruhigt. Er legt sich wieder hin. Die Kinder wollen gern das Ende des Films erwischen. Unbedingt. Sie drehen den Ton auf ganz leise und halten die Luft an. Sie sitzen in Unterwäsche vor dem Fernseher und. Jetzt macht ihr die Flimmerkiste aus und kommt. Gleich. Sofort. Ja, Papi. Ich drehe sonst die Sicherung raus. Also. Wir kommen ja schon. Die Kinder drehen den Fernseher ab. Die Große. Die Große ist rot vor Zorn. Die Kleine ist blass. Niemand ist müde. Aber einer, der statt zu schlafen, keine Mühe scheut, um seine Kinder zu quälen, wird jetzt gemein genannt. Die Große wirft ihre Sachen wütend in eine Ecke. Die Kleine gähnt. Beide lieben das Ende einer Geschichte sehr und vermissen es. Die Bilder laufen hinter den beiden her. Die Treppe hoch ins Kinderzimmer. Der Vater schläft. Aber die Bilder sind hungrig. Und den Kindern bleibt wieder die ganze Arbeit. Ein Kind wird noch einmal zur Speisekammer schleichen müssen, Knäckebrot und oder Salami holen, es könnte spät werden, das andere Kind wird sich verschiedene Anfänge für ein anständiges Ende ausdenken. Dann tuscheln beide und finden lange kein Ende.

Am Wochenende da können wir. Jetzt will er sich lieb Kind machen. Am Wochenende könnten wir auf den Fernsehturm fahren. Wieso gerade auf den Fernsehturm. Soll das ein Trost sein. Er weiß offenbar nichts mehr vom Ärger der Kinder. Und weil der Montagabend an einem Dienstagabend vergessen scheint, wissen die Kinder auch nichts mehr von ihrem Ärger auf den Vater. Kinder merken nichts und merken sich nichts. Kinder freuen sich, sind voller Vorfreude, wenn der Vater am Wochenende mit ihnen auf den Fernsehturm will und schneiden Tomaten auf. Papi mag gefüllte Tomaten. Die Kinder mögen vor allem die Zubereitung der gefüllten Tomaten. Man schneidet die Tomate oben auf, Kopf ab, löffelt das Innere heraus, füllt Kräuterquark hinein, wobei das Innere dem Quark untergemischt werden kann. Wichtig Salz. Wichtiger Muskat. Wir lieben Muskat. Eine kleine Prise, sagen wir, und schütten viel davon in alle Speisen. In Nachahmung des Fernsehkochs Dummer.

Mittwoch. Am Wochenende werden wir aufräumen. Am Wochenende werden wir nach dem Aufräumen in den Tierpark fahren. Wenn Tante Helga kommt. Im Tierpark Eis essen. Wenn Tante Helga kommt. Den Fotoapparat nehmen wir mit und dann schießen wir neue Fotos von Tante Helga, die früher Mannekwin war. Und Tante Helga schiebt einen Fuß vor und steht so elegant und einen Arm hält sie etwas angewinkelt. Im Ellenbogen die kleine Handtasche. Tante Helga hat diese hübschen kleinen Handtaschen. Unsere Mutter hat keine solche Tasche. Unsere Mutter steht auch nie so da. In Pose. Sie war ja auch keine Professionelle. Mannekwin. Kennt keine Posen. Siehe oben. Oder. Linke Hand in die Taille gestemmt, rechte am Oberschenkel leicht aufgelegt. Kleiner Finger der rechten abgespreizt. Jede Woche zum Friseur. Immer flott. Tante Helga lacht auf allen Fotos. Auf allen Fotos leicht aufgelegt. Die hatte nicht immer Kopfschmerzen, wenn es gerade losgehen sollte. Die tuschte sich die Wimpern nach und sagte, na Eli, willst du auch mal so hübsch werden wie ich. Ja, sagte Eli und schaute zu ihr hoch. Und los gings in die Müggelberge zum Beispiel oder jedenfalls immer am Wochenende, wenn Tante Helga kommt. Noch war Mittwoch.

Am Wochenende gehen wir ins Mecklenburger Dorf. Donnerstag. Dort holt ihr euch die leckeren Kartoffelpuffer mit Apfelmus. Die Kapelle spielt. Es soll warm werden. Wir hatten den Duft in der Nase. Wir konnten die Kartoffelpuffer und Eierkuchen schon riechen. Seltsam wie viele Kartoffelpuffer wir plötzlich essen konnten. Zuhause aßen wir überhaupt keinen. Eierkuchen ja. Kartoffelpuffer nein. Sollte das Wetter werden und wir Besuch bekommen von Tante Helga, und wir gerade in Köpenick sein im Mecklenburger Dorf, und wir uns extra Brötchen kaufen für die Schwäne, können wir, nachdem wir die Kartoffelpuffer gegessen haben und die Schwände gefüttert haben, könnten wir uns mal wieder ein Ruderboot ausleihen. Boot fahren. Donnerstag sah man das Wochenende schon näherkommen. Es hatte lustige kleine Augen, eine spitze lange Nase und roch gut. Nach Kartoffelpuffern.

Oder richtig lecker Schmorbraten braten und ins Strandbad Oberspree. Kinder, die nichts merken und sich nichts merken, haben nicht bemerkt, wie sich der Abstand vom geplanten Ausflugsziel zum Haus von Wochentag zu Wochentag beständig verringerte. Oder gemütlich im Garten sitzen, hätten sie ansonsten gerufen und ihrem Vater aus der Seele gesprochen. Freitag. Kommt Tante Helga denn nicht? Hat sie nicht gesagt, sie kommt? Hat sie nicht gesagt, wir unternehmen was am Wochenende?

Am Wochenende, Kinderchen, wenn:
– Papa, jetzt ist Wochenende.
– Samstag ist heute. Samstag arbeiten, Samstagschule, das liegt nicht lange zurück.
– Also morgen. Morgen ist dann Wochenende.
– Sonntag ist der Beginn der Woche, bei den Christen.
– Aber wir sind Normale, keine Christen. Also morgen.
– Was morgen ist, kann man immer erst morgen sehn.

Plötzlich brauchte unser Vater Ruhe. Aber wir hatten uns doch so gefreut. Wir wollten etwas unternehmen. Wenigstens zu den Kartoffelpuffern laufen, die man schon riechen kann. Seit Donnerstag. Wir haben gewartet. Eigentlich die ganze Woche. Die Woche wäre so anstrengend gewesen. Unsere auch, Papi. Du hast es versprochen. Also vielleicht nachmittags. Es wurde Nachmittag, es wurde Abend. Unser Vater sagte nicht nein. Er konnte nicht nein sagen. Er wollte die Kinder nicht enttäuschen. Er fand und erfand Hindernisse, er konnte sich nicht aufraffen. Die Große begann zu hassen. Sicher das gehört dazu. Wenn er Ruhe braucht, soll er sterben, dann hat er genug Ruhe.

21

Die Schönwetterfrau

Doch schön ist es nicht. Und wir hatten eine schöne Kindheit, sagen alle, die dieser Kindheit angehören, und oder die einer anderen Kindheit angehörten, nur eine Geschichte würde ihnen dazu nicht einfallen.

Aber dann erreicht uns zumindest ein Bild. Und wir sind eingenommen von dem Bild, das auftaucht von irgendwoher. Und wir sind verwundert darüber, dass dieses Bild erst jetzt auftaucht. Nach so vielen Kapiteln auf oder an Gleisen. Schauplatz. Garten der Kindheit. Darin. Ein Stapel, so hoch wie der Apfelbaum, der kein kleiner, der ein ausgewachsener Apfelbaum ist, der. Darum geht es nicht. Sehen Sie jetzt vom Apfelbaum ab, sehen Sie zum Stapel Holzbohlen. Konzentrieren Sie sich. Der Geruch tut gut. Holz. Kräftig. Eigen. Holzbohlen riechen anders als Leisten oder Sägespäne. Und die Holzbohlen liegen zum Teil zersplittert. Nägel ragen heraus. Die Bohlen liegen nicht auf einer Palette gestapelt. Sie liegen auch nicht auf dem Boden gestapelt. Es ist vielleicht kein richtiger Stapel. Eher ein hölzerner Berg. Der Berg ist in unserem Garten angekommen. Sicherlich wurden die starken Holzbohlen gerade dorthin, also in unseren Garten, geworfen, getürmt, weil sie nützlich sein könnten für etwas. Aber niemand erinnert sich an das Etwas. Oder unser Vater behält das Etwas für sich. Oder er arbeitet dies Etwas gerade aus, in seinem Kopf, der. Oder es gibt Bilder, die sich von allem loslösen, von jedem Etwas, die unabhängig in uns ruhen, wie der hölzerne Berg, der in unserem Garten ruhen darf.

Und da fällt mir ein, es gab solche und solche. Erinnerungen, ja. Und Wochenenden. Denn bevor die Zeit kommt, in der eine erwartete Person nicht mehr kommt, kommt sie. Oder einfacher gesagt, dass Wetter wurde schön und Tante Helga trat durchs Gartentor. Sie war sehr zuverlässig. Wie konnten wir daran zweifeln. Sie war die Schönwetterfrau, die bei Schönwetter aus dem Häuschen fährt, bzw. aus der städtischen Neubauwohnung raus ins Grüne, zum Häuschen fährt, unserm Häuschen. Und noch bevor wir sie zu Gesicht bekamen, also bevor sie die Haustür erreichte, die weit geöffnet stand, wie alle andern Türen des Hauses offen standen, wie für sie geöffnet zum Willkommen, bevor sie klopfte, hörten wir, die wir in der Küche saßen, ihre Absätze den schmalen Weg raufklappern, ihr gurrendes Lachen und den Satz, immer noch die alte Wirtschaft.

Und. Mit derselben Zuverlässigkeit. Was würde mein Hans-Dieter aus diesem Haus machen. Einen Palast. Aber was half es. Ihr Hans-Dieter fuhr nicht mit ihr ins Grüne, auch nicht, um einen Palast aus unserer bescheidenen Reichsbahnnotunterkunft zu machen. Er verbrachte die Wochenenden anderswo, und niemand wollte wissen, wo genau. Bei uns macht jeder Seins und niemand. Kurz. Die Sätze wurden regelmäßig und auf der Schwelle oder kurz davor gesprochen. Erst dann konnte Tante Helga unser Haus betreten, sich kritisch umsehen, wie zur Bestätigung des Gesagten und sich setzen. Genauer, sich einen Stuhl bringen lassen, von den lieben Kindern, einem der lieben Kinder, sich den Stuhl abwischen lassen und oder ein Tuch würde auch genügen. Nein, nein keines eurer Handtücher. Die Große legte das Geschirrtuch beiseite. Pfui, Teufel. Ich habe Zellstofftaschentücher dabei. Die Kinder nickten, eines. Die Kleine linste nur durch die Brille. Alle freuten sich. Endlich war sie da. Und so flott. Immer eigene Zellstofftaschentücher parat. Aus der kleinen Handtasche gezaubert. Unternehmungslustig und gutgelaunt. Magst du was essen, fragte unser Vater, ein wenig Obst oder. Um Himmels willen, rief sie, hier bekomme ich keinen Bissen runter. Tante Helga war immer gutgelaunt. Es war nur die Hitze. Aber etwas trinken magst du doch? Unser Vater nickte den Kindern auffordernd zu und Tante Helga schwieg fürs erste. Ihre pädagogische Stärke bestand vor allem darin, zu wissen, wann man aufhören musste zu erziehen. Jetzt wollten sich die Kinder immerhin nützlich machen. Also. Die Kinder, eines der Kinder lief eifrig und brachte seinen Lieblingsplastebecher und Apfelsaft. Tante Helga lachte über die ungeschickte Wahl der Kleinen, dann über den Becher selbst. Hellgrün mit weißen Punkten. Wer kauft denn so was? Tante Helga lachte gern. Und die Familie lachte mit. Endlich hatten alle gute Laune.

Es war so heiß an diesem Tag. Man konnte keinen Meter weit sehen. Ich meine, gehen. Deshalb blieb Tante Helga an diesem Tag um etliche Minuten länger in der Küche sitzen, in der sie sich für gewöhnlich schnell ekelte und die sie aus diesem Grund ebenso schnell wieder verließ. So schnell wie sie die Küche betrat, verließ sie die Küche. Doch nicht an diesem Tag. Nicht bei dieser Hitze. Die kleine Küche lag nach Norden und war der kühlste Raum an diesem unerträglich heißen Tag. Die Kinder, eines der Kinder versprach sofort abzuwaschen, zu lüften, die Fliegen rauszujagen, damit es der Tante besser bei ihnen gefiele. Damit sie länger in der Küche sitzen könne und oder überhaupt länger bleiben würde. Vielleicht sogar für immer. Tante Helga lachte glucksend. Deine Große ist wirklich geschickt, sagte Tante Helga zu unserem Vater, sie kommt wohl kaum nach ihrer Mutter. Oder, Walter? Aber Walter hatte nicht zugehört. Unser Vater überlegte gerade, wo er die Liege, die zärtlich Tante Helgas Klappliege genannt wurde, hingestellt hatte.

Er überhörte ihre Spitzen. Diese und andere. Er überhörte alle, die sie von sich gab, weil er sie für gutgemeint hielt. Ein oder zwei kleine Spitzen. Stacheln an. Halten in Schwung. Aufs Neue gepiesackt erhob er sich, lief hinters Haus, schaute, wo die Liege war und stellte die Liege, die noch am selben Platz stand, an den er sie vor einer Woche abgestellt hatte, auf. Die Liege ähnelte einem Feldbett. Aber nicht wegen der Ähnlichkeit mit einem Feldbett, aufgrund des Farbtones oder des Stoffes, musste man sich sorgen. Pass auf die Sprungfedern auf, sagte unser Vater. Und damit dies geschehen konnte, durfte eines der Kinder, die Kinder, eines der Kinder, welches durfte denn nun. Wer durfte zuletzt. Also die Kleine durfte Tante Helgas großen Korb holen, in dem ihr Badetuch lag. Tante Helga hatte auch ihr Badetuch mitgebracht. Unser Vater wollte das nicht seltsam finden. Er fragte sich nur selten, womit er das verdient hatte, so eine Flottheit und oder was sie eigentlich von ihm wollte. Oder annehmen wollte. Kommt es darauf an. Was einer von uns annimmt. Oder warum sie kam. Immerhin war sie da, mit ihrer ganzen Flotterie, also war sie zu ihm gekommen, in sein kleines Haus mit schmutziger Küche, trank aus Plastebechern warmen Apfelsaft, lag auf seiner Terrasse, ohne Scheu vor Sprungfedern oder. Vielleicht nur wegen der Kinder, sie liebte Kinder sehr. Inzwischen war sie sogar Kindergärtnerin. Oder dem Nachbarn, der natürlich sofort was im Garten zu tun hatte, sobald er ihr glucksendes Lachen hörte. Oder dem Haus. An dem sie lag. Lag ihr am Haus.

Endlich kamen die Kinder, eines der Kinder, mit dem Tuch, das die Kleine selbst aus dem Korb geangelt hatte und Tante Helga konnte sich freimachen, unser Vater konnte das Tuch auf die Liege legen und sich ebenfalls freimachen. In Gedanken von Gedanken. Ganz schön flott, das Tuch. Darauf lag Tante Helga dann nackt in der Sonne. Sehr nackt. Das gemeine Wort splitterfasernackt passt hier wohl kaum.

Die Kinder, eines, aber das andere war kurz davor, bewunderten vor allem, wie lange Tante Helga auf dem Rücken liegen konnte. Mitten in der Sonne. Auf den Augen kleine Blätter, die die Kinder ihr gerne brachten, eines der Kinder, aber das andere hätte gern. Und wäre es nicht jedes Mal zu spät gewesen, dann. Bei der Hitze musste man schnell zur Stelle sein. Vor allem, wenn Tante Helga stundenlang auf dem Rücken lag. Denn erst lag sie bewegungslos auf dem Rücken, dann stundenlang bewegungslos auf dem Bauch. Die Blätter aber wurden nur in der ersten Phase des auf dem Rücken Liegens benötigt. Stundenlang beobachtete die Große, wie die schönen grünen Blätter auf den geschlossenen Lidern Tante Helgas verdursteten, verschrumpelten, vertrockneten. Und bewunderte ihre Ausdauer. Eines. Oder erst eines, dann auch das andere. Denn erst stand die Kleine vor Tante Helgas Klappliege und streckte ihr zwei, drei ihrer Märchenbücher vor, mit den Worten, hier, aus der Autobücherei. Und Tante Helga tat nichts. Dann kam die Große und zeigte Tante Helga die aufgespießten Schmetterlinge des Vaters. Zitronenfalter. Pfauenauge. Und der da und der. Tante Helga rührte sich nicht. Zwischendurch nur eine kleine Pause. Rücken eincremen. Vorsichtig wenden. Ruhen lassen. Später dann Toilette. Mittagsschlaf im Schlafzimmer unseres Vaters. Wir nehmen an, in Gesellschaft unseres Vaters, der. Dem der Mittagsschlaf kostbar, die Mittagsruhe heilig war. Bis auf wenige Ausnahmen, Zeiten, in denen es lauter zuging. Mit Tante Helga kann man sich gehenlassen, sagte unser Vater immer, während er. Sagte er nicht. Nie. Mit Tante Helga konnte man sich gehenlassen, sagte er, während er sich auf dem Treppenabsatz die noch offen stehende Hose zuknöpfte. Daran können wir uns nicht erinnern, rufen die Kinder, eines der Kinder. Unseres Wissens stand oder ging unser Vater nirgends mit offener Hose. Und wir hatten in Oberspree keinen Treppenabsatz. Treppenabsatz. Konzentrieren Sie sich. Wo hätte denn diese Treppe hinführen sollen in so einem kleinen Haus. Mit Tante Helga konnte man sich so richtig gehenlassen, hätte er sagen können, während er. Hat er aber nicht. Es reicht. Sehen Sie mal vom Text hoch, sehen Sie aus dem Fenster. Was für ein Wetter. Haben Sie keine Wetterverpflichtungen. Oder legen Sie sich aufs Ohr.

– Kurze Pause –

Lag sie draußen, lag sie drinnen. Im Feldbett. Oder auf. Unter oder über grünen Blättern. Gut zubereitet. Gut durch. Schön brutzlich. Schön bräunlich. Lecker. Wie. Wieso wie. Sie war die Flotteritis, und unser Vater hatte sie. Auf seiner Terrasse, die er selbst angelegt hatte. Angelegt. Wochenlang wurde Zement angerührt und ausgegossen und glattgestrichen. Die Kinder, eines der Kinder, die Kleine wollte einfach nicht, halfen so gut es ging. Hans-Dieter hätte vielleicht, doch. In der Neubauwohnung gab es keinen Garten, keine Zelle nach Süden, kein Sonnenfleckchen, keinen Platz an der Sonne. Nicht mal einen Balkon. Kein Balkon nach Osten und oder andere Himmelsrichtungen konnte von dieser Tatsache ablenken. Unser Vater pfiff ein Liedchen. Zufrieden mit sich. Er bekam etwas Hunger, dachte an die Kinder, die bei dem Wetter kaum was aßen. Er wollte gerade nach den Kindern, wenigstens einem der Kinder sehen. Ein Spiegelei braten oder. Da sah er, wie sich Tante Helga von einer Seite auf die andere drehte. Jetzt hieß es, nichts anbrennen lassen. Die Sonne sticht ganz schön heute, sagte er und sie lachte gurrend. Willst du nicht in den Schatten umziehen? Wenn du da stehen bleibst, habe ich genug Schatten, sagte sie. Mein Hans-Dieter hätte längst einen Sonnenschirm für die. Die Sonne, dachte unser Vater und ging ins Haus, um frisches Wasser zu holen und einen

Lappen für ihr freches Mundwerk. Er traf die Kinder und weihte sie in seinen Plan ein, kurze Erfrischung für die überhitzte Tante. Gut aufpassen. Die Vorfreude war groß, am allergrößten jedoch war sie bei der Tochter der Tante, die von ihrer Flottheit immer übersehen wurde. Auch hier wäre sie beinahe übersehen worden. Das Mädchen mit der hohen Vaterstirn lachte lautlos, als unser Vater mit Tuch und Schüssel in den Garten bzw. auf die Terrasse trat, sich wie ein Buttler vor das Feldbett stellte und. Ein kühles Tuch für die Stirn. Schön. Eine Schüssel mit Wasser. Ein Waschlappen zum Befeuchten. Es war heiß an dem Tag. Man sah keinen Meter weit. Die Nachbarn schon. Der Nachbar macht Stielaugen, sagte Tante Helga mit glucksendem Stolz. Dafür bekommt sie einen nassen Waschlappen. Mitten ins Gesicht oder. Was sticht mich da, was sticht mich, ruft der Vater. Die Kinder, eines, noch eines und noch eines, stehen an der Hausecke und kichern. Er taucht den Lappen in die Schüssel mit Wasser und platsch. Auf den Bauch der Erhitzten. Ein roter Bauch tuts auch. Zack. Schadenfreude eint. Die Kinder lachen herzlich. Noch Mal. Der Lappen klatscht so herrlich. Tante Helga hebt erschrocken den Kopf und versucht unter den verschrumpelten Blättern hervor zu schmulen. Da haben die Kinder die Idee, eines der Kinder. Über den Kopf gießen, ruft die Große. Alles, die Kleine. Eines der Kinder versteckt sich hinter der Hauswand und lacht lautlos.

Er hebt die Schüssel und kippt. Das gibt was, ruft die Flotteste. Alles tobt auseinander. Unser Vater erobert den Gartenschlauch und lässt Wasser an. Das Wasser läuft. Die Tante läuft. Die Kinder sind gelaufen. Nach Schüsseln.

Stehen am Waschbecken und kichern. In die Schüssel, nicht daneben. Schneller. Dreh auf. Und wer bekommt die volle Schüssel? Gib her, sagt die Tante und rennt mit der Ladung raus. Die Kleine kommt mit einem Eimer angelaufen. Immerhin. Plötzlich spritzt es zum Flur herein. Durchs Badfenster. Alle kreischen auf. Was soll das denn? Wasserschlacht. Jemand drängelt sich raus, jemand drängelt rein. Beide plämpern. Die Kinder wollen sich verstecken, eines der Kinder. Seine Shorts sind nass geworden. Man hätte es ohnehin übersehen. Die andern gehen in Deckung und liefern Nachschub. Oder spritzen wild um sich herum. Tüten werden gefüllt und fliegen durch Zeit und Raum. Peng. Daneben, aber die nächste. Alle Schüsseln und Eimer und sogar die hässlichen Plastebecher sind jetzt im Gebrauch. Der Gartenschlauch kann noch ein Stück ums Haus herumgezogen werden – es ist ja nur ein kleines Haus – jetzt kriegt ihr was. Achtung. Wasserbomben von oben. Peng. Aufheulen der Kinder, eines Kindes, das mit der Brille sieht nichts mehr. Jetzt nicht auf die Kleine, hört man im Schlachtgetümmel. Dann pfeift die nächste Tüte aus dem ersten Stock. Das ist unfair. Außerdem. So viel Tüten gabs doch gar nicht im Osten. Ach. Aber Schüsseln gabs. Und Eimer. Einen Eimer. Na und, hol schon.

Und Tante Helga hatte Luftballons. Für die Kinder. Das ist kein Geheimnis. Die Kinder, eines der Kinder, erzählte es. Dann lachte es lautlos. Vielleicht lacht es so wegen der Zahnspange, die es tragen muss. Das arme Ding. Unser Vater zwingt uns nicht zu so was, sagten die andern Kinder, eines, weil, die Zähne richten sich allein. Dann lachte die Große laut hinter den schiefen Zähnen hervor.

Wo sind die Luftballons? Im Korb. Worauf wartest du? Hol alle roten Luftballons. Wir gehen nach oben und belagern das Schlafzimmer.

Und die roten Luftballons konnte man Passanten oder Verwandten auf den Kopf werfen und oder man konnte zusehen, wie sie gegen die Hauswand des Nachbarn flogen oder wie sie auf dem kleinen, gepflasterten Weg zersprangen. So was Schönes. Allein das schwappende Wasser im Ballon. Kannst du noch mehr holen, fragten die Kinder. Eines. Die roten Ballons sind gleich alle. Das lautlos lachende Kind hielt den letzten roten Ballon in den Händen. Seine Hände drückten den Ballon leicht und gaben wieder nach, und seine Mundwinkel bewegten sich im selben Rhythmus. Ja, lustig. Was ist nun? Die Kinder, eines langte nach dem gefüllten Ballon und wollte ihn gerade. Schnapp ihn dir, rief die Große. Da drehte sich das Kind lautlos zur Seite und versteckte den gefüllten Ballon unter seinem Rock. Die anderen sahen sich für einen Moment erstaunt an. Manchmal war die so.

Grüne gehen auch. Die Gelben kannst du behalten. Die fliegen nicht so. Worauf wartest du. Los, los. Und wir holen Wasser. Bevor die gewinnen. Holen wir Nachschub. Mehr Wasser. Macht schon. Die Grünen sind gar nicht mal schlecht. Die halten sogar mehr aus. Aber, es waren nur drei grüne Ballons. Schließlich hingen die Reste über dem Zaun, im Puppenwagen und auf dem Vogelbauer von Hansi, der. Wir sind leider etwas unter Druck. Hansi kann sich später selber vorstellen. Soeben erreicht uns die Frage, wer kämpft hier eigentlich gegen wen. Und die Antwort, mir doch egal. Und die Behauptung, du bist jedenfalls nicht in unserer Gruppe, verstanden. Kindliches Reden. Von Kinderstimmen. Und die Aufforderung, hol noch gelbe Luftballons. Und der Widerspruch, die fliegen doch nicht so gut. Und die Ablehnung des Widerspruches, egal, dann fallen sie umso besser. Abgang der Kinder. Eines, der.

Die Kinder hörten plötzlich eine Schelle, dann ein Geheul. Dann verstummte das Lachen und Kreischen und die Worte Geheimnis, Korb, Klauen, Walter, Kinder, Grenzen, Erzieherin strömten vorbei. Die Tante konnte sich gehen lassen, das hatten sie ja oft genug gehört. Diese Tante stand nackt auf der Straße vor den Nachbarskindern und rief, na, da staunt ihr was. Das hatten sie ja heute gesehen. Aber nun wurden alle Wasserhähne im Haus und alle Wasserhähne im Garten, einer, na und, jetzt wurden sie nach rechts gedreht bis zum Anschlag. Das Echo war Schweigen. Eine Schlacht muss so enden, das wussten die Kinder, eines, dass sich erinnern konnte.

22

Gemeinschaft mit Tieren

Wo bleibt eigentlich die Bahnhofsmission und oder ein paar dieser Hilfsarbeiter, die mich und mein Gepäck verhaften wegen unerlaubten Betretens des Bahngeländes. Oder erscheinen die nicht zu dieser Stunde auf stillgelegten Gleisen. Neulich haben sie eine verschleierte Frau von den Gleisen geholt, die ihrem Leben. Aber nein. Die in die falsche Richtung gefahren war und zurücklaufen wollte. Es sei so üblich in ihrer Heimat. Sie hat dann Kaffee bekommen in der Bahnhofsmission. Man hat ihr sicherlich einen Sitzplatz angeboten und – beinah hätte ich es vergessen – die ganze Stadt wurde abgesucht nach einem Menschen, der ihre Sprache verstand und sogar sprechen konnte. Es gibt hier Augenblicke, in denen ich bereit wäre, alles, alles für eine solche Behandlung zu tun. Selbst die Sache mit dem Schleier. Ich sehe wirklich kein Problem. Man könnte sich dann mit dem einzigen Menschen, der dieselbe Sprache spricht wie man selbst, darüber unterhalten, wie man den Schleier wieder loswird. Man hätte gleich ein Thema. Ein Projekt.

Aber die Strecke ist stillgelegt und das wird gleichbedeutend sein mit menschenleer. Und menschenleer könnte gleichbedeutend sein mit fern, also entfernt von … (fügen Sie hier den entsprechenden Begriff ein), damit fern jeder Bahnhofsmission. Oder die meiden Theologen, was mich nicht wundern sollte. Für die nächste Reise die Nummer der Bahnhofsmission eingeben. Und ein Tuch einstecken. Nicht rummeckern, sondern aus der selbstverschuldeten Unabhängigkeit befreien. Jesus geh voran. Was können wir erkennen. Abhängigkeiten sind nicht so schlecht, sie stiften Sinn und Gemeinschaft, im Idealfall Gemeinschaftssinn.

Ich höre zum Beispiel das Muhen von Kühen. Warum nicht Kühen. In einer Gemeinschaft mit Wiederkäuern. Warum nicht. In ihren Tages-, also Wach- und Schlaf-, Ess- und Trink-Rhythmus fest eingemeindet. Wir erwachen dann, weil. Und immer in die Gemeinschaft. Thomas Bernhardt überlegte in den Siebziger Jahren ernsthaft, ob er sich nicht Kühe anschaffen sollte. Nicht eine. Viele. Pluralistische Gesellschaft. Wie sollen wir handeln und oder an wem. Bernhardt kaufte keine Kühe. Blieb auf der Strecke. Allein. Er hatte es überlegt. Dabei blieb es. Es war unglaublich schwierig zu handeln, in diesen Jahren. Nach der Revolte. Die großen Köpfe hatten entweder drei Kugeln darin oder starben an gebrochenem Herzen (Adorno). Es war zu spät für Abhängigkeiten. In dieser Zeit war es utopisch. Man konnte daran denken, aber man hätte es nicht mehr leben können.

Vielleicht war es hinter der Mauer einfacher, allerdings nur um ein geringes. Meine Eltern ließen sich bereits 1968 scheiden und das allein beweist, dass es auch hinter der Mauer nicht so einfach war. Geh aus der Abhängigkeit. Geh deinen Weg. Misstraue jeder Macht, jedem Mächtigen.

Jeder Institution. Diese Botschaft sickerte durch die Mauer hindurch und verseuchte das Land. Unser Vater tat lange Zeit so, als würde er nicht bemerken, wie er den Gemeinschaftssinn Stück für Stück verlor. Doch ließ er seinen Mitarbeitern in der Redaktion mehr und mehr Freiraum (vgl. Kaderakte), in der Parteiversammlung begann er anzuecken und auch wenn es im Osten vielleicht etwas einfacher war, sich eine Nische von kleinen Abhängigkeiten zu erhalten, so wäre es ihm doch unmöglich gewesen, sich großen Tieren anzuschließen. Kamelen oder Eseln. Dafür fehlte der Sinn. Die Kraft. Abhängigkeiten im Kleinen und oder von Kleinen, das ging gerade so.

Natürlich, es gab Zeiten, da saß unser Vater mit uns Kindern am Tisch und malte. Und während die Kinder ihre Lieblingsszenen aus ihren Lieblingsmärchen illustrierten, malte der Vater einen Elefanten. Zwei Elefanten. Drei. Ganze Herden. Die Kinder staunten. Nie fragten sie ihren Vater, Papi, warum malst du immer Elefanten. Es war einfach so. Er malte nichts anderes. Die Kinder staunten nur darüber, wie gut ihr Vater Elefanten malen konnte. Ein ganzes Jahr malte unser Vater Elefanten, dachte er an große Tiere und oder über große Tiere nach. Doch was nützt die Liebe in Gedanken. Oder sollen wir behaupten, jemand, der einen Elefanten malt, hat einen Elefanten. Oder jemand der zwei Elefanten malt, hätte zwei. Oder auch nur einen. Und jemand, der eine Herde malt, hätte genügend Gemeinschaftssinn und wäre bereit für Abhängigkeiten aller Art. Ich werde diese Geschichte unabhängig von jedem Soll weiter erzählen. Eines Tages zwischen Tür und Angel hieß es:

– Kinderchen, was haltet ihr von Ziegen?
– Wozu Ziegen, fragte Eli.
– Nur so, sagte der Vater.
– Auf keinen Fall.

Am nächsten Tag standen die Ziegen im Garten. Am übernächsten Tag standen die Ziegen schon im Nachbargarten. Man hätte viel darüber nachdenken können, wo die Ziegen bei uns wohnen sollten. Vorher. Also bevor man sie sich anschaffte. Man hätte überlegen können, was sie und wann sie und vor allem von wem sie ihre Mahlzeiten bekommen und. Aber all diese Überlegungen hätten die Tatkraft unseres Vaters behindert. Ich sage absichtlich nicht: unterbunden. Es wäre aber zu Verzögerungen gekommen und die Geschmeidigkeit seiner schnellen Entschlüsse hätte gelitten.

Kinder staunen. Und wären die Kinder aus dem Staunen rausgekommen, hätten sie diesen Zustand jemals verlassen können, um sich auf die Schule zu konzentrieren und oder wenigstens auf ihre Hausaufgaben oder um nach der Schulzeit das Abitur nachzuholen an der Abendschule oder nach dem Abitur ein ordentliches Studium zu beginnen, und hätte es ein Philosophiestudium im Osten gegeben, dann hätten die Kinder sicher beide Philosophie studiert.

So aber standen sie nur im Weg. Immer am Staunen. Wo kommen denn die Ziegen her, fragten sie, ohne im mindesten darauf zu achten, dass es für solche Fragen zu spät war und sich niemand – auch nicht ihr Vater – die Mühe machen würde auf solch dumme Fragen noch zu antworten. Die Ziegen standen im Garten. Es war gleichgültig, woher sie kamen und wer sie geschaffen hatte und ob. Ebenso gleichgültig war die Frage, wieso gerade Ziegen, ob es keine Elefanten gab. Oder ob es nur an diesem Tag keine gab. Selbst diese Kinder hatten bemerkt, es gab nicht immer alles, und es gab nicht immer alles zu kaufen, was man gerade benötigte. Dafür gab es dann aber etwas, was man gerade nicht benötigte und so blieb alles im Gleichgewicht. Diesmal hatte es Ziegen gegeben und ihr Vater hatte sie gekauft oder getauscht und. Da waren sie. Interessant wäre die Frage gewesen, für wie lange die Ziegen bleiben wollten. Höflich, wie lange können die Ziegen bleiben, Papa? Oder, wollen die Ziegen noch mehr von den Blumen, die ich gestern eingepflanzt habe, fressen? Aber auf solche Fragen kamen diese Kinder nicht. An ihren Fragen sollt ihr sie erkennen.

Diese Kinder standen im Weg und sagten, nachdem sie endlich begriffen hatten, dass eine der Ziegen ein Ziegenbock war und der Ziegenbock sie beiseite stieß, wenn sie nicht rechtzeitig aus dem Weg gingen. Beiseite sprangen. Doch, doch. Doch, doch, sagten sie, denn ihr Vater stellte die Fragen. Und die Frage war, sind die nicht niedlich? Doch, doch, sagten die Kinder. Einfache Kinder. Rousseau hätte seine Freude an ihnen gehabt. Theoretisch. Praktisch hätte er sie ihrem Schicksal, also einem Vater, der Ziegen einkauft wie andere die Tageszeitung, überlassen. Ihr habt euch Ziegen gewünscht, sagte dieser Vater gerade, da sind sie. Die Geschwister sahen sich hasserfüllt an.

Und Tante Helga, wollte das Jüngste der Kinder wissen. Es wird sicher bald richtige Fragen stellen können. Der Vater nahm gerade den Bock bei den Hörnern, also, er versuchte es. Denn der Ziegenbock hatte die wenigen Stufen der Steintreppe erklommen und war bereits am Ziel. Er ging einer Beschäftigung nach. Für ihn nützlich. Für unseren Vater zumindest eine Herausforderung. Der Ziegenbock wetzte seine Hörner an unserer Haustür, dann stieß er mal mit dem linken, mal mit dem rechten, mal mit seinen zwei beiden Hörnern in unsere Haustür. Mit Wucht. Das hörte sich nicht gut an. Erstens, wegen der Nachbarn, zweitens, wegen unserer Haustür. Wie lange würde diese schöne alte Holztür das mitmachen. Und die Hörner des wilden Böckleins. Wie lange würden die. Einige Minuten rang unser Vater mit dem Bock. Er nahm ihn bei den Hörner und schleuderte ihn beiseite. Der Bock versuchte sein Gleichgewicht wiederzuerlangen, strauchelte, verlor einige Stufen unter sich, kletterte abermals bis vor die Haustür und stieß zu.

Der Vater konnte die Frage der Kleinen nicht gehört haben. Die Große hatte die Frage gehört und sah durchaus einen Zusammenhang, der uns aber. Holt einen Stock, rief der Vater. Dann stieß er das Böckchen wieder beiseite und sagte, was Hänschen nicht lernt, lernt Hans nimmermehr. Aber, als die Kinder mit dem Stöckchen kamen, fraßen die Ziegen unserem Vater bereits aus der Hand. Er hatte ein paar Kartoffeln oder Möhren geholt und mit diesem Trick für Ruhe gesorgt. Nicht ein für alle Mal, aber wer konnte das schon. Die Kinder durften die Ziegen jetzt streicheln. Das warme dunkle Fell. Der eigene Geruch. Die hübschen Köpfe. Und wie lustig die kauen.

Purzelchen, du darfst einen Namen aussuchen, sagte der Vater. Purzelchen = Verniedlichung von Purzel. Damit war die Kleine gemeint. Aber Purzel musste doch von Purzelbaum abgeleitet worden sein, und wer nannte sein Kind

Purzelbaum. Keines der Kinder würde dem Vater diese Frage stellen. Noch nicht. Das Kind, immerhin das dritte Kind, bei dem es offenbar für keinen Namen mehr gereicht hatte. Nein. Die Geschichte geht so. Es sollte ein Junge sein. Es gab Mädchen. Haufenweise Mädchen. Es sollte ein Junge sein. Unbedingt. Und so wurde es eben Purzel gerufen und bekam Shorts statt Röcke, und wurde Purzel gerufen vom Vater, und musste der Prinz sein, nicht die Prinzessin, und wurde Purzel gerufen von den Geschwistern, und bekam ein Extrawürstchen, und wurde Purzel gerufen, und oder von der Mutter mit lieber Purzel angeschrieben, und von den Nachbarskindern mit – kommt der Purzel raus – zum Spielen geholt.

Purzel überlegte angestrengt. Aber dann, war unser Vater wieder schneller und sagte Bimbo. Bimbo soll der Bock heißen. Der Bock Bimbo. Und die Ziege Rieke, sagte auch unser Vater. Plötzlich fielen ihm diese vielen Namen ein. Und die Kinder freuten sich riesig. Nicht allein wegen der Ziegen und der hübschen Namen, sondern weil sich die Gartentür öffnete – die sich damals noch sehr leicht öffnen ließ, die aber nun nicht mehr weit geöffnet stehen durfte, wegen der Ziegen – und Tante Helga kam und lachte gurrend über die meckernden Ziegen. Und die Tochter kam. Man übersah sie leicht neben ihrer Mutter. Oft ging sie ein Stück hinter ihrer Mutter. Man sah höchstens einen kleinen Schuh oder einen Rockzipfel oder so etwas. Doch wer achtet schon auf einen Rockzipfel. Wenn dann plötzlich das runde Gesicht des Mädchens erschien, lautlos lachend, hatte dieses Erscheinen nichts vom Erscheinen des Mondes oder des Einzigen in der Menge, sondern man bekam nur einen

Schreck. Ohne die freudige Überraschung, meine ich, die für gewöhnlich mit dem plötzlichen Auftauchen von jemandem – den man gut kennt oder nur flüchtig – verbunden ist.

Die Große stand gern im Türrahmen des kleinen Badezimmers und sah Tante Helga beim Schminken zu. Tante Helga brauchte keine Wimpernzange wie ihre Mutter. Ihre Mutter musste die langen schwarzen Wimpern erst in Form bringen. Und Tante Helga brauchte auch kaum Lippenstift, malte nicht stundenlang die vollen Lippen nach. Ruck zuck. Immer flott. Und gerade in dem Augenblick, als Tante Helga fragen wollte, wie schön ihre Bewunderin werden wollte und ob so schön wie sie, da stand das sonst unsichtbare Kind auch im Türrahmen. Plötzlich. Und Tante Helga sagte zu der Großen, die vergisst immer, sich einen Schlüpfer anzuziehen. Das Kind wurde sichtbar rot. Und so plötzlich wie es da war, war es wieder weg.

Oder Purzel, spann den Wagen an. Wozu haben wir einen Leiterwagen. Da werden jetzt die Ziegen vorgespannt und dann geht's los. Über Land. Und die Kleine sucht die Ziege und bindet sie an den Zaun und sucht den Ziegenbock und. Plötzlich taucht das Kind auf. Alle Kinder streicheln gern Ziegen, aber doch nicht da. Die Kleine holt die Große, und so sehen kurz darauf beide Kinder, wie ungeniert, wie abwesend, das meist unsichtbare Kind den Ziegenbock streichelt. Da. Was die Geschwister am meisten verwirrt, und darüber staunen sie lange und vollkommen sprachlos, das Kind wird nicht rot. Das Kind ist nicht wegzubekommen vom Teil des Ziegenbockes. Was bleibt. Die Kinder machen sich unsichtbar.

Mal sehn, was die Ziegen so wegziehen können. Vielleicht sogar die ganze Flotte. Da steht plötzlich das Kind vor ihnen und heult, und natürlich heult es mit offenem Mund, so dass man die Spange sieht, aber nicht ein Laut ist aus ihm herauszubekommen. Tante Helga musste sich wie alle anderen das Lachen verkneifen. Im Unterschied zu allen anderen, fragte sie sich jedoch, ob dieses Kind wirklich ihre Tochter war. Oder zumindest zu wie viel Prozent. Zum Glück war das Kind gleich darauf im Garten verschwunden. Man fand es erst spät. Doch nicht, weil niemand es gesucht hatte, fand man es spät – obwohl dies hätte sein können, weil niemand es suchte, sondern, weil alle einen Spaziergang unternahmen, ohne das Kind, ohne Ziegen vorm Leiterwagen, und erst zurückgekehrt dem Blöken des Ziegenbocks nachgingen.

Und es fand sich an jenem Tag, dem Jüngsten Tag für den Ziegenbock, dass derselbe festgewachsen war auf einem Berg Teer. Vielleicht war der Ziegenbock über seinem Wellnessprogramm ins Träumen geraten, vielleicht war er einfach eingeschlafen in der Sonne. Aber die Sonne ist nicht faul, und während andere schlafen, weicht sie ganze Berge Teer auf. Jetzt lachen wir, aber dieser Tag war auch einer der Jüngsten Tage für die Kinder, die immer abwechselnd in die davonziehende Sonne und den schwarzen Berg Teer, auf dem ihr Ziegenbock festklebte, starrten und sich keinen Rat wussten. Die hingeblökten Schreie des Bockes zersägten sie und.

– Sollen wir nicht einen Arzt holen, Papa, fragte eines.
– Da gibt's den Gnadenschuss.

– Also, wen dann?
– Wir müssen es alleine schaffen.

Der Teer war wieder fest, nach der Mittagshitze, die den Bock so schläfrig hatte werden lassen. Und Bimbo war nun wieder munter, aber gefangen. Sein schwarzes Fell klebte im Teer, und zwar an den meisten Stellen so verteufelt dicht, dass man ihn nicht herausschneiden konnte. Wir zogen. Er schrie. Auch die Kinder schrien, eines bestimmt. Eines schrie den Vater an. So geht das nicht. Er stirbt. Du kannst seinen Kopf halten, sagte der Vater unbeirrt. Er war schnell, und sein Entschluss war gefasst. Obwohl seine Hände zitterten und seine Stimme bebte, ließ er nicht locker. Er zog dem Bock zentimeterweise das Fell ab. Bei lebendigem Leibe. So wurde Bimbo Schrei um Schrei aus dem Teer gezogen. Er kam mit bloßer Haut davon. Auf der einen Seite nackt, auf der anderen sicher verwirrt.

Und Tante Helgas Tochter. Ach die. Wo war die überhaupt. Man hatte sie nicht gesucht. Plötzlich stand sie da und half so gut es ging. Ohne Worte. Ohne Wut. Manchmal mit diesem lautlosen Lachen.

23

Übergänge

In den darauffolgenden Wochen war es etwas stiller in Haus und Garten. Es gab sogar Szenen. Vielmehr, es hatte Szenen gegeben, die der Stille vorausgingen. Doch, obwohl diese Szenen die Beziehung zwischen unserem Vater und seiner Tante in die Krise führten und schließlich den Bruch verursachten, gehören sie nicht hierher. Sie gehören nicht in die Kindheit. Denn in dieser Kindheit hatten die Kinder keinen Zugang zu diesen Szenen. Nicht einmal vom Hörensagen kannten die Kinder die entsprechenden Szenen.

Die Kinder rannten durchs Haus. Durchs ganze Haus. Ein Kind spielte auf dem Boden. Dort stand ein altes Grammophon. Alte Fotoplatten lagen in staubigen Schachteln. Solltet ihr Aufnahmen finden, die nicht für Kinder bestimmt sind, dann. Kürzel war eine Sau. Wir suchten emsiger. Ein Kind war kaum mehr vom Boden zu holen, aber leider fand dieses Kind nicht eine einzige Aufnahme, die den einmal geweckten Erwartungen entsprochen hätte. Meist waren die Aufnahmen nur zur Hälfte belichtet. Oder verschleiert. Doch während der Suche entdeckte ein Kind, was es heißt, nach dem Verbotenen Ausschau zu halten, in Erwartung, den holzigen Geruch, sonnig, staubig, sinnlich aufzunehmen. Warm war es dort, wärmer als anderswo. Aufregend und – ich will es sagen – erregender als anderswo. Einen Koffer öffnen, eine Lampe putzen, eine Platte hören. Es war nicht nur die Hitze. Dort oben begann etwas. Und es begann schon, wenn man die Leiter anstellte und hochstieg.

Ein Kind entdeckte den Schutzraum im Keller. Den geheimen Raum hinter der Eisentür. Man fand dort Schutz vor der Sonne. Es war immer ein bisschen kühler als. Und man bekam immer eine Gänsehaut, wenn man die Hebel der Eisentür zur Seite schob. Keller. Boden. Küche. Zimmer. Bad. Die Kinder rannten durchs Haus. Es war ein kleines Haus. Aber gastlich. Die alte Wirtschaft. Ein freundliches Haus, das den Menschen in ihrer Not. Kurz, das Haus wollte den Kindern mehr Raum bieten. Und so begann sich das Haus zu dehnen, unter den Augen der Kinder. Hielten sie die Augen geschlossen oder war es zu finster, so dass man die Hand nicht vor Augen, dann unter den Händen der Kinder. Und die Kinder versteckten sich in Ecken, die vorher nie da gewesen waren und schlüpften in Nischen, die keinen Namen hatten und von denen niemand hätte sagen können, ob man sie jemals wieder verlassen könnte. Im Schutzraum war noch ein Schutzraum. Man musste nur den Schrank beiseite schieben. Auf dem Boden gab es zwar nicht noch einen Boden, aber große Kisten, hinter die niemals jemand gekrochen war. Die Kinder jubelten. Das kleine Haus fühlte sich derart geschmeichelt von der Entdeckerfreude dieser Kinder, dass es ihm bald nicht mehr genügte, den Kindern mit Ecken und Nischen zu dienen, es fing an, sie mit kleinen Dingen zu beschenken. Und alles, was die Kinder fanden, also alles, was sie vom Haus geschenkt bekamen, gehörte ihnen. So wollte es das kleine Haus und ihr Vater war einverstanden. Er wollte nichts, vor allem keine Szene. Und was hätte er anfangen sollen mit Kristallkaraffen, Kisten, Kleidern. Bildern, selbstgemalten Landschaften von Kürzel. Grammophonplatten, Noten. Alte Noten, die niemand lesen konnte. Tonfiguren, selbstmodelliert von Kürzel. Die Kinder aber fanden für alles einen Ort, wie sie den Ort gefunden hatten, der diese Dinge für sie bereithielt. Sie nahmen die Dinge feierlich entgegen. Neugeborene hebt man so aus ihren Müttern. Diese Geste. Dann spielten sie mit den neugeborgenen Dingen. Sie säuberten die Dinge und spielten. Lange. Aber nur so lange, bis das Spiel mit den Dingen zu Ende war und dann musste meist ein neuer Ort für die Dinge gefunden werden, weil man die Dinge nahe bei sich haben wollte, weil man sie nicht in die schlecht zu erreichenden Ecken zurückbefördern konnte oder, weil man sie ausstellen wollte, oder einfach, weil man sich nicht gemerkt hatte, aus welcher Ortschaft die Dinge stammten. Man suchte einen neuen geeigneten Ort. Keller. Boden. Küche. Zimmer. Bad. Die Kinder rannten durchs Haus. Und das Haus dehnte sich, doch es blieb ein kleines Haus. Für manche Dinge fanden sie keinen Ort, oder sie fanden nicht sofort einen Ort, zum Beispiel für die unhandliche Kristallkaraffe. Jahrelang lag diese Karaffe im Garten. Und wenn sich die Karaffe im Garten sehen ließ, ein Teil von ihr unter Laub oder Unkraut aufblitzte, dann erinnerten sich die Kinder daran, dass sie einen Ort für die Karaffe suchen wollten, dass sie dieser schönen Karaffe einen Platz zuweisen wollten, sobald einer im Haus frei würde. Es gab Fälle, da wurde nichts frei, kein noch so kleiner Platz. Die Kinder fanden, jedes Haus hat das Recht, Dinge auszustoßen. Diese Dinge mussten dann eben sehn. Irgendwann würde man vielleicht den Garten nach Schätzen absuchen, aus der Erde bergen, doch noch hatten die Kinder genug im Haus zu tun.

Ich halte mich an Dingen fest, zu lange mit Dingen auf. Was ich sagen wollte ist, es waren alles in allem glückliche Kinder, denn nichts blieb ihnen versagt, alles gehörte ihnen, alles war wie für sie geschaffen.

Alle Räume des Hauses waren den Kindern zugänglich. Aber erst nach Ablauf einer Szene. Nie während des Verlaufs einer Szene. Denn während sich irgendwo in der Welt eine Szene abspielte, modellierten diese Kinder etwas Neues aus altem Ton oder Lehm oder was das war oder zeichneten Schatzkarten, damit sie sich im Keller besser orientieren könnten. Auf der Schatzsuche.

Schließlich stürzten die Kinder hungrig in die Küche und sicher kicherten sie rum, weil eben wieder. Als sie ihren Vater bemerkten, der im Halbdunkel der Küche saß und sein Gesicht in den Händen wiegte. Da wussten sie, dass eine Szene abgelaufen war. Irgendwo. Vielleicht nicht in dieser Küche. Dieser alten Wirtschaft. Diesem freundlichen Haus. Irgendwann. Vielleicht nicht an diesem Tag. In jedem Fall aber unter Ausschluss der Kinder. Es lag – egal was im einzelnen vorgefallen war – nicht an ihrer Tierliebe, es war nicht der Protest einer Tierschützerin, der sie veranlasst hatte, weitere Schritte zu gehen, eine andere Richtung einzuschlagen, es war eine unabhängige Entscheidung, die von einer unabhängigen Frau Tante getroffen wurde mit der Folge, dass sich diese juristische Person in den darauffolgenden Monaten und kommenden Jahren von uns entfernte, mehr und mehr, und am Ende ganz von uns fernhielt.

Und unser Vater hatte auch so genug zu tun. Die Ziegen mussten wir wieder loswerden. Nicht allein wegen Bimbo, der selbst nach seinem Unfall schwer erziehbar blieb und die schöne alte Holztür so lange bearbeitete, bis sie vollständig hinüber war. Unserem Vater war der Flur immer schon zu dunkel, und nun konnte er endlich Glas oder Kunststoff in die Haustür einsetzen. Die Ziegen mussten trotzdem weg. Nicht allein wegen der Nachbarn. Aber auch. Es war einfach lästig, wenn sie ständig meckerten. Mal war dies, mal das. Und immer sollten die Ziegen schuld sein. An allem. Hitzeperioden. Hitzewallung. Ernteausfälle. Kinderkrankheiten. Herzschmerzen, aber auch Halsschmerzen. Sturmschäden. Moos auf den Dächern. Brände, aber auch, wenn das Laub nicht brennen wollte. Das kommende Viehsterben. Hunger. Die Nachbarn standen in Gruppen und beratschlagten. Und unser Vater lief schnell an ihnen vorbei. Er war schnell, immer. Früher jedoch blieb er trotz dieser Schnelligkeit bei diesem oder jenem Nachbarn oder auch einer Gruppe von Nachbarn stehen. Er hatte ein gutes Verhältnis zu den Nachbarn, dass kann man wohl sagen. Doch seit er die Ziegen hatte, lief er nicht nur schnell, sondern schnell an den Nachbarn vorbei. Das hatte folgende Bewandtnis: die Ziegen folgten unserem Vater zwar nicht aufs Wort, aber doch auf Schritt und Tritt. Die Ziegen liefen ihm hinterher. Er lief mit den Ziegen durch die Siedlung und in den Wald, und die Ziegen tippelten hinterher. Blieb er aber stehen, so liefen sie einem andern, der gerade ging, hinterher. Daraufhin wurde dann alles sehr mühsam. So kam es, dass unser Vater immerzu schnell an den Nachbarn vorbeilief und seit Wochen und oder Monaten keine rechte Unterhaltung mehr mit ihnen geführt hatte. Zum Beispiel über die Ziegen, die an allem Schuld sein sollten. Die Nachbarn standen umso länger an ihren Zäunen oder auf dem Bürgersteig und wenn unser Vater schnell vorbeiging und rief, ich darf nicht stehen bleiben, wegen der Ziegen, dann dachten sie nichts Gutes, dann fühlten sie sich bestätigt und kamen selbstverständlich zu völlig falschen Deutungen.

Es war nur noch eine Frage der Zeit, bis man Sätze wie diesen schreiben würde: als in O. die Luft vibrierte ... Als.

Als unser Vater es eines Tages fertigbrachte, die Ziegen nochmals vor den Leiterwagen zu spannen und sich und uns Kinder, außer eines, das sich weigerte mitzufahren, auf den Leiterwagen setzte, mit Gepäck, um irgendwohin zu wandern, um einfach fortzugehen, weit, weit fort, doch vor allem fort von den Nachbarn, um im Grünen zu übernachten, zumindest eine Nacht, und der Wagen sich kaum vorwärtsbewegte, und die Nachbarn sich nicht fortbewegt hatten, sondern vielmehr neugierig um den Wagen herumstanden und von Tierquälerei sprachen, ohne dass es vorwärts ging und unser Vater wieder abstieg vom Wagen, um neben den Ziegen herzulaufen, um sie anzutreiben oder zu ziehen, bis sie wenigstens den Waldrand erreicht hätten.

Als sie Rast hielten. Dort wurde Rast gehalten. Endlich konnte man sich setzen und einen Gedanken fassen. Noch nicht. Kam da nicht ein Polizist auf sie zu. Hatte einer der Nachbarn wirklich die Polizei angerufen. Wer denn. Allen, also unserm Vater und dem Purzel wurde jetzt sicher schwindlig von dieser Aktion. Die Polizei war da. Der Polizist kam auf unsern Vater zu, unser Vater sah dem Polizisten dabei zu, wie er auf ihn zukam und griff automatisch an seine Gesäßtasche. Dann nickte er dem gerade angekommenen Polizisten zu, er war immer sehr freundlich, doch in diesem Fall hatte er sich selbst zugenickt, denn sein Ausweis steckte in der Gesäßtasche. Er hatte den Ausweis eingesteckt für die große Reise und eben erfühlen können. So stand unser Vater vor dem Polizisten, denn er hatte sich noch nicht an den Waldrand gesetzt (hübscher wäre auf den Waldrand) und noch keinen Gedanken fassen können, außer den Gedanken an seinen Ausweis, der in seinen Augen nicht zählte.

– Was tun sie hier, fragte der Polizist.
– Nichts, sagte unser Vater.
– Ihren Ausweis bitte, sagte der Polizist.

Unser Vater gab dem Polizisten seinen Ausweis und überlegte, ob man ihn wegen versuchter Republikflucht verhaften würde. Denn er hatte mit Blick auf die Ziegen etwas von einer größeren Reise gesagt. Warum hatte er das getan. War er vielleicht nicht nur schnell, sondern vorschnell. Strategien verbergen durch völlige Offenheit. Ein Test. Nicht des Polizisten, sondern dieser Strategie. Nichts geschah. Das heißt, indem der Test lief, geschah schon etwas, und man konnte dabei sogar einige Gedanken fassen, das heißt unser Vater überlegte, erstens, ob er in Gewahrsam genommen werden würde mit seiner Tochter und den Ziegen. Zweitens, ob die jemand anderen suchten. Drittens, ob die Nachbarn ihn an sein eigenes Haus, an seinen eigenen Garten binden wollten, wie er diese Ziegen versucht hatte zu binden. Aber er sagte nichts weiter. Er wollte keine Szene.

Der Polizist ging wieder. Der Wagen stand an der Straße und fuhr kurz darauf ab. Unser Vater konnte mit diesem albernen Auftritt der Staatsgewalt so wenig anfangen, dass er sich genau an diesem Platz niederließ. Sich einfach hinsetzte. Er verschob seinen Plan nicht. Er hatte dem Polizisten nicht gesagt, dass sie sich an diesem Platz setzen wollten, auch nicht, dass der Platz, an den sie sich setzten, der Rastplatz war. Für die Ziegen, Kind und Kegel. Ein Zigeunerlager. Der Polizist wusste nichts von den Plänen unseres Vaters und oder davon, wozu beziehungsweise wohin er durch seine eigenen vier Wände hindurch von den Nachbarn getrieben wurde.

Als gerastet und übernachtet wurde. Fünf Minuten vom Haus entfernt. Zu Fuß. Mit Ziegen und Wagen und Gepäck sicherlich 30 bis 40 Minuten.

Als dies alles unserm Vater Tage später zu Bewusstsein kam, also, was das hieß für ihn und die Kinder und die Ziegen, stieg er mitsamt der Ziegen und Kinder, eines der Kinder, in die S-Bahn und fuhr aufs Land. Es war genug. Er musste die Ziegen leider verkaufen. Weil sie aber keiner kaufen wollte, er sie aber nicht wieder mitnehmen konnte, vertauschte er sie gegen. Weil sie aber niemand tauschen wollte, wogegen auch, da verschenkte er sie am Abend in der Dorfkneipe eines kleinen unbedeutenden Fischerdorfes. Vielleicht war es kein Fischerdorf, aber es war höchste Zeit. Man wollte noch am selben Tag wieder zurück sein. Vielleicht sind die Ziegen nicht einmal verschenkt worden, sondern wurden in Pflege gegeben. Pflegeziegen. Warum nicht. Unser Vater hing an den Ziegen und fuhr später immer und immer öfter aufs Land. Für einen wie ihn war nicht genügend Platz in einem so kleinen Haus und einer Siedlung mit so kleinbürgerlichen Leuten, die ständig über den Gartenzaun hingen und meckerten. Die ihm die Polizei auf den Hals jagten. Zur Umsiedlung, ja Aussiedlung der Ziegen zwangen. Sicher hat er die Ziegen nur in Pflege gegeben. Er wird ihnen gesagt haben, ich komme nach. Haltet durch.

Die Zeit der Abhängigkeiten war vorbei. Die Kinder fanden es vernünftiger so, eines. Die Große hatte gerade neue Veilchen von der Nachbarin geschenkt bekommen. Für den Vorgarten. Und die Pfingstrosen brachen hervor. Die Kleine wusste nicht so genau, aber sie sah, dass ihr Vater etwas traurig war. Manchmal fragte der Vater seine Kinder, fehlen sie euch nicht, Ricke und Bimbo. Ricke und Bimbo, die sind weiter rumgekommen als wir, Papa, die waren ständig unterwegs. Jetzt werden wir unterwegs sein. Und so war es.

Horst kam wieder und alle spazierten durch den Oberspreewald. Unser Vater konnte wieder ungehindert vor jedem Pilz am Wegesrand innehalten, ihn stechen, uns auf seine Essbarkeit oder Ungenießbarkeit hinweisen, die Lamellenprüfung vornehmen und ein oder zwei Geschmacksproben riskieren. Überall wuchsen sie und schossen wie

Pilze aus dem Boden. Wer. Die Pilze. Das Gras, auf dem die Pilze wuchsen, und die Birken und Eichen und Kiefern, an denen die Pilze wuchsen, und all die Bäume, die in einen Mischwald gehören, schossen wie Pilze aus dem Boden, und die Beeren, aber nur die Beeren mit e, denn im Osten gab es nicht immer alles, und die verschlungenen Wege, alles oder beinahe alles, schoss wie Pilze aus dem Boden. Ich sollte Schluss machen für heute. Nur eines noch. Die Vögel am Himmel und die Kinder. Zwei. Und diese Kinder durften wieder auf jeden Baum klettern, nein, wir haben keine guten Sachen an, rufen und vorlaufen oder ein wenig zurückbleiben oder an jeder Ecke Durst haben. Oder sich setzen, ohne Rücksicht auf. Nein, es gab keine Zecken. Auch nicht im Luisenhain an der Dahme. Köpenick. Genau. Dort gab es diesen köstlichen Pflaumensaft für eine Mark.

24

Entweder – Oder

Geschafft. Sei gegrüßt, kleine Schranke. Ich hab dich gar nicht kommen sehen. Schranken. Plötzlich stehen sie vor einem. Überraschung. Plötzlich steht man dahinter, davor, dahinter. Ach, eine Schranke. Bim bim bim Schranke auf. Glück auf. In Oberspree gab es eine. Eine richtige Kinderüberraschung. Sozusagen die Kinderüberraschung für die Ostkinder.

Das lief dann so: der alte Mann kam aus dem Schrankenwärterhaus. Er selbst hätte vielleicht gesagt, er verließ den Schrankenposten. Denn das Gebäude, in dem der Schrankenwärter seinen Dienst verrichtet, nennt man Schrankenposten. Im engeren Sinne kann dieser Posten als Bahnanlage verstanden werden. Es sah aber aus, als käme er aus einem unterirdischen Bau, als käme er von weit her, und das Häuschen ähnelte am ehesten einem Maulwurfshügel. Ist das ein Spiel. Kinderüberraschung. Ist das ein Spiel. Im Spiel sind wir gegenwärtig. Also, der alte Mann kommt aus dem Schrankenwärterhäuschen. Er tippelt mit kleinen Schritten voran. Seine Arme sind kurz, seine Augen liegen hinter einer Hornbrille und vielleicht geht er gebückt. Beide Hände des Kindes greifen reflexartig unter die Riemen des Schulranzens. Beide Hände des Alten greifen nach seiner Schiebermütze. Die Linke schiebt sie hinten, die Rechte drückt sie vorne fest, damit sie beim Kurbeln nicht herunterrutscht. Das Kind nimmt die Beine unter den Arm. Der Alte greift nach der Kurbel. Bim bim bim. Warte, ruft das Kind, aber der alte Mann kann das Kind nicht hören, er hört sein Bim bim, während er kurbelt und dem Zug entgegensieht. Er sieht dem Zug entgegen, nicht dem Kind, und so kann er das Kind natürlich auch nicht sehen. Nicht aufgeben. Er hat vielleicht ein Gespür. Das Herz des Kindes pocht, aber der alte Mann, der sicherlich ein Gespür hat, warum nicht für Kinder, der sicher was für Kinder übrig hat, warum nicht ein Herz, ein Herz für Kinder, noch dazu, wo es seiner Schranke entgegenpocht, richtet sich nach dem Fahrplan, dazu ist er verpflichtet. Laut Dienstordnung hat der Schrankenwärter einzig und allein die Aufgabe, den Bahnübergang zu sichern und zu überwachen, er kann nicht warten, wo gleich die S-Bahn kommt und. Bim bim bim. Im Ranzen trommeln Fibel, Federtasche, Malzeug um die Wette. Bim bim. Halb zu. Ich schaff es noch, denkt das Kind, ohne auf den Bahnwärter zu achten, der schnel ler und schneller kurbelt. Batsch. Der Turnbeutel ist runter gefallen. Drei Schritte hinter dem Kind liegt ein Turnbeutel. Bim. Drei Meter vor dem Kind schließt die Schranke. Bim. Anhalten. Bim. Wenden. Stille. Das Kind wendet sich an die Stille. Bücken. Diese entsetzliche Stille. Aufheben. Ohne bim bim. Hochsehen. Mist, ruft das Kind und denkt, Mist, Mist und nicht heulen. Keuchend geht es auf die geschlossene Schranke zu, zwei Meter vor, damit man ganz vorn steht, sobald sie sich öffnet und sieht, wie der Bahnwärter in sein Bahnwärterhäuschen verschwindet. Wieso eigentlich. Die S-Bahn muss doch gleich kommen. Jetzt. Sofort. Gut, gleich. Vielleicht hat er noch ein Tässchen Kakao auf dem Tisch, und das trinkt er jetzt. Aber das Kind hat kein Tässchen Kakao, das Kind hat seinen Kakao stehen lassen, um noch durch die Schranke, um rechtzeitig zum Unterricht, um nicht den langen Weg ohne Mattis, sondern den kurzen mit ihm gehen zu können, das Kind hat die geschlossene Schranke vor und Tränen in den Augen, weil es vielleicht zu spät zur Schule kommt, ganz sicher, gut. Weil Mattis schon weg ist. Oder siehst du ihn? Der Turnbeutel ist schmutzig geworden, er fiel in eine für diese Situationen bereitliegende Pfütze, jetzt ist er eklig, jetzt ist er eklig, wie wenn man zu spät kommt in die Turnstunde, jetzt ist er eklig wie die Turnstunden, wie die Turnhalle, die eklig stinkt, nicht heulen, jetzt ist der Turnbeutel so eklig wie der brüllende Turnlehrer. Jetzt kommt die S-Bahn. Rattert und verdeckt den Bahnwärter, der in diesem Augenblick wieder aus dem Häuschen kommt, der die eine durch die Bahn verdeckte Träne nicht sehen muss. Eine Träne, eine kullernde Träne ist noch nicht heulen. Bim wie bim langsam bim der kurbelt. Jetzt. Bim Schranke bim auf bim hab acht. Schranke auf. Glück auf. Mattis. Wo kommt der denn her. Mattis steht hinter dem Bahnübergang und lacht. Sie winkt. Er winkt. Sie läuft eilig los.

– Ich dachte du wärst weg.
– Ich war hinter den Pappeln.

– Hast du extra gewartet?
– Warum nicht, sagt Mattis.

Schranken. Immer eine kleine Überraschung. Diese besonders, weil sie eine pensionierte Schranke ist, weil man an einem so stillgelegten Gleis wie diesem keine Schranke mehr erwartet. Doch, da ist sie. Verlegen. Zugewuchert. Die Kurbel fehlt. Der Schlagbaum steht schräg, gelehnt an seine guten alten Tage. Die Farben sind längst abgeblättert. Dafür umwickelt und umschwärmt ihn parasitäres Gewächs. Exotisch.

Und das muss die Straße sein, die mich direkt ins Dorf, direkt auf den Hof, direkt in das Haus, an den Tisch des Vaters führt. Auf dem Tisch wird frisches Brot liegen. Oder alte Brötchen. Je nachdem, ob mein Vater noch im Geschäft ist. Reisen macht hungrig. Eigentlich nicht, ich esse kaum, wenn ich unterwegs bin, also wird es die köstliche Landluft sein, die Appetit macht. Die duftigen Wiesen. Und jetzt riecht es auch wieder nach Kuhfladen, den leckeren Kuhfladen, frischer Kacke, na und. Die Städter geraten ins Schwärmen. Ich werde, wo ich schon mal da bin, ein wenig herumfragen, kleine Umfrage starten. Frage 1, was halten Sie denn so von der Landluft? Und riechen Sie da einen Unterschied von Land zu Land? Ein Städter unterscheidet nur zwischen Stadtluft – wie der Berliner Luft – und Landluft. Letztere weckt ihm Appetit. Ein Ländler …

Sollte der Rolli jetzt streiken, werf ich ihn in den Graben, fressen ihn die Raben. Wozu ich überhaupt Gepäck mitnehme. Das bleibt rätselhaft. Die Zahnbürste ist das einzig unersetzbare Dings, und die Zahnbürste wurde von mir zuhause vergessen. Nein, ich muss nicht erst nachsehen. Es ist immer so. Vor Ort muss dann eine neue Zahnbürste gekauft werden. Dafür enthält der Rolli Kleidung, die ich nicht tragen werde, weil sie sich als zu gut fürs Land, zu gut für gewisse Tätigkeiten – ebenso ungewisse Tätigkeiten, das sind Tätigkeiten mit ungewissem Ausgang – zu gut für jede Art von Untätigkeit, zu gut für, zu gut für alles erweist.

Apropos für hier. Muss ich jetzt nach links oder rechtens abbiegen. Bei meinem Orientierungssinn genügt es, sich gegen das Gefühl zu entscheiden. Wie fühlen Sie sich denn. Schlecht. Das bringt uns hier nicht weiter. Müde. Versuchen Sie sich zu erinnern, was sagte der Mann, der Ihnen den Weg wies. Welcher. Sie wissen genau, welcher. Soll das ein Verhör sein. Muss ich mich von jedem Hergelaufenen, in diesem Fall von mir selbst, prüfen lassen. Links oder rechts. Wer weiß. Sie stehn hier mitten im Weg. Daran bin ich gewöhnt. Sie werden sich doch wohl zwischen zwei Richtungen entscheiden können. Links oder rechts. Vater oder Mutter. Sie werden nicht dümmer sein als Ihre Geschwister. Oder was. Ich erinnere mich nicht. Links oder rechts. So kann ich nicht nachdenken. Das Los soll entscheiden. Das nächste Auto bestimmt die Richtung. Was ist mit Motorrädern, Fahrrädern. Auch Fußgänger haben Rechte. Schon gut. Der Nächste, der kommt, bestimmt, in welche Richtung ich gehe. Und was ist mit den Vögeln. Auch die Vögel am Himmel. Es reicht.

Linkerhand führt die Straße in eine Ortschaft. So sieht es aus. Dann könnte ich rechterhand auf ein Ortsausgangsschild stoßen. Rechts. Dafür könnte ich linkerhand auf

Menschen stoßen. Wegweiser. Eine Bushaltestelle. Der Bus könnte drei Minuten später fahren. Links. Hunde. Rechts. Ein heranrollender Traktor. Von links oder rechts. Ein wegweisender Traktor kommt da herangefahren. Von links oder rechts. Manchmal weiß man nicht, woher der Lärm kommt. Der Lärm kommt. Aber woher. Der Lärm ist da. Wenn es nicht ausgeschlossen wäre, dann würde ich sagen, dieser Traktor kommt direkt von oben. Nicht von links oder rechts, sondern von oben.

Sollte er von oben kommen, sagen wir, nach seinem Außendienst in anderen Sonnensystemen, nun aber, zur Erntezeit, pünktlich zurückgebracht werden, auf eben diesen landschaftlich sehr schönen, gut, wirtschaftlich ergiebigen Flecken Erde, auf dem ich gerade stehe, so stelle ich mir vor, werden es die besten Außendienstmitarbeiter sein, die gerade zur Verfügung standen, da oben, die es mit uns Erdenbewohnern gut meinen, verantwortungsbewusste, entscheidungsfreudige, die, nachdem sie hörten, der Beamer sei kaputt, sich selbst in den Traktor setzten, um ihn auf den Tag, die Stunde genau zurückzubringen, und die mir eventuell etwas Zeit lassen, sagen wir, soviel wie ich benötige, um beiseite zu springen, sollte der Traktor wirklich über mir landen wollen bzw. auf dem Landstrich landen, auf dem ich gerade zufällig stehe. Natürlich müsste ich mir dann überlegen, ob links oder rechts. Was für ein Krach. Worauf wollte ich hinaus. Lärm zerstört jeden Gedankengang. Links oder rechts, wollte ich sagen.

Andererseits, der Traktor könnte selbst im Fall, also im Falle eines Sturzfluges, immer noch abbiegen. Sollte er von oben herunterfahren, könnte er nach links abbiegen. Oder nach rechts. Rechts wie Rechtslage. Die Rechtslage ist klar. Die Außendienstmitarbeiter haben Monate zuvor genau diesen Landeplatz beantragt und bewilligt bekommen. Es wird besser sein, wenn ich mich bewege. Auch bei den besten Außendienstmitarbeitern weiß man nicht, wie sie sich verhalten, noch dazu, wo die Rechtslage klar ist. Bewege ich mich nach links oder rechts. Ich verstehe nicht. Ich verstehe mich nicht bei diesem Lärm. Links oder rechts. Warum beamen die nicht. Weil der Beamer kaputt ist. Oder, weil sie mich hier haben stehen sehen. Im Weg. Und da wäre der Beamer viel zu schnell gewesen, und die regeln alles per Handbetrieb, mit dem Traktor durch die Galaxis und weiter. Damit sie nicht so schnell ankommen einerseits, andererseits nicht erst nach der Erntezeit und ich. Ich stehe noch immer auf diesem Fleck. Ich werde auch auf diesem Fleck stehenbleiben, denn – die Sache ist verzwickt – schließlich soll der Traktor mein Wegweiser sein. Links oder rechts. Der soll sich mal endlich entscheiden, bei dem Lärm, den er macht.

Ein Traktor, der nicht näher kommt. Er ist laut, aber er kommt nicht näher. Wie meine Tante, die vor mir steht und mich streng ansieht. Gestern hat sie mir die Haare geschnitten und gelächelt, doch jetzt lächelt sie kein bisschen. Sie blickt finster und fragt mich zum dritten Mal, ob ich lieber mit der Mama mitfahren möchte oder bei der Oma bleiben will. Bis morgen bei der Mama oder bis morgen bei der Oma, wo ich schon bin. Ich bin ja bei der Oma. Ich gehe seit Tagen mit der Oma zum Bäckerladen oder Milch holen und sitze seit Tagen bei der Oma auf dem Sofa, und nach dem Baden werde ich in eine warme Decke eingewickelt und darf das Sandmännchen sehen. Dazu gibt es dann ein Leberwurstbrot in kleine Würfel geschnitten, und die kleinen Leberwurstbrotwürfel liegen auf dem rosa Frühstücksbrett. Den Anfang von Kessel Buntes. Und danach aber ab ins Bett, Omas Bett, und das Bett riecht frisch bezogen. Immer. Es duftet nach Weichspüler. Eine Uhr tickt und. Wie schön eine Uhr ticken kann.

Möchtest du noch bei der Oma bleiben oder mit der Mama nach Schönweide fahren. Du kannst es ruhig sagen, du siehst deine Mama ja so selten. Das Kind blickt zu seiner Mutter, die schon an Omas Wohnungstür steht. Eine Hand an der Klinke. Und die dunklen Augen der Mutter sehen erwartungsvoll auf das Kind. Ein einziges Wort soll aus dem Kind herauskommen. Aber das Kind sieht zur Oma, nein, die Oma bügelt nebenan. Das Kind sieht zur Tante, rechts, dann zur Mutter, links, dann auf den Teppich. Willst du lieber hier bleiben, fragt die Tante gereizt, oder mit der Mutti mit?

Es ist manchmal nicht leicht. Es soll ja bei einer Entscheidung um die richtige Entscheidung gehen. Das war die richtige Entscheidung, wollen wir hören, und zwar hören wir es gern von Außenstehenden und oder Nahestehenden oder uns am Herzen Liegenden, ans Herz Gewachsenen, am liebsten aber hören wir es von uns selbst. Von unserer eigenen Stimme. Der inneren Stimme. Das war die richtige Entscheidung. Es klingt wie Musik in den Ohren. Spiel es noch einmal, Sam, sag es noch einmal. Die richtige Entscheidung. Von Anfang an. Das war die richtige Entscheidung. Ja, so klingt es gut.

Natürlich ohne Fleiß kein Preis. Es ist Bedenkzeit nötig.

Man bittet sich für eine richtige Entscheidung eine kleine Bedenkzeit aus. Ansonsten läuft man hin und her. Kind, du willst doch nicht immer hin und her laufen wie deine Mutter.

Also links oder rechts. Besonders wenn der Orientierungssinn schlecht oder überhaupt nicht ausgeprägt ist oder die innere Stimme uns anlügt. Das ist die richtige Entscheidung, sagt die innere Stimme. Wir verzichten daraufhin auf Telefonate, Recherchen im Internet, Auswertung von Zeichen, die sehr wohl wahrgenommen werden, das Hin- und Herlaufen an Stränden, das Hin- und Herlaufen zwischen guten und weniger guten Freunden und Fachleuten, die professionelle Hilfe anbieten, biegen nach rechts und müssen feststellen. Falsch. Es war die falsche Entscheidung.

Damals blieb das Kind einfach mit gesenktem Kopf auf dem Sofa sitzen. Das Kind schwieg. Die innere Stimme des Kindes schwieg, und als die innere Stimme des Kindes endlich etwas sagte, da hörte es sich an wie eine Aufforderung zum Schweigen. Den Dingen seinen Lauf lassen, der Mutter und überhaupt allem. Alle und alles und jeder trägt eine Entscheidung herbei, gleich dachte das Kind, angestachelt durch seine innere Stimme, tragen sie die richtige Entscheidung herbei. Damals auf dem Sofa schien das richtig. Aber dann ging die Mutter, und ihr trauriger Blick hing noch lange im Flur. Und das Kind sollte nicht umsonst auf dem Sofa sitzen. Es sollte jetzt auch mal was lernen, damit es sich in der Schule verbessern würde. Kleines Diktat der Tante, die jeden Fehler sofort sieht. Jeden Druckfehler in der Zeitung sofort findet. Und die Frage, kannst du Komma setzen oder hattet ihr noch keine Kommasetzung? Was? Die Frage, hörst du. Was? Ob ihr Kommasetzung hattet in der Schule. Das Kind sah die Tante groß an. Ja oder nein. Links oder rechts. Richtig oder falsch.

Wenn die innere Stimme nichts sagt, heißt das nicht, dass sie nichts zu sagen hat. Oder, dass es sie nicht gibt. Ich könnte mir aber eine Überarbeitung der inneren Stimme vorstellen und so braucht man mitunter länger Zeit für die einfachsten Entscheidungen. Links oder rechts. Marmelade oder Pflaumenmus. Vater oder Mutter. Käse oder Wurst. Zwei oder drei Stullen. Links oder rechts. Mutti oder Oma. Groß oder Klein. Hegel oder Kierkegaard. Entweder oder. Stadt oder Land. Licht oder. Das System ist überfordert. Das System stürzt ab.

Deshalb gibt's nach dem Traktor, der ungesehen abbiegt, einen Jeep. Jeep nach rechts. Also rechts. Golf nach links. Also links. Toll. Ihr habt hoffentlich eine Nummer gezogen. Habt ihr nicht. Aber einer muss der erste gewesen sein. Können wir das noch einmal zurückspulen. Nicht. Können Sie das noch einmal vorlesen. Jeep nach rechts. Also rechts. Wird der Jeep an dieser Stelle erstmals erwähnt. Nein. Sondern. Du meine Güte, seien Sie doch nicht so schwerfällig. Lesen Sie die Stelle, an der der Jeep zum ersten Mal auftaucht. Wo. In Ihrem Text. Nach dem Traktor, der abbiegt, pardon, ungesehen abbiegt, einen Jeep. Also war der Jeep erster und bestimmt die Richtung. Nein. Der Jeep war nur lauter. Ich konnte ihn hören, noch bevor er um die Kurve bog. Er tauchte aber zur selben Zeit hier auf wie der Golf. Machen Sie das absichtlich. Ich sage nur, wie es war.

Moment. Bremsen quietschen. Der Jeep hält an. Kommt zurück.

– Wohin soll's gehen, fragt der Fahrer.
– Nach Badeleben.
– Fahr ich drüber.

Einsteigen oder nicht einsteigen. In Sekunden. Im Bruchteil einer Sekunde wieder an das Gute im Menschen glauben. Muss die Erschöpfung sein. Erinnerung an den Blick der Mutter. Und oder die ganze Enttäuschung mit der vielbeschworenen inneren Stimme. Kurzer Blick ins Innere des Wagens. Die schwarze Tasche auf dem Rücksitz, ein Karton. Die Mandelaugen eines etwa 50-jährigen Mannes. Seine Hände. Und. Einwandfrei. Braungebrannte schöne Hände, aber nicht zu schön. Kein Klavierspieler. Kein Frauenwürger. Kein narzisstischer Muttervereherer. Wie schön dieser Fehler ist. Wie schön es ist, wenn einer müden Frau ein Gepäck abgenommen wird. Denn während wir in Gedanken waren, stieg der Fahrer aus dem Wagen, öffnete den Kofferraum, war die Frau ihren Rolli los. Moment. Das Gestell. Seine rechte Hand langt nach dem Griff, aber sie verpatzt den fliegenden Wechsel. Wer. Seine Hand. Nicht doch. Die Hand der Frau und oder die Frau selber verpatzt den fliegenden Wechsel, weil sie dabei ist, den Druckknopf zu drücken, weil sie vermutet, er kenne diese neue Technik nicht, weil sie diese Bewegung automatisch, weil sie ihr Gepäck so schnell auch wieder nicht hergibt, weil. Ihre Hand liegt – aus welchem Grund auch immer – auf dem Griff, den seine Hand gerade erlangt. Da liegt seine Hand auf ihrer Hand. Sanft. Flüchtig. Es war ein Versehen, doch niemand entschuldigt sich, was eine Frau wie sie misstrauisch werden lässt. Man hätte sich nicht ansehen müssen, nach einer so kurzen zaghaften Berührung, die versehentlich geschah, aber jetzt. Sie sieht ihn an. Er lacht jungenhaft. Sie schätzt ihn um die 40 und beruhigt sich sofort, denn er ist nicht ihr Typ und wirkt zudem harmlos. Und er hat diese guten Hände. Braungebrannte, schöne Hände, aber nicht zu schön. Eher gut. Also Hände, die was Gutes tun wollen. Es einfach tun. Hände, die ein Gepäck einladen. Mit ruhigen, gleichmäßigen Bewegungen. Nichts Tierhaftes, Behaartes und oder Verkralltes. Nichts Beängstigendes. Hervortretende Adern, das ja, doch keine Zornesadern. Etwas Schmutz unter den Nägeln. Er kommt nicht aus dem Büro. Hat vielleicht was für den Garten, für Hof und Garten besorgt. Aus dem nächstliegenden, wenn nicht sogar nahegelegenen Baumarkt. Der Gärtnerei. Ein Blick genügt. Sekunden. Zehntelsekunden und wir glauben wieder, vertrauen wieder. Warum nicht einsteigen und mitfahren, wie früher.

Früher bin ich immer und überallhin getrampt. Also, wenn dieser Mann keine Leiche im Kofferraum hat, dann. Kurzer Blick. Oder diese Waffengeschichte laufen hat. Geht es? Aber klar, sagt er, und ich sehe ja, wie es geht und wie der Rolli hinten im Jeep verschwindet, und wie eine karierte Decke beiseite geschoben wird, für meinen Rolli und. Keine Leiche. Statt dessen schauen zwei Gewehrläufe aus der Decke heraus und. Rumps. Die Tür ist zu. Damit ist die Sicht auf die Waffengeschichte, die der Fahrer trotz der guten Hände laufen hat, versperrt. Ich könnte immer noch nach links gehen, während eine seiner guten Hände nach vorn zeigt, zum Zeichen der Weiterfahrt. Bitte schön. Oder nach rechts. Ich könnte auch einen Standpunkt vertreten und genau hier Wurzeln schlagen.

Bitte schön, könnte ich sagen, nehmen Sie sich nur weiterhin meines Gepäcks an, viel Spaß damit. Und gute Weiterfahrt, wünsche ich. Ihnen und Ihren guten Händen. Ich bin hier am Ziel. Aber ja. Diese Luft. Diese frische Landluft. Nein, nein, fahren Sie allein weiter. Mir gefällt dieser Landstrich gut und jetzt, wo ich die Last los bin, noch besser. Aber das würde feige aussehen, und also frage ich nur, sind Sie Förster. Nein, warum. Nur so. Er sieht mich abwartend an. Wegen dem Jeep und. Mir fällt ein, dass ein Herr Mörder niemals Fremde einlädt, denn Fremde stellen unbequeme Fragen. Ich steige lachend in den Jeep.

25

Bestimmung

Außerdem ist der Mann sicherlich älter. Man verschätzt sich schnell bei Männern, die jungenhaft lachen. Also, warum soll er nicht 55 sein. Und Mörder sind doch meist jünger. Nicht nur die Profikiller in den Filmen sind jünger, sondern auch die Hobbymörder – dieses Wort trifft immer daneben – oder Freizeitmörder. Nein. Passionsmörder.

Natürlich, fällt mir ein, gibt es Massenmörder, und diese gelangen über ihrer langjährigen Tätigkeit zwangsläufig in ein gewisses Alter. Oder er hat spät angefangen. Er hat sich in verschiedenen Sparten versucht, doch nichts lief richtig. Man kennt das, man liest ständig solche Geschichten. Eine Lehre, ein Studium, verschiedene Jobs, eine Anstellung bei, selbstständig als. Aber all das funktioniert nicht. Die Suche geht weiter. Bis das Ungenügen einen in die Bestimmung hineintreibt. Die Unruhe einen bindet. Ständig verlassen vom Zauber des Anfangs.

Mein Vater sucht noch heute. Ich bin mir sicher. Seine Unruhe übertrifft alles. Es ist schwer für ihn. Er ist einfach zu schnell. Noch bevor er eine Fähigkeit – geschweige denn Fertigkeit – in einer Sache erlangt hat, ist er nicht mehr bei der Sache. Ist er bei der nächsten Sache. Wir sagen, er macht sein Ding. Und wir haben diese Sage von ihm. Die Wahrheit oder die andere Seite des Mondes ist, die Dinge ändern sich. Ich meine nicht die Dinge an sich, den Weltenlauf, die Politik, ich meine, die Dinge, die für ihn wichtig sind, verändern sich. Sie hängen sich an ihn. Schnell. Und kaum haben sie sich als anhänglich erwiesen, beginnen sie mit ihren Veränderungen. Sie werden größer und schöner und wichtiger und dann zur größten und schönsten Sache überhaupt. Die Sache ist die. Und das ist auch so. Die Sache ist beispielsweise ein Stück Land oder Käse. Über das Land fahren wir. Über das Land und seine schönsten Stücke, die alle im Kopf meines Vaters zur Sache werden. Über diese Sache sagte ich viel und werde noch viel dazu sagen. Aber der Käse. Ziegen geben Milch. Aus Milch macht man Käse. Unser Vater versuchte sich in dieser Sache. Diese Sache kommt auf jeden zu, der Ziegen hat. So kam sie auf unseren Vater zu. Wozu hat man Ziegen. Die Ziegen wurden gemolken. Die Milch wurde sauer, dick, dicker. Fett. Geklumptes Fett hing in Windeln über der Badewanne. Ein, zwei, drei. Steckte in Sieben. Ruhte in Schüsseln und Quarkbechern. Es roch wie in einer Molkerei, doch die Sache war die. Es war keine Molkerei. Denn noch bevor der Käse ausgereift war, war die Sache vorbei. Möglicherweise wurde sogar Silberpapier besorgt. In dieses Silberpapier hätte man einen fertigen Ziegenkäse gut einpacken können, im Kühlschrank aufbewahren können. Oder verschenken können. Verkaufen. Doch wie gesagt, es war vorbei. Ziegenkäse war nicht unser Ding. Natürlich stank das ganze Haus nach Ziegenkäse, das Bad. Wo war denn das Bad. Die Sache hatte das Bad verschlungen. Die Waschküche dazu. Teile der Küche wurden in Mitleidenschaft gezogen. Eingekauft wurde wenig. Der Kühlschrank war voll. Wir haben doch lecker Käse. Vorstufen. Zwischenstufen. Nichts Ausgereiftes. Gut. Dafür Milch. Saure Milch. Aber die ist auch lecker, wenn ihr Zucker ran macht. Es war nicht schlimm. Die Sache war vorbei.

– Papa, Ziegenkäse ist nicht unser Ding.
– Nein.
– Lieber Schlagertafel.
– Ja, wir haben jetzt andere Dinge im Kopf.

Ganz egal, was unser Vater damals gerade im Kopf hatte, was für Dinge dort eintrafen, zwischengelagert und oder verrückt wurden. Sein Kopf war wie unser Haus offen für alles und jeden, ein gastfreundlicher Kopf, und so kam es wohl, dass immer neue Dinge zur Sache werden konnten. Allein die Musikinstrumente in unserem Haus. Ein Akkordeon, zwei, drei. Zieh- und Mundharmonikas, Trommel, Flote, Gitarre, Mandoline, Klavier. Niemand nahm Unterricht. Metallophon, da brauch man ja wohl keinen Unterricht. Oder Rasseln. Rasseln kann jeder. Unser Vater spielte seine Lieder im Dreivierteltakt am Klavier und einige Melodien auf dem Akkordeon. Damit war die Sache erledigt. Die Dinge durften bleiben, aber sie mussten nicht bleiben. Es wurde ihnen freigestellt. Die Dinge, das waren Gegenstände, Tiere, Menschen, Berufe, Ideen und natürlich Grundstücke und Häuser. Aber auch der Himmel über den Häusern. Niemand zwingt einen Himmel zu bleiben. Und unser Vater hat immer gegen die Enge gekämpft, auch gegen die Enge in seinem Kopf. Oft erfolglos. Ein Erfinderkopf schafft zwar Raum für die Dinge, doch gleichzeitig immer neue Dinge. Resultat sind Sätze wie, ich habe einfach zu viele Dinge im Kopf. Muss an so viel denken. Mir gehen so viele Dinge durch den Kopf. Das ist die Sache. Mir gehen so viele Dinge durch den Kopf heißt, der Kopf ist ein Ort der Unruhe. Ein Unruheherd. Keine Institution, keine Religion konnte im Kopf meines Vaters bisher für Ruhe und Ordnung sorgen. Auch kein Flecken Land.

Seine Unruhe lässt mich stillhalten, innehalten. Ich mag keine Metaphern, aber es ist, als würden Vögel aus dem Schilf emporfliegen und uns bleibt nichts, als ihnen erstaunt nachzublicken. Man ist selbst so erschrocken, man fährt zusammen, während sie zum Himmel auffliegen. Fort fliegen. Weg sind. Möglicherweise komme ich zu spät.

Ich sehe mir den Fahrer von der Seite an. Die hohe Stirn. Die hohe Stirn erinnert mich an jemanden, an etwas, an die Fotos des im Krieg gefallenen Großvaters. Er hatte diese Stirn. Er hatte genau so eine Stirn. Denkerstirn. Jedenfalls auf den Fotos. Er steht in weißem Hemd, spannt einen Bogen und zielt. Seine Kinder schauen zu. Ebenso gespannt. Trotz seiner Denkerstirn ist mir nicht ein einziger Gedanke, nicht ein einziger Satz meines Großvaters bekannt. Also war die Stirn kein Hinweis auf seine Bestimmung. Er war Segelflieger und im Ruderclub. Oder er verfehlte seine Bestimmung. Oder er wurde durch den Kriegsausbruch am Denken gehindert. Und im Krieg war es dann zu spät.

Der Fahrer sagt etwas über. Ich glaube, es geht um die Landstraße. Aber sicher bin ich nicht. Die Sache mit der

Stirn geht mir noch durch den Kopf. Trotzdem betrachte ich gehorsam die Straße und die Steine an der Straße und die Obstbäume zwischen den Steinen an der Straße. Äpfel an und unter. Licht. Dann die Falten auf der Stirn des Fahrers. Auch Krähenfüße. Nur kurz. Belichtet. Es soll nicht zu Missverständnissen kommen. Sehen, also jemanden ansehen wie ich. Auf eine Art ist es Berührung. Indiskret. Tastend. Bohrend. Führt schnell zu Missverständnissen und oder. Wer will schon so gesehen werden. Auf diese Art erkannt sein. Einer, der sucht vielleicht, aber einer. Wir fahren an einigen Gewächshäusern vorbei. Ein Gehöft. Koppeln.

- Wen besuchen Sie denn in Badeleben?
- Verwandte. Also Familie, also.
- Sie sind aber nicht von hier.
- Nicht direkt.
- Gibt einige Zugezogene hier. Die meisten bleiben nicht lange.
- Und Sie?
- Seit vierhundert Jahren.
- Wirklich?

Kurzer Seitenblick. Das heißt, man möchte schon, aber die Sonnenstrahlen. Bruchteile einer Augenbraue, seiner, eines Mundwinkels, ihres, tanzen, kaum erkennbar, lichtvernebelt, trennen Augen von Augen und oder ein Augenpaar. Wo denn, den Lichtschleusen gegenüber. Ein misslungener Blickwechsel, halb so schlimm. Er sucht wieder die Straße, die hinter unter mitten im warm getönten Licht liegt. Geblendet. Ertastet. Sie erkennt ein Dorf in der

Ferne. Das Dorf liegt im Licht und wird vielleicht mit dem Licht untergehen müssen. Denn für den Augenblick ist es nicht möglich, sich vorzustellen, dieses kleine Dorf könnte die Kraft besitzen und oder entwickeln, sich vom Licht zu trennen, also aus dem Licht herauszulösen.

– Besuchen Sie die Nadolskys?
– Nein.
– Doch hoffentlich nicht den Wirtschaftshof.
– Wieso?
– Da soll es nicht mit rechten Dingen zugehen.
– Wo geht's schon mit rechten Dingen zu.
– Na, Sie werden es ja selber sehen.
– Allerdings.

Ausgerechnet der Herr Mörder. Und natürlich tastet er jetzt nach seiner Brusttasche, wie um seine Unabhängigkeit vom Licht und den Bäumen und Steinen und Dörfern im Licht zu zeigen und oder im Gegenteil. Er tastet im Gegenlicht nach der Sonnenbrille. Das sieht ihm ähnlich. Fehlt nur noch, dass er sich die Lederhandschuhe anzieht, während er über den Hof des Schreckens plaudert. Auf dem ein Fluch liegt. Der Geisterhof. Der Einsiedlerhof, auf welchem seine Vorfahren lebten. All die kleinen Verbrecher, die nun nicht zur Ruhe kommen, die Sühne verlangen. Auf dem ein alter Mann sein Unwesen treibt.

Leute mit krimineller Energie stoßen überall auf Verbrechen, halten alle für. Andererseits. Mit Sonnenbrille. Ein Profi. Wie wunderbar muss es sein, wenn man das Gefühl hat, seine Bestimmung erlangt zu haben, und sei es nur als Mörder. Wieso nur. Werde der, der du bist. Im Falle eines Mörders sicher keine Kleinigkeit. Viele Stunden, Tage, Jahre des Kampfes, bis endlich Blut fließt. Ein steiniger Weg. Voller Versuchungen. Voller innerer Monologe. Was ist, wenn ich ihn nur im Dunkeln erschrecke, mir seinen Tod nur vorstelle. Diese Sache nicht vollenden kann. Aus Skrupeln. Aus Ekel. Aus Furcht. Er schreit, ich laufe weg. All das erfordert Willensstärke. Ausdauer. Ehrgeiz. Man muss über das Verletzen hinaus. Über Vorsätze hinaus. Über Verwünschungen und Flüche hinaus und über Ohrfeigen und Schläge in die Luft. Über das Mitleid mit den Opfern hinaus, aber genauso entschieden über das Mitleid sich selbst gegenüber hinaus. Man muss sich hinauswagen. Man muss es ärger treiben. Ungeübt anfangs, und die Opfer landen in der Notaufnahme. Oder schlimmer, ein Pflaster aus der Hausapotheke genügt schon. Peinlich. Das setzt einem Mörder sicher zu. Du Möchtegernmörder, sagt er sich morgens vor dem Spiegel. Er wird hart arbeiten müssen. Er wird den ganz Großen begegnen, und sie werden zu ihm reden. Natürlich direkt ins Gewissen. Du wirst hart arbeiten müssen. Einer sagt den Satz, der bleibt. Einer genügt. Du wirst hart arbeiten müssen. Tinnitus der Spätzünder. Du wirst hart arbeiten müssen. Der Anfänger. Er wird gegen sich selbst kämpfen müssen, notfalls mit mentalem Training. Zigaretten oder Alkohol. Oder unter Zuhilfenahme von Krankheiten. Körper und Geist werden an Grenzen geführt, dann über die Grenze hinaus. Nicht zu beneiden. Diese Menschen werden sehr einsam sein. Ihre kleinen und großen Erfolge behalten sie für sich.

Aber – kurzer Seitenblick – ein Massenmörder mit so einer Brille. Wäre das nicht ein bisschen albern. Und er riecht gut. Ich dachte immer Mörder riechen nach nichts, also ich dachte es vielleicht nicht immer, aber in diesem Augenblick. Ein Mörder wird ohne Körpergeruch geboren, muss sich diesen erst zusammenmorden.

– Kommen Sie aus Berlin?
– Nicht direkt. Wieso?
– Man sieht gleich, wenn jemand aus der Stadt kommt.
– An der Nummer des Rollwagens? Oder wie?
– Man hört es auch.

Und dann wieder gibt es diese Berichte über harmlose Nachbarn, die immer freundlich gegrüßt hätten, die immer fleißig im Garten gearbeitet hätten, immer ein gutes Wort auf den Lippen. Stimmt's Hektorlein. Gutartig, der Mensch. Tierlieb und alles. Irgendwie sympathisch zu allen. Oder etwa nicht. Nette Mörder, hilfsbereite Mörder, die alten Damen die Tasche abnehmen, jüngere Frauen mitnehmen, auch mit Gepäck. Wenn die Frauen es wollen. Oder unter Vorwänden, wenn sie nicht sogleich wollen, er sie aber gern mit nach Hause nehmen würde. Auf seinem Hof hätte. Kunst der Überredung. Oder auch ohne Vorwand, dann aber mit etwas Druck. Fremde Frauen aus der Stadt. Unabhängige Frauen. Zufallsbekanntschaften. Nutten. Oder die aus der Annonce. Frauen ohne Anhang. Frauen, die niemand vermissen würde. Jetzt nicht unsicher werden. Natürlich würde man dich vermissen. Irgendwann. Eines Tages. Irgendjemand. Vielleicht nicht innerhalb der Familie. Vielleicht außerhalb. Manchmal genügt uns schon eine Stunde, ach was Minuten, und wir wollen diesen Menschen nicht missen.

– Also wollen Sie auf den Wirtschaftshof? Oder zur Straußenfarm? Mehr gibt es nicht im Dorf.
– Ich besuche den Hof.
– Wo dieser verrückte Alte haust?
– Kennen Sie ihn?
– Es ist nicht gut, wenn solche allein hausen.
– Was soll denn das heißen?
– Die Leute nennen ihn.
– Hören Sie, mich interessiert nicht, was die Leute sagen.
– Klar, besser man hält sich raus. Nur, wenn einer allein auf so einem riesigen Hof lebt, dann reden die Leute, dann geht es ruck, zuck der Spinner, der.
– Ich kenne ihn besser.
– Ich wollte nichts Schlechtes sagen. Die Leute hier freunden sich mit den seltsamsten Gestalten an, es sind einfache Leute. Bauern.
– Sie müssen es ja wissen.
– Meine Familie lebt hier seit.
– Ich weiß. Und da können Sie sich ein Urteil erlauben.
– So ist es.
– Oder auch zwei.
– Wie bitte?

26

Ziel

Ziel erreicht. Sie haben das Ziel erreicht. Steigen Sie nun aus dem Wagen und wenden Sie sich nicht um. Lassen Sie sich nicht anmerken, dass Sie schwitzen. Vermeiden Sie weitere Gespräche mit dem Fahrer. Beantworten Sie keine Fragen. Ziel erreicht. Dorfstraße. Kirche im Dorf. Lassen Sie die Kirche im Dorf, die einfachen Häuser links liegen, und wenden Sie sich unverzüglich dem Hof an der Straße zu. Der Hof an der Straße ist nicht einsehbar. Lassen Sie sich nicht verunsichern durch solche Nebensächlichkeiten. Sie haben das Ziel erreicht. Sie blicken auf den Hof des Vaters. Man sieht immerhin eine riesige Scheune, etwas höher gelegen. Ein Motorrad heult auf. Lassen Sie das Motorrad vorbei, schauen Sie in den Rückspiegel, öffnen Sie die Wagentür. Steigen Sie aus.

Die Gepäckübergabe geht reibungslos vonstatten. Jemand stellt eine Frage. Wie lange ich bleibe und ob. Ich schweige. Es ist spät geworden, finde ich, ich wollte viel eher ankommen, aber. Ich beantworte keine Fragen mehr. Ich schweige. Es ist die einzige Form der Höflichkeit, zu der ich fähig bin. Wie lange ich bleibe, was geht es ihn an.

Diese Frage geht keinen Fremden etwas an, auch dann nicht, wenn er stolzer Waffenbesitzer ist. Diese Frage befremdet. Habe ich ihn gefragt, ob er einen Jagdschein hat. Es gibt Fragen, die verbieten sich von selbst, die werden nicht gefragt, die gehen niemanden etwas an. Genaugenommen geht diese Frage nicht einmal mich etwas an.

Wenn etwas sein sollte, sagt der Fahrer. Danke. Er hat diesen hilflosen Blick aufgefangen, diesen beinahe mitleidsvollen Blick, den ich auf den zugewucherten Hofeingang warf. Auf ein rostiges Eingangstor. Die baufälligen Säulen. Hohes Kraut. Weder ich, noch ich mit Rolli, passen ins Bild, ins Dorf, ins. Sie werden hoffentlich erwartet, sagt der Fahrer. Meine Linke winkt nachlässig zum Abschied. Und da ziehe ich schon davon und den armen Rolli mir nach, komm Rolli komm, auf das Hoftor zu und.

Müsste das Hoftor nicht offen stehen. Immer dachte ich, dieses Hoftor stünde offen. Natürlich kann ein Hoftor nicht immer offen stehen, aber man macht sich doch seine Gedanken, und seit ich mir Gedanken über das Hoftor mache, steht es, zumindest wenn ich eintreffe, auf dem Hof des Vaters eintreffe. Kurz, ich laufe in meiner Vorstellung auf das Tor zu, und das Tor steht offen. Vielleicht nicht weit offen, aber doch so weit geöffnet, dass ich den Hof des Vaters ungehindert betreten kann.

Dabei hängt eine schwere Kette davor, die das Tor, das Tor und den Hof, den Hof und das Dorf, das Dorf und die Landschaft. Eine große Kette. Eine Kette, die alles zusammenhält. Auch mich. Eine solche Kette verhängt den Eingang, versperrt den Zugang. Ich schwitze. Womöglich schwitze ich die alten Vorstellungen aus. Der Körper ist klüger als der Kopf. Vorstellungen vom freien Zugang. Ich fühle mich beobachtet. Aber, ich falle nicht auseinander, nur weil ich nach dieser langen, sehr, sehr zeitaufwändigen, widerwillig angetretenen Reise vor einem verschlossenen Tor stehe – ohne dass hinter dem Tor mein Vater stehen würde – unter Beobachtung eines Mörders auf dem Sprung und meine Vorstellung an der Realität vorbeigeht. Erste und zweite Wirklichkeit nicht übereinstimmen. Immerhin steht geschrieben *Jericho war verschlossen vor den Kindern, so dass niemand heraus- oder hineinkommen konnte.* Und vielleicht bin ich auf meiner Reise nicht nur zu weit gefahren, sondern auch zu weit gegangen und so bin ich zwar auf dem Land – warum nicht gelobten – angekommen, stehe aber vor verschlossenen Toren. Man folgt oft gegen seinen Willen alten Überlieferungen. Manchmal zum eigenen Vorteil, manchmal zum eigenen Nachteil. Wenn ich daran denke, wie oft sich Geschichte wiederholt und oder wie wir es darauf anlegen. Ich ziehe niemanden zur Rechenschaft. Ich verlange nur ein neues T-Shirt. Eine Umkleidekabine, wenn möglich auf dem Hof meines Vaters. Mein Vater könnte in der Zeit, in der ich meine Sachen sortiere, mich umziehe, einen Tee aufbrühen. Und oder neue Sachen bereithalten, wie es seine Art ist.

Ich öffne meine Umhängetasche und suche nach meinem Schlüsselbund. Die Fahrertür des Jeeps wird zugeschlagen. Gut. Mir wird deutlich, dass der Fahrer des Jeeps sein Ziel vielleicht noch nicht erreicht hat und mich deshalb nicht aus den Augen lässt. Ich schwitze. Sollte er einen zweiten, hilflosen Blick auffangen, steigt er wieder aus und geht seiner Bestimmung nach. Also. Ich werde mich nicht umwenden. Ich werde meiner Tasche einen Schlüsselbund abtrotzen. Nachdem ich die Lektüre, die Taschentücher, einen Schokoriegel, noch einen, das Adressbuch, die Geldbörse, das Kosmetiktäschchen und was weiß ich für Artikelteile beiseiteschiebe und oder herausziehe. Wo ist der Schlüssel. Das T-Shirt für alle Fälle. Mein Vater.

Die Kleiderfrage, wird mein Vater sagen, klären wir gleich. Warte mal, ich hab da was für dich, ich hab alles hier, ich hab alles aufgehoben. Röcke. Pullover, Kleider, Hosen. Von allem und jedem ist hier eine Unmenge. Auch Mäntel. Natürlich Damenmäntel, Kindchen. Von der Herrenkleidung fange ich nicht erst an. Aber, wo wir schon dabei sind, ich brauche in meinem Leben bestimmt nichts mehr zu kaufen. Weißt du, wie viele Hemden ich habe, wird er mich fragen, und ich werde nein sagen. Nein, wie viele sind es denn? Ich habe meine Hemden gerade neulich gezählt. Es sind allein 120 Oberhemden. Wo die alle herkommen. Ich kaufe mir keine Hemden, höchstens mal eine Jacke. Trotzdem besitze ich zur Zeit 120 Oberhemden. Ein ganzes Jahr musste ich keine Wäsche waschen, so viel habe ich anzuziehen, und ich könnte noch zwei, drei Jahre ohne eine Wäschefuhre auskommen. Dann werde ich ihn nach der Waschmaschine fragen, einer Waschmaschine, die es nicht gibt im Haushalt meines Vaters, die man jedoch kaufen könnte, die einiges ermöglichen würde, zum Beispiel das Wäsche waschen, und er wird ablehnen. Was soll er sich solche Maschinen aufhalsen. Oder wer soll die anschalten. Er bringe lieber jedes Jahr eine Fuhre zur Wäscherei. 20 Kilo Feuchtwäsche. Hier sei genug Platz. Hier könne er die feuchte Wäsche überall ausbreiten, verteilen, irgendwo rüberhängen. Ein Platz sei hier. Siehst du?

Wo denn. Ich sehe ja nichts. Hier vor dem Tor, kann man sich das nicht gut vorstellen. Vielleicht gibt es eine Wäscheleine auf dem Hof, aber das hätte mein Vater sicher erwähnt, und ich schätze, es ist ihm zu. Ich weiß nicht recht, jedenfalls zu. Er würde vielleicht sagen, zu aufwändig, diese Sache. Wenn ich einmal im Jahr Wäsche trockne, dann brauche ich doch keine Wäscheleine. Und die alten Besitzer, deine Vorgänger, also ich könnte über den Hof gehen und nachsehen, ob sich eine Wäscheleine findet. Von hier sehe ich nichts, denn der Hof ist mit Kraut zugewuchert. In der Mitte steht eine kleine Hütte und, also, wenn ich mich nicht täusche, dann ist das Schilf neben der Hütte ein kleiner Teich. Und überhaupt nicht künstlich, wie Teiche in Plastiktüten, sondern ganz natürlich. Hinter der Hütte könnte sich eine Wäscheleine befinden. Ich würde nachsehen, aber das Tor. Na, hier ist der Schlüssel aus meiner Tasche. Vielleicht habe ich einen Torschlüssel an meinem Schlüsselbund, nur, ich wusste es nicht und oder habe es verdrängt. Wie oft müssen wir eine Wahrheit verdrängen. Oder an eine haben wir uns mühsam gewöhnt, aber die zweite ist uns dann zuviel. Die zweite und dritte verdrängen wir so lange wie möglich. Es ist wie mit den Oberhemden, irgendwann erdrückt einen die Anzahl. Die Masse.

Irgendwann hat man genug und dann mehr als genug, und weil es kein Ende nehmen will, haben wir plötzlich, von einem Moment auf den andern, von allem zu viel. Tu mir den Gefallen, probier was an. Passt es, nimm es mit. Er wird den dritten und vierten Kleidersack auskippen. Und ich werde einen türkisfarbenen Westover aus dem Wäscheberg herausziehen und lustig finden. Probier ihn an, wird mein Vater rufen. Man muss alles angezogen sehen. Also probiere ich ihn an. Er wird ein wenig eng sein oder ein bisschen zu weit, aber ich werde ihn trotzdem lustig finden und auf den Stuhl legen, der für die tragbaren Sachen vorgesehen ist. Und dazu den Faltenrock. Trägst du nicht? Auch gut. Dann diese Jeanshose. Zu hell? Ach was. Macht aber nichts, es ist so viel da, so viele Sachen, wir finden noch etwas Schönes für dich. Hier der Lammfellmantel, was meinst du? Ganz modern, wird mein Vater sagen, und ich werde ihn nicht fragen, woher weißt du das, weil ich weiß, er sagt immer ganz modern. Es ist die Ermunterungsformel. Es folgen Hemdchen, Unterröcke, Hüte, Sommerkleider, Schuhe. Das kleidet dich, probier mal. Das kannst du tragen. Auf meinen Geschmack kannst du dich verlassen. Eine stehende Redewendung.

Woher sind die Sachen? Keine Antwort. Woher hast du all diese Sachen, werde ich fragen. Von hier und da. So genau weiß ich das nicht mehr. Darauf wird die Tochter ihren Vater von der Seite ansehen. Aber nur kurz. Etwa so, wie man sich nach einem Fahrer umsieht, der gerade seinen Jeep startet. Und es wird sie ein ungutes Gefühl beschleichen. Unter Beobachtung eines Mörders fällt auch ein anderes Licht auf den Vater.

Aber dann fährt der Jeep einfach los, ohne nochmals zu hupen, wie man es vielleicht erwartet hätte. Ich sehe dem Jeep nach. Ja, dazu musste ich mich umwenden. Der Schlüsselbund in meiner Hand, den ich suchte, den ich mühsam aus der Tasche zog, mit dem ich herumklapperte, um jemanden zu täuschen, um mich und all die Dorfbewohner, die an den Fenstern lauern und gleich zufällig vorbeispazieren werden, in Hoffnung zu wiegen, dieser Schlüsselbund ist – obwohl oder weil sich so viele Schlüssel an ihm befinden – plötzlich bedeutungslos. Es handelt sich zweifellos um eine dieser Wahrheiten, die hier nicht weiterhelfen. Denn die Frage ist, wie gelange ich auf den Hof des Vaters, wenn das Tor verschlossen ist. Ich denke kurz an Luther und seine ihn quälende Frage, doch damit komme ich hier nicht durch. Ich könnte mich hinsetzen und warten. Schon eher. Oder ich rüttle am Tor und rufe. Ich rüttele am Tor, aber ich rufe nicht. Schlafende Hunde soll man nicht wecken, das heißt, man kann wirklich nicht wissen, wer hier auf hallo oder hallo Papi reagiert. Und vor allem wie.

Ich rüttele am Tor. Es ist rostig. Auch die Kette könnte doch rostig sein und plötzlich auseinanderfallen. Warum muss ausgerechnet die Kette neu sein. Und oder das Schloss an der Kette ist nur eine Attrappe und. Oder ein kleiner Schlüssel steckt im Schloss. Oder. Das Tor lässt sich hin und herrütteln, das schon, hin und her, hin und her, ohne zu fallen, aber diese Pfeiler. Die Pfeiler könnten schon fallen. Erst einer, dann der andere. Stein für Stein. Das Ganze hier ist schließlich keine feste Burg. Ich rüttele am Tor. Und ich schließe die Augen, damit ich sehe, wie die Pfeiler Stein für Stein auseinanderfallen. Und wie alles, alles fallen wird, was durch dieses Tor und diese Pfeiler gehalten wird, zuerst die brüchige Mauer am Stall, also die Mauer, die gleichzeitig Stallmauer ist und dann der Stall, und die Mauern der Scheunen und die ganzen Scheunen, dann die Mauern des Hauses, die man eigentlich Wände nennt, Häuserwände, Außenwände. Ich rüttle an dem Tor, rüttle und rüttle und die Ziegel werden von den Dächern fallen, zuerst die Ziegel des Hauses und dann die Ziegel von den Ställen und von den Scheunen, die Scheunenziegel, und die Vögel werden von den Dächern fallen und ich will wirklich nichts überstürzen, doch gerade verliere ich die Beherrschung. Ich rüttle und schüttele. Wir werden ja sehen, was alles und wie alles fallen kann. Ich rüttle, bis die Fenster aus den Fenstern fallen und die Türen aus dem Rahmen. Bis das Kraut fällt. Und das Moos von den stürzenden Dachbalken und heruntergefallenen Ziegeln rutscht, und alles, was von den Dachstühlen fallen kann, fällt und bricht zusammen, und auch der Himmel über dem Hof fällt, das heißt erst fallen einige Tropfen aus dem Himmel. Obwohl es nicht nach Regen aussah. Aber es ist wie es ist. Ich rüttle und schüttle die Tropfen heraus, wie andere ihre Wahrheiten aus uns herauskitzeln, und da regnet es und der Regen fällt. Tropfen für Tropfen fällt der Regen herunter und mir ins Gesicht, und er läuft schnell – wie mein Vater schnell läuft – die Wangen herunter. Nein, dazu brauchen wir keine Augen im Kopf, diese Sachen spüren wir auf der Haut. Alles Wasser fällt aus dem Himmel, und dann fällt der Himmel.

Inhalt

ISBN 978-3-86351-016-9

Lektorat: Petra Wägenbaur, Tübingen.
Umschlaggestaltung: Christiane Hemmerich
Konzeption und Gestaltung, Tübingen.
Herstellung: Horst Schmid, Mössingen.
Satz: CompArt, Mössingen.
Druck und Einband: Pustet, Regensburg.

Mehr über das Verlagsprogramm von Klöpfer & Meyer
finden Sie unter *www.kloepfer-meyer.de*

Karin Kersten
An Schlaf war nicht zu denken
Roman

272 Seiten,
gebunden mit Schutzumschlag

Eine skurril-gewitzte Geschichte vom Verlieren, Suchen und Wiederfinden.

Platz 1 der SWR-Bestenliste im April!

»Ein Auge für das Unspektakuläre, ein Kabinettstück der Physiognomik von Gestalten, unbeschwert und in einer vielfarbigen, ungewöhnlich reichhaltigen Sprache geschrieben: Karin Kerstens dritter, bisher stärkster Roman.«
Frankfurter Allgemeine Zeitung

»Karin Kersten: virtuos.« ***Süddeutsche Zeitung***

KLÖPFER&MEYER